VICTORIA DAHL
Con Solo Tocarte

Cualquier forma de reproducción, distribución, comunicación pública o transformación de esta obra solo puede ser realizada con la autorización de sus titulares, salvo excepción prevista por la ley.
Diríjase a CEDRO si necesita reproducir algún fragmento de esta obra.
www.conlicencia.com - Tels.: 91 702 19 70 / 93 272 04 47

Editado por Harlequin Ibérica.
Una división de HarperCollins Ibérica, S.A.
Núñez de Balboa, 56
28001 Madrid

© 2012 Victoria Dahl
© 2019 Harlequin Ibérica, una división de HarperCollins Ibérica, S.A.
Con solo tocarte, n.º 174 - 1.1.19
Título original: Close Enough to Touch
Publicada originalmente por HQN™ Books

Todos los derechos están reservados incluidos los de reproducción, total o parcial. Esta edición ha sido publicada con autorización de Harlequin Books S.A.
Esta es una obra de ficción. Nombres, caracteres, lugares, y situaciones son producto de la imaginación del autor o son utilizados ficticiamente, y cualquier parecido con personas, vivas o muertas, establecimientos de negocios (comerciales), hechos o situaciones son pura coincidencia.
® Harlequin, HQN y logotipo Harlequin son marcas registradas por Harlequin Enterprises Limited.
® y ™ son marcas registradas por Harlequin Enterprises Limited y sus filiales, utilizadas con licencia. Las marcas que lleven ® están registradas en la Oficina Española de Patentes y Marcas y en otros países.
Imagen de cubierta utilizada con permiso de Harlequin Enterprises Limited. Todos los derechos están reservados.

I.S.B.N.: 978-84-1307-420-7
Depósito legal: M-33541-2018

Esta es para Jodi.
Gracias por hacerme compañía y por hacerme reír.

Capítulo 1

Ya era oficial: la vida de Grace Barrett había acabado. O, como mínimo, estaba tan destrozada que, en aquel momento, una muerte rápida sería una bendición.

Tenía veintiocho años, una deuda con un exnovio enfadado y exactamente treinta y siete dólares con cuarenta centavos y, por si fuera poco, estaba allí.

En Wyoming.

Llevaba varias horas allí. Horas de interminables colinas beige y montañas áridas. Horas de vacas. Y ovejas. Y de una extraña criatura que le había parecido un ciervo hasta que había podido verla mejor. Los ciervos no tenían algo parecido a una exótica máscara negra pintada en la cara. ¿Qué demonios eran esas cosas?

Grace se estremeció un poco al bajar del autobús. Sus pies tocaron el suelo, y ya no tenía forma de echarse atrás. Estaba en Wyoming. Sobre el suelo de Wyoming.

–Mierda –murmuró.

El anciano que estaba delante de ella se dio la vuelta con una sonrisa de preocupación.

–¿Cómo dice, señorita?

Grace se cruzó de brazos, con una actitud defensiva.

–Perdóneme, señor. Es solo que…

Él sonrió de nuevo y se llevó la mano hacia la cabeza como si fuera a inclinar el ala de un sombrero.

—Disculpe.

Nadie le había pedido perdón nunca con tanta cortesía. Se cruzó de brazos con más fuerza, porque no sabía cómo comportarse en aquella situación. Por suerte, el hombre se alejó antes de que ella se viera obligada a responder.

Miró cautelosamente a su alrededor. Después de vivir durante varios años en Los Ángeles, sabía que había que mantenerse en guardia contra cualquiera que se le acercara por la calle, por muy amable que pareciera la gente de aquel lugar. No se le acercó nadie, así que se dirigió hacia el conductor, que estaba abriendo los compartimentos de equipaje del autobús. Ella estaba acostumbrada a estar sola, pero llevaba casi dos días rodeada de gente en aquel autobús. Su necesidad de liberarse era tan grande, que tenía una sensación parecida al pánico.

El conductor empezó a descargar las maletas y las dispuso en hileras ordenadas. Grace mantuvo la vista clavada en sus manos, a la espera de que apareciera su vieja bolsa de lona de camuflaje.

Nadie estaba mirando desde tan cerca. Los demás pasajeros estaban abrazando a amigos y familiares, o charlando despreocupadamente mientras observaban el horizonte. Ella solo les dedicó una mínima mirada a las montañas. Alguien podía acercarse, agarrar una bolsa y desaparecer sin que nadie se diera cuenta.

Obviamente, aquellas personas no eran de Los Ángeles. O, quizá, sus bolsas no contuvieran todas sus pertenencias mundanas. Quizá sus bolsas estuvieran llenas de ropa sucia y *souvenirs* de unas vacaciones en la playa. Sin embargo, cuando apareció su bolsa y el conductor la dejó en el suelo, ella saltó hacia delante, la agarró y la arrastró como un animal salvaje hubiera arrastrado una pieza de carne. Pesaba tanto que casi no podía levantarla, pero tendría que encontrar la forma de conseguirlo. No tenía coche ni dinero para un taxi, si acaso tenían esas cosas en aquel lugar, y ella no le había dicho a su tía abuela cuándo iba a llegar. Así que iba a tener que ir andando.

—A pata —susurró, y consiguió reírse mientras miraba a su alrededor para ver si había alguna vaca parada a su lado.

Al contrario que en el resto de Wyoming, parecía que en el pueblo de Jackson no había vacas, afortunadamente. También era un poco más grande de lo que se esperaba, y eso echó por tierra sus esperanzas de dar con la dirección que estaba buscando simplemente paseando por la calle principal. Tenía que pedir ayuda, y esa idea le arrancó un gemido. Respiró profundamente y miró a su alrededor. Tal vez pudiera encontrar un mapa gratis.

—Bingo —murmuró, al ver un letrero grande donde se leía *Punto de información turística Jackson* escrito con unas letras antiguas de madera. Ella había vivido mucho tiempo en Hollywood. Si había algo que sabía hacer bien, era distinguir las trampas para turistas.

Arrastró la bolsa por el asfalto y la subió a la acera de... ¿madera? Pestañeó y miró la calle hacia un lado y hacia otro. Sí, hasta donde le alcanzaba la vista, las aceras eran de madera, como en un pueblo del Salvaje Oeste.

—Vaya —murmuró. Aquella gente se esforzaba de verdad, aunque había que admitir que era una monada. Siguió tirando de la bolsa por la acera, agitando la cabeza, hasta que llegó al puesto de folletos.

—¿Tiene algún mapa gratuito de la zona? —le preguntó a la señora que había tras el mostrador y que se había dado la vuelta para ordenar algunos papeles.

—¡Ah, hola! —exclamó la mujer, mientras se giraba hacia ella—. ¡Buenas tardes!

—Hola. Um... solo necesitaba un mapa del pueblo. Algo sencillo.

La mujer se quedó mirando un segundo su pelo, y ella se preguntó qué debía de pensar de una chica con el pelo teñido de morado y unas botas militares, que le estaba pidiendo un mapa de Jackson, pero la sonrisa de la señora no se apagó.

—Sí, hay muchas opciones. Aquí tienes el mapa oficial del pueblo —le dijo, y sacó un folleto doblado—. Pero, y no le digas a nadie que he dicho esto, me parece que el de la asociación de restaurantes es un poco mejor.

—Gracias —dijo Grace. Tomó ambos folletos y abrió el que le había recomendado la mujer.

—¿Qué estás buscando, cariño?

¿Cariño? Grace se miró la camiseta. Sí. Todavía anunciaba un antiguo club de *burlesque* de Los Ángeles.

—Solo una calle —dijo, suavemente, con la esperanza de no invitar a la mujer a hacerle más preguntas.

—¿Qué calle?

Grace carraspeó y se movió con incomodidad, buscando con desesperación en el mapa para ver si podía encontrarla por sí misma.

—Um... Sagebrush.

—Sagebrush. Esa es muy larga. ¿Qué número? —preguntó la señora, señalándole la calle con una uña pintada de rosa. Sin embargo, apartó la mano antes de que ella pudiera ver qué calle le había indicado.

—El 605 de West Sagebrush —dijo Grace, por fin, con un suspiro.

—¡Ah, eso está por aquí! —exclamó la mujer, y volvió a señalar el mapa.

Aquella vez, Grace sí lo vio. Era una larga línea que serpenteaba por todo el pueblo y que, antes de terminar, seguía la curva de un arroyo. Parecía un camino bastante largo.

—Gracias —dijo. Dobló el mapa y se colgó la bolsa del hombro, conteniendo un gruñido por el esfuerzo—. ¿Es por allí? —preguntó, señalando con la cabeza hacia la dirección que pensaba que tenía que tomar.

—¡Sí!

Grace respiró profundamente y comenzó a andar. Sus botas hacían bastante ruido contra la madera del suelo.

—¡Eh, cariño!

Ella fingió que no oía nada.

—¡Cariño, espera! No puedes hacer todo ese trayecto andando.

—Sí, no se preocupe —respondió ella.

—¡Pero si hay un autobús gratuito!

Ella se detuvo en seco.

—¿Gratuito?

—Totalmente. De hecho, va a parar aquí mismo dentro de unos minutos. Pasa cada media hora.

Grace se giró y miró a la mujer desconfiadamente.

—Pero... ¿me va a llevar a hacer un tour por una nueva urbanización, o algo así?

—¿Qué? Oh, no, claro que no. Es un servicio municipal. Tiene una parada muy cerca de la dirección a la que vas, el 605 de West Sagebrush. Es la Granja de Sementales, ¿no?

—¿La qué? —preguntó ella, y dejó caer la bolsa al suelo. Había oído decir que su tía abuela era una vieja loca, pero...—. ¿Cómo?

—Oh, no me hagas caso —dijo la mujer, riéndose—. Es solo un nombre que usamos en el pueblo.

—¿Para qué?

—Para el edificio.

Justo cuando estaba abriendo la boca para pedir más información, se oyó el chirrido de unos frenos junto a la acera. Acababa de llegar el autobús, y no tuvo tiempo de hacer más preguntas. Volvió a colgarse la bolsa del hombro y corrió hacia el autobús. Tal y como le había prometido la señora, no parecía que hubiera que pagar billete. El conductor la miró con impaciencia, y ella sintió un poco de consuelo. Por muy gratuito que fuera el autobús, el conductor estaba tan hastiado como todos los conductores de autobús de Los Ángeles.

Grace perdió algo de su desconfianza y se sentó en la parte delantera para no tener que arrastrar más la bolsa. Después, abrió el mapa de nuevo para ver en qué parada tenía que bajarse.

Dejando atrás unas cuantas calles, el cemento sustituyó las pasarelas de madera y los edificios de dos pisos con porche delantero se hicieron menos comunes. Cuando llegaron al cruce que le correspondía, habían pasado por un centro comercial y un supermercado grande, y ella se sentía un poco menos desorientada. Tocó la campanilla para avisar al conductor y tiró de su bolsa escalones abajo.

No se atrevió a detenerse y mirar a su alrededor cuando el autobús se alejaba. La bolsa pesaba mucho y ya tenía los hombros doloridos, así que tomó la calle lateral con la cabeza agachada. Sagebrush estaba a solo cuatro manzanas. No había problema.

Cuando llegó a la siguiente calle, le faltaba el aire.

—Dios mío —murmuró, y se detuvo para respirar profundamente varias veces. No le sirvió de nada. «Es por la altitud», se recordó a sí misma, y, finalmente, tuvo que ceder y dejar caer la bolsa. Cerró los ojos y se concentró en inhalar oxígeno. Sin el peso de la bolsa, recuperó la respiración normal al cabo de unos segundos.

¿De verdad había pensado que iba a poder caminar desde la estación de autobuses hasta el apartamento? Se echó a reír al imaginarse a sí misma arrastrándose por la calle con la bolsa en equilibrio sobre la espalda. Después, abrió los ojos y respiró hondo.

–Umm... – tarareó.

El aire olía... bien. Muy agradable. Fresco y limpio. Tal vez sí pudiera vivir con menos oxígeno, aunque fuera muy poco tiempo. Tampoco iba a tener que quedarse para siempre en aquel pueblo absurdo.

Aunque, en realidad, era bonito. La parte del Viejo Oeste había dejado paso a una zona victoriana de casas pequeñas como de pan de jengibre, separadas por alguna casa de campo de los años sesenta. Ella nunca había vivido en un pueblo pequeño. Tal vez estuviera bien, temporalmente.

Entonces, como si estuviera especialmente preparado para demostrarle lo equivocada que estaba, el tintineo de un timbre interrumpió sus pensamientos. Una bicicleta pasó a su lado. Un tándem. Ambos ciclistas saludaron mientras se alejaban. Grace hizo una mueca al ver aquella escena tan feliz, que parecía sacada de un anuncio. Claramente, aquel pueblo iba a restregarle su propia desgracia por la cara.

Cuando pasó el tándem, levantó la bolsa y siguió caminando. Apareció otra bicicleta, esta vez individual, pero con una bocina anticuada que el ciclista tocó antes de saludar. Sí, Los Ángeles ya era lo suficientemente angustioso, con tanto sol, pero aquel pueblo era demasiado.

Con suerte, Vancouver sería mejor. Allí había una industria cinematográfica importante, y había un trabajo esperándola, si conseguía llegar en seis semanas. Y, si hacía un buen trabajo, tal vez pudiera conseguir un puesto estable de maquilladora allí donde nadie sabía que era difícil trabajar con ella. Difícil, en el sentido de que no toleraba a actores sobones ni a jefes groseros. Para ella, era algo totalmente razonable, pero en Los Ángeles, la adulación era una forma de vida.

Grace entró en la calle Sagebrush y comenzó a mirar las indicaciones. Cuando, por fin, vio el número 605, se llevó una grata sorpresa. Se trataba de un edificio victoriano que no tenía nada que ver con una granja. Ni con sementales. No era la casa más bonita de la manzana, pero estaba recién pintada de azul cobalto y tenía los recercados de las ventanas y del porche de color blanco brillante. Parecía un lugar perfectamente respetable.

Después, sus ojos se deslizaron hacia el edificio de al lado. El bar de al lado. Supo que era un bar al estilo de un salón del salvaje oeste por el ancho tablón de madera que había encima de la puerta, en el cual estaba escrito *SALOON* en grandes letras negras. En el antiguo porche de la casa había taburetes de bar alineados y, al contrario del edificio ante el que ella se encontraba, parecía que aquel otro no había recibido una mano de pintura desde 1902. De hecho, parecía un granero que no había pintado nadie desde 1902. Estaba segura de que veía una especie de puerta de pajar cerca del techo.

Le dolían mucho los hombros, así que se ajustó la correa de la bolsa y caminó por la acera hacia la casa. Al entrar, vio dos puertas marcadas con las letras A y B y, por otro lado, una amplia escalera que conducía al segundo piso. Dejó caer la bolsa y sacó la carta de su tía abuela, rezando para que su apartamento estuviera en la planta baja. No sabía si podría subir las escaleras sin desmayarse.

—Puerta A —susurró—. Gracias a Dios.

Iba a abrir la puerta cuando se dio cuenta de su error, y se detuvo. No tenía llave. Y, mirando de nuevo la carta, se dio cuenta de que tampoco tenía un número de teléfono al que llamar.

Intentó girar el pomo, aunque se sentía un poco tonta. ¿Quién iba a dejar abierto un apartamento vacío?

—Mierda.

Se puso de puntillas y pasó los dedos por encima del marco de la puerta.

–Mierda, mierda.

Al mirar hacia abajo, vio que sus botas negras estaban plantadas sobre un felpudo con un letrero en el que podía leerse *¿Qué tal?* Dentro de un lazo en forma de círculo. Su última esperanza era aquella muestra de *kitsch* del Oeste. Contuvo la respiración, salió del felpudo y lo levantó. Nada.

–Mierda –gruñó de nuevo, y fulminó con la mirada el sobre que tenía en la mano. El remite de su tía era un apartado de correos. Se había comunicado con ella escribiéndola a la dirección de una amiga, que Grace utilizaba como remite. Y la abuela Rose no le había contestado las llamadas de teléfono.

Por si aquella fuera la hora del día en la que su abuela encendía el teléfono para mirar los mensajes, Grace sacó su teléfono y marcó el número de su abuela. Después de unos segundos, oyó la voz del contestador automático. Se le encogió el corazón.

Miró de nuevo la carta, aunque sin esperanzas. ¿Qué iba a hacer? ¿Pasearse por todo el pueblo preguntándole a la gente si conocía a su abuela? Había hecho un viaje de autobús de dos días, y estaba agotada. Solo quería descansar unas cuantas horas.

–¡Mierda, mierda, mierda!

Le dio una patada a la bolsa, con rabia, pero no fue lo suficientemente fuerte, así que alzó la pierna para volver a patear. Aquella bolsa contenía toda su vida, y eso le parecía una buena razón para hacerlo de nuevo. Aquella era su vida. Estaba allí mismo. Su porquería de vida allí, en aquella bolsa desgastada y sucia con estampado de camuflaje.

–¡Mierda! –gritó de nuevo, y le dio tal patada, que la envió a un metro de distancia.

—Esa bolsa debe de haber hecho algo horrible para que estés tan enfadada.

Grace se giró para ver quién acababa de hablar con aquel acento que arrastraba las palabras, y el corazón empezó a latirle aceleradamente. Había un hombre en la puerta del piso de al lado. Estaba apoyado en el marco, cruzado de brazos, sonriendo.

—¿Disculpe? —le espetó ella.

—Me estaba preguntando por qué le estás dando esa paliza a la bolsa, cariño.

—En primer lugar, yo no soy su «cariño». Y, en segundo lugar, no es asunto suyo.

Él sonrió aún más, y se le formaron hoyuelos en las mejillas. Tenía la cara morena, con las mandíbulas cuadradas. Era muy guapo.

—¿De verdad no es asunto mío que haya una mujer enloquecida gritando delante de la puerta de mi casa una preciosa tarde de viernes? A mí, eso me llama la atención.

—Es la puerta de mi casa —lo corrigió ella, con la esperanza de estar en lo cierto. Con la esperanza de que su tía no hubiera decidido alquilarle el apartamento a otra persona durante la semana que había pasado desde que la había escrito.

Él enarcó las cejas y se irguió.

—¿Tu casa? ¿Estás segura?

Grace soltó un resoplido y se tiró un farol.

—Por supuesto que estoy segura.

Él encogió un hombro y, de repente, ella se fijó en que él no llevaba abotonada la camisa. Parecía que se la había puesto por encima para salir a investigar qué era el escándalo de la escalera. Cuando se movió, se le vio una larga sección de piel desde el cuello a la cintura. Y, a partir de ahí, se veían sus vaqueros, que se le ceñían muy favorecedoramente a las caderas.

Entonces, ella lo recordó: la Granja de Sementales. ¿Qué clase de lugar era aquel?

Se quitó aquella idea de la cabeza. Aquel hombre llevaba unas botas de vaquero, por Dios. Era campechano y hogareño. Sus muslos no tenían por qué importarle a ella. Sin embargo, la visión de sus botas le recordó que estaba en Wyoming, y que estaba en Wyoming por cómo había estropeado su propia existencia.

—De todos modos, no es cosa suya.

Agarró las asas de la bolsa y la alzó con los brazos temblorosos. No podía dejar allí su bolsa, pero no sabía qué iba a hacer con ella. Ni siquiera sabía qué iba a hacer consigo misma.

Sintió ira, y eso le dio fuerzas para alzar aún más la bolsa. Sin embargo, no iba a poder llegar al bordillo de la acera y, mucho menos, ir andando hasta... ¿dónde, exactamente?

—Deja que te ayude.

Una mano grande se cerró alrededor de las asas y le quitó el peso de encima.

—Eh —dijo ella, pero él ya se había apoderado de la bolsa. La sujetaba con una mano, como si fuera un libro de bolsillo. Se le vio más piel al movérsele la camisa. Piel, músculo y vello dorado.

Mientras lo miraba obnubilada, él pasó por delante de ella y abrió la puerta.

La... abrió, sin más.

—¿Cómo...?

Él la miró con desconcierto.

—Has dicho que esta era tu casa, ¿no?

—Sí, pero... —balbuceó. Tuvo la sensación de que le iba a salir humo por las orejas; quiso agarrar su bolsa y decirle que se perdiera para siempre. Sin embargo, tenía los brazos muy cansados—. La puerta estaba cerrada con llave —dijo entre dientes.

—No. Se atasca un poco. Tienes que tirar un poco antes de girar el pomo.

—Entonces, ¿no estaba cerrada?

—Aquí no hay nada que robar —respondió él, señalando el interior con un gesto de la mano que tenía libre—. ¿Dónde te dejo esto?

¿Dónde? Se fijó en el entorno: paredes blancas, suelo de tarima de madera, una cocina insulsa... Tenía ciertos toques del pasado, como una chimenea y unas estanterías de obra. Sin embargo, no había ni un solo mueble.

Eso no se le había ocurrido.

—Aquí mismo —murmuró—. Gracias.

En realidad, no tenía importancia. Salón, dormitorio... Para ella, todo eran habitaciones vacías.

—¿Aquí? —preguntó él, con un titubeo.

—Sí, aquí. Gracias. Le agradezco su ayuda.

—¿De verdad? —preguntó él, de nuevo, con una sonrisa que sacó a relucir de nuevo sus hoyuelos—. Entonces, ¿por qué parece que te duele la garganta al decirlo?

Ella frunció el ceño, pero él no se dio por aludido y le tendió la mano.

—Por cierto, me llamo Cole. Cole Rawlins.

—Yo, Grace Barrett —dijo ella.

Él le estrechó la mano y, aunque no apretó, no había manera de que su fuerza pasara desapercibida. Ella notó su aspereza en los dedos.

—Grace —murmuró, mirándole el pelo durante un momento.

—Sí. Grace —dijo ella.

Le gustaba que los demás percibieran la contradicción que había entre su nombre tradicional y amable y su aspecto físico.

Aquel hombre se recuperó de la sorpresa mucho antes que cualquier otro.

—Es un placer –dijo con sencillez. Después, añadió–: Grace.

Ella tiró de la mano rápidamente, por lo íntimo que le pareció oírle decir su nombre como si de verdad fuera un placer.

—No eres de por aquí –dijo él.

—Mira, de verdad, te agradezco que me hayas ayudado, pero necesito encontrar a mi tía, así que...

«¿Podrías darme algo de espacio?».

—¿A tu tía?

—Le he alquilado el apartamento.

—Un momento, ¿Rayleen es tu tía?

—Mi tía abuela, para ser más exactos.

—Ah, ahora lo entiendo.

—¿El qué?

—El motivo por el que te ha alquilado el piso.

Grace se irguió de hombros y puso cara de pocos amigos.

—¿Y por qué, exactamente, no me iba a alquilar el piso, eh? Qué agradable eres, vaquero.

Pensó que él iba a aturullarse y a tratar de darle alguna excusa, cuando lo que en realidad había querido decir era que una chica como ella no encajaba en aquel lugar. Sin embargo, él no carraspeó ni cambio de tema, sino que volvió a sonreír.

—Digamos que eres un poco más pequeña que el resto de los inquilinos de este edificio.

Grace miró a su alrededor, como si los demás inquilinos acabaran de llegar.

—Creía que la gente de Wyoming le llamaba al pan, pan, y al vino, vino. ¿Por qué no intentas decirme lo que quieres decir de verdad?

—Vaya, tú sí que eres sincera. En tu tierra la gente no es tímida, ¿eh? Está bien, te lo diré con claridad. Tu tía tiene fama de alquilar sus apartamentos solamente a hombres. Dice que es más fácil tratar con ellos –respondió él. Sin embargo, por la ironía de su tono de voz, estaba claro que quería decir otra cosa.

–Eh... ¿Ocurre por aquí algo que yo debiera saber? –preguntó Grace.

Al ver que ella le miraba el cuerpo, él abrió mucho los ojos, con espanto.

–¡No! Claro que no. Pero, eh, si a ella le gusta mi cara lo suficiente como para hacerme una rebaja de cien dólares en la renta, no voy a discutir. Pero eso es todo, lo prometo.

Era obvio que estaba diciendo la verdad. Y, en cuanto a su cara, era cierto que bastaba para inspirar generosidad. Era preciosa y masculina. Tenía la mandíbula como de acero, una nariz fuerte y unos ojos azules que debía de entrecerrar con calidez a menudo, a juzgar por las arrugas de reírse que tenía en las comisuras. Tenía el pelo marrón claro, corto y un poco ondulado. Era guapísimo. Además, su cuerpo también llamaba la atención, aunque ella consiguió mantener la mirada fija en su rostro.

–¿No es ilegal alquilar solo a hombres?

–No lo sé. Pero supongo que ella se sale con la suya.

–Bueno, sea como sea, tengo que encontrarla para decirle que estoy aquí y que necesito unas llaves.

–Pues es bastante fácil. Seguramente está en la puerta de al lado.

–¿En tu casa?

–¡No! Vamos. Me refiero a la puerta de al lado, la puerta del bar.

–¿Es que bebe mucho?

–Bueno, regenta el bar –repuso él, corrigiéndola–. Y, sí, bebe a base de bien.

–Ah. Gracias. Voy a ir a verla.

Le estaba dando a entender que tenía que marcharse. Incluso enarcó una ceja con impaciencia y miró a la puerta. Pero Cole no se dio cuenta, porque estaba mirando el apartamento.

–¿Vas a recibir algún mueble?

–Claro, por supuesto. Gracias por tu ayuda.

Entonces, él volvió a sonreír.

–Muy bien, Grace Barrett. Incluso los vaqueros captan las indirectas. Si necesitas ayuda, avísame. Estoy aquí al lado.

–Estupendo. Gracias.

El sonido de sus botas en el suelo de madera fue más suave de lo que Grace hubiese esperado, pero, de todos modos, sus pasos reverberaron contra las paredes desnudas. Si ella se hubiera planteado quedarse más de seis meses en el mismo sitio, en aquel momento estaría pensando que necesitaba encontrar algo para poner en aquellas paredes. O, por lo menos, se habría imaginado pintándolas de algún color cálido, y preguntándose dónde podría encontrar alguna alfombra. Pero no pensaba quedarse allí, así que se deleitó con la pintura blanca, que solo tenía unos pocos agujeros de clavos.

Por lo menos, había aprendido a apreciar las pequeñas cosas de la vida. Y las grandes, también, como, por ejemplo, el sonido de la puerta cerrándose cuando Cole Rawlins la dejó sola, por fin.

–Menos mal –dijo Grace, con un suspiro de alivio.

Aquel sitio parecía mucho más grande sin que él ocupara tanto espacio.

Además, sin que él estuviera allí, empezó a apreciar los pequeños detalles que diferenciaban aquel apartamento de su viejo piso de Los Ángeles. El hermoso y oscuro marco de la ventana de madera no estaba pintado y, en lugar de los estores venecianos, había cortinas blancas. Y no olía a insecticida para cucarachas.

Se acercó a la ventana y abrió las cortinas. Allí había otra diferencia: en lugar de tener vistas a un aparcamiento, al tráfico a otros miles de apartamentos, tenía delante un gran pino. Después había una callecita y, en la otra acera, una casa verde con un porche amarillo. El garaje estaba abierto, y delante de la puerta había una moto de nieve.

A Grace le extrañó aquello, y arrugó la nariz. En Los Ángeles nunca había visto una moto de nieve. Motos acuáticas, sí, claro. Sin embargo, la moto de nieve parecía una máquina de verdad, peligrosa y poderosa, de un negro y rojo relucientes bajo la luz del sol. Parecía algo... divertido.

Lástima que no fuera a quedarse allí hasta el invierno. Tenía que llegar a Vancouver antes de seis semanas y ganar algo de dinero, o tendría problemas más graves, incluso, que los que tenía en aquel momento. Mucho, mucho más graves.

Cole tomó una lata de refresco y se apoyó en la encimera de la cocina, mirando hacia la puerta de su casa. Lo de abrir y encontrarse a una chica de ciudad furiosa, dándole patadas a una bolsa de viaje bien llena, había sido toda una sorpresa. No era lo que esperaba ver durante una rápida vuelta a casa para ducharse y tomar un sándwich después de su medio turno de trabajo en el rancho. La voz femenina que oyó en el descansillo le había llamado la atención. ¿Una mujer soltando maldiciones y pataleando? Uf.

Aquella chica iba a dar problemas. Si los reflejos morados de su pelo oscuro y cortado a capas no lo dejaban bien claro, el duro brillo de su mirada, sí. Él conocía esa mirada. La había visto antes. Y, a pesar de su imagen de vaquero bonachón y amigable, aquella mirada había removido algo en él. Era como un reto, y a él le encantaban los retos.

Ella lo había echado a empujones por la puerta con la excusa de que necesitaba encontrar a su tía inmediatamente, pero habían pasado cinco minutos y todavía no la había oído marcharse. Bruja maleducada... Era como si se hubiera tomado sus intentos de ayudar como una especie de insulto.

Tenía que haberla dejado en el pasillo toda la tarde, intentando descubrir cómo podía entrar en un apartamento que ya estaba abierto. Cole imaginó su creciente enfado y su frustración. Esa mirada de furia que había vislumbrado al abrir la puerta para averiguar de qué se trataba el ruido... Ella ni siquiera se había avergonzado, se había quedado mirándolo como si él se estuviera entrometiendo.

—Problemas —murmuró, cuando, por fin, dejó de vigilar la puerta y se irguió. Shane estaba esperándolo en el bar para tomar una cerveza, y Cole no tenía nada que hacer hasta su sesión de rehabilitación física del día siguiente. No se entretuvo mucho en la entrada, pero solo porque pensó que la vería pronto en el Crooked R.

Durante los últimos diez años se había olvidado de aquel tipo de chicas, pero las estaba recordando ahora. Se acordaba de cómo le aceleraban los latidos del corazón. De que lo empujaban a actuar por impulso. En el pasado había tenido debilidad por las chicas de ciudad peligrosas y, por ese motivo, había acabado mal.

Se quitó aquel pensamiento de la cabeza al entrar al bar. Shane estaba junto a la mesa de billar, preparándose para una partida.

—Hola —le dijo, mientras tomaba un taco.

—Hola. ¿Cuándo vas a mover el culo y a volver al trabajo?

A pesar de aquellas palabras groseras, Cole captó la mirada de preocupación de Shane. La ignoró.

—Ahora estoy a media jornada. No por mucho tiempo.

—¿Sí?

—Sí, por supuesto.

Shane lo observó otro largo instante.

—Bien —dijo por fin—. Porque quiero recuperar mi apartamento del primer piso.

—¿Tanto te cuesta subir las escaleras, viejo?

—Mira quién fue a hablar —replicó Shane, y señaló la mesa—. ¿Quieres empezar tú?

Cole iba a responder, pero se distrajo al oír abrirse la puerta del bar. El destello de luz de la calle oscureció al recién llegado, pero, en cuanto se cerró la puerta, él vio que era una chica rubia. Nada de pelo negro y morado.

—¿Te apetece jugar, o no? —volvió a preguntar Shane.

Sí, le apetecía jugar, pero no estaba pensando en el billar. Estaba pensando en su nueva vecina.

—Eh, ¿te has enterado de la noticia?

Cole supuso que Shane se refería a Grace, así que enarcó la ceja y se inclinó sobre la mesa de billar para dar el primer golpe a la bola.

—Van a venir a rodar una película importante al pueblo.

Cole hizo un esfuerzo y tiró del taco hacia atrás, como si aquellas palabras no le afectaran. De hecho, consiguió meter dos bolas con un golpe perfecto.

—¿Sabes algo al respecto? —preguntó Shane.

—¿Yo? ¿Por qué iba a saberlo?

—No sé. Pensé que a lo mejor volvías a interesarte en Hollywood.

Cole consiguió sonreír, aunque le daba vueltas la cabeza. Ese no podía ser el motivo por el que Grace estaba allí, ¿no?

—Eso fue hace mucho tiempo —dijo con calma.

—No tanto —replicó Shane—. ¿Diez años?

—Trece —dijo Cole. Trece largos años, pero no lo suficientemente largos. Trece años desde que Hollywood había ido al pueblo y se había tirado de cabeza. Si Grace era parte del equipo...

Pero, no. Ella solo había alquilado el apartamento, no estaba alojada en uno de los hoteles lujosos. Grace no era parte del equipo de rodaje. No era posible. Sin embargo, tal vez aquello fuera un aviso que debía atender, un recordatorio de que las chicas de ciudad ya lo habían llevado por el mal camino más veces. Y de que él las había seguido voluntariamente.

Aquella chica era una mala noticia. Y vivía en la puerta de al lado. Y él no tenía ni la más mínima intención de evitarla.

Aquella chica debería asustarlo mucho y, sin embargo, estaba sonriendo de expectación.

Y eso hizo que sonriera aún más.

Verdaderamente, malas noticias.

Capítulo 2

Grace percibió la frescura del aire en cuanto salió a la calle. Su limpieza le sorprendió, a pesar de que había estado fuera solo unos minutos antes. Casi con reticencia, respiró hondo, atrayendo su belleza. Aunque hubiera estado entre edificios de estuco y delante de una carretera de diez carriles llenos de tráfico, no habría podido poner en duda que ya no estaba en Los Ángeles. El aire era demasiado puro y, cuando se movía, casi no le rozaba la piel. Se sintió más ligera mientras se dirigía hacia los apagados sonidos de música que se filtraban por la puerta de bar de al lado.

—La taberna de al lado —murmuró. Eso era algo que nunca había dicho antes. Bar, sí. Licorería, también. Y, en una ocasión, incluso, club de *striptease*. Pero, taberna, nunca.

El club de *striptease* había resultado ser un buen vecino. Al contrario que en los bares y las licorerías, nadie quería pasar el rato fuera de un club de *striptease*. Lo interesante estaba dentro, detrás de las ventanas oscurecidas y las paredes lisas de cemento. Y, cuando el local cerraba, de noche, las chicas lo dejaban todo y se largaban como si el edificio les pusiera la carne de gallina.

Grace nunca se había imaginado a sí misma fingiendo que le gustaba un hombre por dinero, ni utilizando su cuerpo para ganar favores. Sin embargo, al final, había hecho lo mismo, ¿no?

Cuando abrió la pesada puerta del bar, se apartó aquel pensamiento de la cabeza. ¿Qué importaba ya? Había hecho lo que había hecho y, ahora, se merecía ser tan desgraciada.

En el bar sonaba una vieja música *country*, aunque no estaba muy alta y se oía el amistoso zumbido de las conversaciones. Solo eran las tres de la tarde, pero había varias mesas llenas, aunque no con los habituales tipos miserables que ella asociaba con el hecho de beber alcohol tan pronto. Dos de los grupos parecían universitarios desaliñados que podrían verse en cualquier ciudad. Sin embargo, en la mesa más cercana, había cinco hombres que llevaban sombreros de vaquero. A su paso, todos ellos se tocaron el ala del sombrero, y Grace se sonrojó ante aquella inesperada cortesía. Pasó rápidamente junto a ellos hasta la larga barra que recorría uno de los laterales del local.

Llevaba casi veinte años sin ver a su tía abuela, pero, claramente, la rubia que había detrás de la barra no era la tía Rayleen. La camarera estaba dentro de la treintena, probablemente, aunque tenía la piel tersa y tan bonita que podría pasar por una mujer más joven.

—Hola —dijo Grace para captar su atención—. Estoy buscando a Rayleen. ¿Rayleen Kisler?

La mujer siguió abrillantando un vaso, pero sonrió amablemente.

—Claro, cariño. Está allí. En la mesa de siempre.

Grace siguió el gesto con la mirada y vio una mesa en el rincón más alejado de la barra. Había una anciana haciendo un solitario, con un cigarro apagado entre los labios delgados. Sí. Aquella era la tía Rayleen. Tenía el mismo aspecto de mala de siempre.

—Gracias —murmuró Grace, aunque, mientras atravesaba el bar, iba pensando que esa no era la palabra correcta.

Lo que debería haber dicho era «Bueno, no importa» o «Haga como que no me ha visto». Debería haberse dado la vuelta, haber recogido sus cosas y haberse marchado. Ni siquiera había querido pedirle ayuda a su abuela y, mucho menos, a aquella otra mujer de gesto agrio que nunca había tenido una palabra amable para nadie, ni siquiera cuando ella era pequeña. Y, con el paso de los años, su rostro se había vuelto aún más agrio. Aunque todavía tenía un pelo precioso. Tenía una melena de color blanco puro que le caía por los hombros formando una hermosa ondulación. La única vanidad de Rayleen, según la abuela Rose. Grace se detuvo delante de la mesa, pero la anciana no levantó la vista, tan solo frunció el ceño ante sus cartas y les dio la vuelta a tres a la vez, con un ritmo pausado. Llevaba una camisa de cambray, de un color claro, que debía de ser de tres tallas más de la que le correspondía.

—¿Tía Rayleen? —preguntó Grace.

La anciana gruñó.

—Soy Grace. Grace Barrett —dijo ella. No hubo respuesta—. ¿Tu sobrina?

Entonces, la anciana arqueó las cejas plateadas, alzó la vista y le clavó unos agudos ojos verdes.

—Vaya, creía que estarías mucho peor.

—¿Disculpa?

Rayleen volvió a mirar a la mesa y siguió sacando cartas.

—Una mujer adulta que no sabe conservar su trabajo ni mantenerse por sí misma, y que tiene que escribir a su tía abuela para pedirle dinero... pensé que estarías enferma. Pero me parece que estás perfectamente.

Grace sintió una punzada de ira.

—Si no quieres...
—Aparte del pelo.

Grace se puso rígida y carraspeó. No tenía ningún derecho a contestar a aquella señora. Dios, quería hacerlo, pero quizá el hecho de dejarle el apartamento gratis le daba a Rayleen el derecho a insultarla un poco. Motivo por el que ella detestaba pedir ayuda.

—Vivía con alguien, pero no salió bien. Con la economía...

—¿Y quién te ha dicho que podías depender de un hombre para algo?

—Bueno... No, nadie me ha dicho eso.

—Seguramente, lo aprendiste de la idiota de tu madre. Esa mujer no tiene ni la más mínima inteligencia.

Grace sintió una oleada de emoción extraña. Furia, mezclada con vergüenza y con la humillación de escuchar la verdad dicha claramente.

—Escucha —masculló—. Si no quieres que me quede, dilo, y me marcho ahora mismo.

—¿Sí? ¿Y adónde vas a ir?

—A cualquier parte. Ya encontraré un sitio. No necesito tu caridad.

—Claro que sí, o no la habrías aceptado, para empezar. Tu abuela está viviendo en casa de ese viejo en Florida, y no puedes quedarte allí, ¿no?

No, no podía quedarse allí. Aunque hubiera preferido quedarse allí que tener que pedirle dinero a su abuela Rose. Por desgracia, su abuela no tenía dinero para prestarle, pero le había pedido a Rayleen que le devolviera un favor que le debía. Si ella no hubiera estado tan desesperada, nunca habría aceptado aquella oferta.

—Bueno, veo que por lo menos tienes algo de valor. Debes de haberte saltado una generación. ¿Quieres el apartamento, o no?

La humillación le quemó un poco más la piel. Siempre había detestado que el hecho de ser tan pálida dejara traslucir sus emociones con tanta claridad. En realidad, no intentaba ocultar su ira a menudo, pero, al menos, quería controlar quién la veía y quién no. Y, en aquel momento, no quería mostrarle nada a aquella mujer. Quería estar calmada cuando se diera la vuelta y saliera del bar con la cabeza alta. No tenía adónde ir, pero era mejor dormir en un banco del parque que pedirle la llave a aquella bruja.

–Escucha, cariño –dijo, por fin, Rayleen–. La cuestión no es si quiero que estés aquí, o no. Yo no te conozco. Pero estoy dispuesta a permitir que te quedes porque tengo un apartamento vacío y Rose me ha pedido un favor. Tú pagas los muebles, y puedes quedarte. Pero solo hasta que empiece la temporada de esquí. Una cosa es agosto, pero ¿cuando llegue diciembre? No. Le tengo echado el ojo a un monitor de snowboard guapísimo al que tuve que rechazar la temporada pasada.

Aquello distrajo a Grace de su furia. ¿Un instructor de snowboard guapísimo? ¿Para qué? ¿Para el apartamento, o para una aventura? Dios Santo, aquella mujer estaba loca. Sin embargo, eso no significaba que ella quisiera aceptar el ofrecimiento que le había hecho de tan mala gana.

Estaba abriendo la boca para decirle a su tía abuela una grosería, cuando la anciana sonrió, mostrando una perfecta dentadura blanca más allá del cigarrillo que le colgaba de los labios.

–Estás cabreada, ¿eh? Me gusta eso. El orgullo es algo muy bello, pero tienes que preguntarte a ti misma adónde te ha llevado tu orgullo hasta este momento. Porque, que yo sepa, no tienes casa y estás amargada. ¿Te gusta eso?

Dios Santo, las cosas que quería hacerle a aquella mujer serían maltrato a la tercera edad, pero la tía

Rayleen era una maleducada. Y muy mala. Y tenía mucha razón.

Eso era lo peor de todo. Que tuviera razón. Ella era muy orgullosa, pero el orgullo no llenaba el estómago ni quitaba el frío. Así que tragó saliva. Y asintió.

–Gracias por dejarme el apartamento –dijo, a duras penas–. Saldré dentro de un mes.

Rayleen se echó a reír.

–Oh, eso ya lo veremos. Por el momento, no golpees las paredes ni te dejes las ventanas abiertas cuando llueva. No está permitido fumar ni tener mascotas. La llave está en la caja registradora. Jenny te la dará.

–Gracias –dijo Grace de nuevo, con el mismo sabor amargo que la primera vez. Ojalá tuviera dinero para tomarse una cerveza, pensó, mientras se acercaba a la barra. Ojalá su vida fuera tan sencilla como sentarse y tomarse una cervecita fría. O, mejor aún, un whiskey doble. Dios, sí.

–Hola otra vez –le dijo la camarera.

Grace se obligó a sí misma a sonreír. Aquella chica le daba buenas vibraciones. Seguramente, ganaba mucho dinero de camarera, porque había que saber hacer bien aquel trabajo. Ella lo sabía porque lo había intentado y no lo había conseguido, porque no le caía bien a la gente. Sin embargo, aquella mujer... tenía algo reconfortante.

–¿Eres Jenny?

–Sí.

–Rayleen me ha dicho que te pidiera la llave del apartamento A.

–¿Tú? –le preguntó Jenny, y se echó a reír–. Vaya, esto sí que es todo un cambio.

–¿Tengo que registrar el piso para encontrar cámaras escondidas? –preguntó ella, medio en bromas.

–No, creo que no. Le gusta coleccionarlos, pero no

espiarlos, creo. Nada demasiado inquietante –dijo Jenny. Apretó un botón de la caja registradora y abrió el cajón.

–A mí me parece bastante inquietante –murmuró Grace.

–Es inofensiva. A ellos les gusta venir a tomarle el pelo, pero ella les llama «niñatos» y les dice que la dejen en paz –respondió Jenny, y le entregó la llave–. Bienvenida a Jackson.

–Gracias –dijo ella. Y eso fue todo. Sin papeleo. Sin contrato ni trámites legales–. ¿Sabes de algún puesto de trabajo?

–No, ya estamos casi a finales de verano. ¿A qué te dedicas?

Grace se encogió de hombros.

–Puedo trabajar de camarera. Limpiar mesas. Y también, de limpiadora.

–¿Y nada más? Pareces una mujer que sabe hacer otras cosas.

Grace se quedó helada. ¿A qué se refería? ¿A desnudarse? ¿A la prostitución? Sabía que tenía un aspecto un poco más duro que la gente de Wyoming, pero no esperaba tener que enfrentarse a la misma porquería que en Los Ángeles.

–¿Nunca has trabajado en una tienda de ropa? –le preguntó Jenny, con tanta amabilidad como antes.

Grace pestañeó. ¿Se refería a eso? ¿A algo tan inofensivo?

–Eh... Sí, claro. Trabajé en una tienda de ropa de segunda mano cuando era joven. Y sé maquillar.

–¿Maquillar?

–Trabajo de maquilladora en Los Ángeles.

–Ah –dijo Jenny, y abrió unos ojos como platos–. Eso es muy *cool*.

–Pero no es muy útil en Wyoming.

—Puede que no, pero se gana más dinero que trabajando de camarera en un pueblo turístico.

—Depende...

—¿De qué?

—De si puedes evitar cabrear a las cincuenta personas de un rodaje que tienen el poder de despedirte, si quieren.

Jenny se echó a reír.

—Bueno, tal vez deberías ir a ver a Eve Hill. Es fotógrafa, y es muy maja. Puede que tenga trabajo para ti.

Grace se esforzó en no poner cara de duda, pero prefería ser camarera antes que maquillar novias para las fotos de la boda.

—¿Qué tipo de fotografía? —preguntó con cautela.

—No estoy segura. Hace fotografías de paisajes, pero también hace sesiones de fotos para revistas.

—¿Aquí?

En aquella ocasión, las dudas debieron de reflejarse con claridad en su semblante, porque Jenny cabeceó.

—Aunque estemos en mitad de ninguna parte, aquí hay dinero. Mucha de la gente que conoces de Los Ángeles viene aquí a esquiar y para los carnavales, y les gusta tener un motivo para estar aquí. Los rodajes y las campañas de moda se lo proporcionan.

—Ah. Claro. De acuerdo, voy a buscarla.

—Sí, hazlo. Y, si eso no resulta, ya te diré algunos sitios buenos para ser camarera en el pueblo, y los sitios que debes evitar.

—Muchísimas gracias.

Jenny le guiñó un ojo amigablemente y, después, se alejó para atender a dos hombres que acababan de acercarse a la barra.

—Eve Hill —murmuró Grace.

Seguramente, no iba a salir bien. Aquella mujer no necesitaría ninguna maquilladora. Sin embargo, si había alguna posibilidad de evitar volver a servir mesas, tenía que intentarlo y tragarse su orgullo. Incluso se ofrecería voluntaria para hacer maquillajes de novias. Después de todo, había un denominador común para toda la gente que a ella no se le daba bien: los clientes, los jefes, los amantes, las novias. Y ese denominador común era Grace.

Ella era el problema.

Apretó la llave en el puño y salió del bar sin mirar a los ojos a ninguno de los clientes.

No le caía bien a la gente.

Bueno, eso no era del todo cierto. Tenía amigos. Por ejemplo, Merry Kade, que había sido su mejor amiga durante diez años. Así que le caía bien a algunas personas, pero no a las personas que controlaban su nómina. Aunque, hasta hacía algunos meses, tampoco eso había sido un problema. Era tan buena maquillando que no tenía que ser una aduladora para conservar su puesto de trabajo. Le había ido muy bien. No había tenido que pedir ayuda a nadie.

Pero eso era antes.

No importaba. Había pedido ayuda en aquella ocasión, ¿no? Y lo detestaba. Lo odiaba como nunca hubiera odiado ninguna otra cosa. Era peor que aquella vez que había tenido que vivir en la calle, de niña, comiendo en comedores sociales. Era peor que tener que dormir en el sofá de unos amigos durante unos días, porque sabía que, en algún momento, ella haría lo mismo por ellos. Aquello era una petición de ayuda en toda regla, y le asqueaba.

Sin embargo, era mejor que ir a la cárcel.

Se quedó frente a la bonita casa azul y abrió el puño. La forma de la llave se le había quedado marcada en la piel de la palma.

—Solo serán unas semanas —susurró—. Solo un mes.

Y, si no le gustaba estar en aquella situación, lo que tenía que hacer era aprender a cerrar la boca delante de la gente que controlaba su nómina. Porque tenía que elegir entre las dos cosas, y no estaba dispuesta a pedir caridad nunca más.

Capítulo 3

Cole fulminó con la mirada la coronilla de su fisioterapeuta y la maldijo por ser una bruja maltratadora. Farrah alzó la vista y sonrió.

—¿Vas bien, Cole? —le preguntó, y le apretó aún más la rodilla contra las costillas, con todo el peso de su cuerpo. No mucho peso, en realidad, porque tenía el tamaño y la apariencia de un hada. Pero eso solo era otro de sus trucos.

—Estupendamente bien —masculló él.

—Easy dice que le estás fastidiando a base de bien otra vez —comentó ella.

—Tengo que volver a trabajar —dijo.

—¿Quieres curarte bien, o no? —le preguntó Farrah y, por fin, le soltó la rodilla. Sin embargo, él sintió un enorme dolor en la articulación de la cadera a medida que ella le bajaba la pierna hasta el suelo.

—Me estoy curando perfectamente.

Ella apartó la vista.

—Eres fuerte y estás sano. Estabas en muy buena forma antes de tener el accidente. Pero cabe la posibilidad de que...

—Claro.

—¿Cuándo tienes que volver al traumatólogo?

—Dentro de dos semanas.

—De acuerdo –dijo ella. Se puso en pie y se sacudió las manos–. Seguro que la tomografía nos dará más respuestas. Pero se ve que estás haciendo los ejercicios.

Él se puso de pie y estiró la espalda.

—Gracias por venir esta mañana. Sé que no tienes por qué hacerlo.

—Tú eres un caso especial –dijo ella, y puso los ojos en blanco, aunque sonrió alegremente enseguida–. De verdad, Cole. Yo quiero ayudarte tanto como Easy a que vuelvas a montar a caballo.

—¿Ah, sí? Pues tu tío no me está ayudando demasiado.

—¿Quieres decir que él está cumpliendo con las órdenes del médico, ya que tú no quieres hacerlo?

—Por Dios, no he vuelto a montar, ¿no? –le espetó Cole, y se quedó consternado al darse cuenta de que había contestado mal a aquella chica, que era como una prima pequeña para él–. Perdóname, Farrah.

—Por favor… No te creerías las cosas que oigo por parte de mis clientes. Combinaciones de palabras que yo ni siquiera debería conocer –dijo ella, y tomó su bolsa–. Date una ducha de agua caliente para relajar los músculos. Y que conste que estás mejorando.

—Claro –murmuró él, mientras le daba un abrazo de despedida en la puerta.

Lo estaba haciendo muy bien, por supuesto que sí. A pesar de lo que decían los expertos, estaba seguro de que iba a ponerse bien.

Todo lo bien que podía estar un vaquero que, tal vez, no pudiera volver a montar a caballo.

Cabeceó y se pasó la mano por el muslo dolorido. Iba a ponerse bien. Los médicos tenían esperanzas. El fémur, que se le había hecho añicos, estaba soldándose, y la fractura de la pelvis, también. Iba a recuperarse a tiempo para volver a reunir el ganado en otoño.

Sería su último rodeo para Easy. Él quería a Easy como a un padre, sí, pero quería empezar a dirigir su propio rancho. Y Easy quería venderlo. El próximo año, él estaría reuniendo su propio ganado y Easy estaría bebiendo piña colada en una playa mexicana.

Al pensar en Easy relajándose en una playa, con su Stetson, se echó a reír. Se encaminó al baño y entró en la ducha.

Abrió el grifo y puso el agua al máximo de temperatura que podía soportar, con la esperanza de que nadie más en el edificio hubiera hecho tanta presión sobre el calentador de agua. Uno de aquellos días haría los ejercicios, se daría una ducha caliente y, de repente, se sentiría bien. Estupendamente bien. Sabía que iba a recuperar la normalidad, estaba seguro de ello. Sin embargo, por el momento, el dolor no había desaparecido. Algunas veces era algo soportable, pero, otras, era como un corazón gigante cuyos latidos le golpeaban el muslo. Los médicos decían que el dolor era algo normal, que no había nada de qué preocuparse.

Media hora más tarde, algo menos dolorido, Cole estaba tomando su café matinal y mirando a su puerta otra vez, esperando alguna señal del apartamento de al lado.

No había vuelto a verla desde que se la había encontrado hablando con Rayleen en el bar. Grace ni siquiera se había fijado en él, que estaba en la zona de las mesas de billar. Eso le había irritado un poco, pero, también, se había sentido agradecido de tener la oportunidad de poder observarla abiertamente.

Era una mujer menuda, de huesos delicados, pero su cuerpo estaba tenso como si estuviera preparada para huir en cualquier momento. O abalanzarse sobre alguien, tal vez; ojalá fuera aquello último.

No obstante, por muy fascinante que fuera, parecía que había desaparecido. No la había oído ni una sola vez, y eso que compartían una pared común en el pasillo y el baño. Jackson era un lugar bastante tranquilo por la noche y, a menudo, él oía moverse a su anterior vecino. Sin embargo, parecía que Grace era silenciosa como un ratón.

Claro que el inquilino anterior era un borrachín que había dejado la universidad, cuyo pasatiempo número uno era hacer malabarismos con tres novias diferentes. Por lo menos, le había proporcionado una telenovela para entretenerse durante las noches de insomnio.

Pero ¿dónde estaba su nueva vecina?

Tal vez no hubiera habido trato; cabía la posibilidad de que la vieja Rayleen hubiera pensado que iba a alquilarle el piso a un sobrino muy guapo. Aunque... No. Negó con la cabeza, porque sabía que aquello no era cierto.

La anciana era inofensiva. Excéntrica, sí, pero inofensiva. Ni siquiera los chistes que hacían por el pueblo tenían ninguna base, y por eso le parecían graciosos a la gente. Era obvio que no ocurría nada entre Rayleen y sus jóvenes inquilinos, pero resultaba muy fácil hacer bromas.

Y, en realidad, Rayleen nunca alquilaba sus apartamentos a mujeres.

Cole oyó que se cerraba la puerta de un coche y ladeó la cabeza, esperando a ver si Grace volvía de... ¿Dónde? ¿De casa de algún novio? ¿Acaso había pasado una velada con un nuevo conocido? Se irritó un poco al pensarlo, pero terminó sonriendo ante su propia estupidez. Aquella mujer era todo pasión y carácter. Si quería acostarse con un chico diferente cada noche, seguramente lo haría, y tampoco pediría disculpas. Y él sería tonto si permitiese que eso le afectara.

Se llevó la taza a los labios y se dio cuenta de que estaba vacía. Quería tomarse otro café, pero, por algún extraño motivo, con una taza de café la pierna le dolía menos y, con dos, le dolía más. Y ya estaba preparado para sentir un dolor infernal aquel día, entre el trabajo del día anterior y la terapia física de aquella mañana.

Ni siquiera durante la peor etapa, justo después de la cirugía, había pensado que el dolor iba a ser tan abrumador y que la lesión podría ser tan grave como para no permitirle volver a montar. Llevaba subido a un caballo desde que tenía tres años y, para él, cabalgar era más natural que caminar. Sin embargo, ahora se sentía como si sus músculos no pudieran recordar la forma de caminar y, mucho menos, de llevar a un caballo con la más mínima tensión. Pero realmente, los músculos no eran el problema. El problema era la grieta que empezaba en la articulación de la cadera y le llegaba hasta la mitad de la pelvis. Con el fémur destrozado y el metal sujetando todo eso...

–Tendremos que ir viendo cómo evolucionas –le habían dicho–. Si montas a caballo, podrías causarte daños permanentes.

Pero él no podía aceptar eso. No sabía cómo aceptarlo.

Había estado de baja durante ocho meses, y le habían dado el alta para trabajar media jornada hacía un mes. Sin embargo, para un vaquero, medio día de trabajo deberían ser ocho horas, sin fines de semana libres. Él no sabía qué hacer con el tiempo libre.

Y era peor ahora que ya podía caminar. Iba al rancho la mayoría de los días y veía a sus amigos hacer cosas que él no podía hacer. Le habían asignado las tareas de atender el jardín y los corrales, e iba cojeando de un lugar a otro hasta que Easy le decía que sus cuatro horas habían terminado y que tenía que largarse.

Cuatro horas al día, cinco días a la semana. Era vergonzoso. Y ¿cómo se suponía que iba a prepararse para la reunión del ganado si no le permitían hacer ningún esfuerzo?

Aquel día no debía ir al rancho, pero, si se colaba en el cobertizo de los arreos y trabajaba unas horas haciendo reparaciones mientras todos los demás estaban cuidando al ganado, podría salir antes de la hora de comer sin que nadie lo viera. Easy ni siquiera se iba a enterar. Aquel día no iban a pagárselo, pero no se trataba del dinero. Se trataba de estar en el lugar al que pertenecía, haciendo algo útil. Y en preparar su cuerpo para la vuelta al trabajo a jornada completa.

La puerta principal todavía no se había abierto, así que Cole pensó que el coche habría parado delante de otra casa. Así pues, su vecina de la puerta de al lado seguía siendo un misterio. Miró la cafetera y, después, el reloj. Todavía le quedaban dos horas para poder ir al rancho.

Bueno, y ¿qué demonios? Satisfacer un poco la curiosidad no era malo para nadie.

Al pensar eso, se echó a reír. A él, la curiosidad había estado a punto de destruirlo una vez. Pero, entonces, no era más que un chaval. Era tonto, y sus ansias de correr aventuras podían controlarlo fácilmente. Y su pene. Algunas veces, una cosa y otra eran lo mismo, y algo que podía espolear mucho su curiosidad.

Después de todo, Grace era muy guapa.

Bueno, no guapa, exactamente. Esa no era la palabra. No era mona, tampoco. Tenía el pelo salvaje, cortado a capas, con mechones castaños, negros y morados. Y unos ojos oscuros que parecía que lo absorbían todo, pero que no dejaban traslucir nada. Y una piel muy blanca, un cutis impecable. No era guapa. Era llamativa. Como una patada en el estómago. Y él no había vuelto a sentir eso desde...

No había vuelto a sentir eso desde que era un chaval idiota que salía por primera vez con una chica de ciudad. Así que, tal vez, no hubiera madurado mucho, después de todo.

Sin embargo, fuera de donde fuera Grace, aquello no era Los Ángeles, y él no iba a empezar a llevar una vida disoluta. Solo estaba observando a una vecina.

Así pues, se puso de pie, hizo un esfuerzo por no apretarse el muslo con la mano, aunque le dolía, y se acercó a llamar a la puerta.

El silencio que siguió a su llamada no era buena señal. Para él, las ocho de la mañana era muy tarde, pero, tal vez, para una chica como ella era muy temprano. Sin embargo, lo más probable era que no estuviese allí. Había desaparecido tan rápidamente como había aparecido. Así que Rayleen había echado a Grace. Seguramente, ellas dos no habían podido congeniar.

Empezó a darse la vuelta para volver a casa, cuando oyó una voz apagada.

—¿Quién es?

—Soy yo, Cole —dijo. La sonrisa apareció tan rápidamente en su cara que se quedó sorprendido—. Tu vecino.

Se abrió la puerta. No de par en par, por supuesto, pero sí lo suficiente para que él pudiera ver que Grace lo estaba fulminando con la mirada.

—Buenos días —le dijo, mientras bajaba la mirada. Ella llevaba puestos unos pantalones vaqueros y una sudadera negra con capucha, pero iba descalza. Tenía las uñas de los pies pintadas de azul.

—Alguien ha pintado la mirilla —murmuró ella, mientras se pasaba una mano por el pelo. Las capas se le despeinaron y se le quedaron hacia arriba, y eso hacía que pareciera aún más joven. O tal vez fuera el maquillaje, que se le había corrido por la cara. Sin embargo, él se dio cuenta de que todavía tenía los labios de un color rosa oscuro; aunque no era por el pintalabios. Era el dulce color de su boca.

—¿La qué? —preguntó él, por fin, cuando se acordó de volver a hablar.

—La mirilla —respondió ella, y señaló la puerta.

—Ah —dijo él, y miró hacia atrás, hacia la puerta de su casa—. Supongo que no me había dado cuenta.

—No, supongo que no. ¿Necesitabas algo?

—No. Solo quería ver qué tal estabas.

—¿Yo? —inquirió ella, con los ojos entrecerrados—. ¿Por qué?

—Bueno, pues porque somos vecinos. Y no he oído ni un solo ruido desde que cerraste ayer la puerta. No sabía si Rayleen te había echado con cajas destempladas.

Ella empezó a cabecear, pero se le escapó un enorme bostezo que interrumpió el movimiento. Abrió un poco más la puerta, sin querer, y él vio que el apartamento estaba igual que el día anterior. No había ni un solo mueble. La cocina estaba oscura y silenciosa.

Cole movió el cuello para mirar aún más, pero ella se dio cuenta de lo que estaba haciendo y cerró un poco más la apertura. Sin embargo, él ya había visto lo suficiente. Ella todavía no tenía ninguna de sus cosas allí.

—¿Te apetece una taza de café?

Por un segundo, una emoción apareció en sus ojos oscuros. Algo parecido a la lujuria.

—Está recién hecho —insistió él, para persuadirla.

—Umm…

Grace miró hacia su puerta, y él se dio cuenta de que ella tenía la esperanza de que le ofreciera llevarle una taza y de que la dejara en paz. Ni por asomo.

—Vamos, ven. Podemos dejar abierta la puerta de mi apartamento, ya que te pongo tan nerviosa.

—¡Ja! —exclamó ella. Su risa era ronca y maravillosa—. ¿Y por qué me ibas a poner nerviosa tú a mí?

—No tengo ni idea —respondió él con una sonrisa—, pero es evidente.

—No tiene nada que ver con el nerviosismo, vaquero.

Lo que pasa es que soy lo suficientemente inteligente como para no meterme a un sitio cerrado con un extraño.

—Con un extraño, ¿eh? Espero que no hayas estado oyendo lo que dicen de mí por ahí. La mitad de las historias no son ciertas.

—Tú no entiendes lo que es un extraño —dijo ella. Después, le indicó con la mano que retrocediera y lo siguió al descansillo con una sonrisa—. ¿Vas a darme ese café, sí o no?

—Sí, señora —dijo él, y se tocó el ala de un sombrero imaginario antes de ir hacia la puerta de su casa—. Estaba a punto de desayunar —añadió, aunque era mentira. Había desayunado dos horas antes, pero no parecía que ella hubiera hecho la compra todavía—. ¿Comes huevos con beicon? Si eres vegetariana, puedo hacer unas tostadas.

Ella se mantuvo en silencio durante unos segundos. Cole oyó que su puerta se cerraba suavemente mientras él iba hacia la cafetera.

—Sí tomo huevos con beicon, sería genial —dijo Grace, por fin—. Y tostadas, también, si es posible.

—Claro —dijo él. Le sirvió una taza de té y rellenó su propia taza. Qué demonios... Merecía la pena sentir un poco de dolor en el muslo si era por pasar un rato con ella. No tenía nada más interesante que hacer en aquel momento. Y no sería la primera vez que había aguantado un dolor por una mujer atractiva.

Puso el azúcar y la leche sobre la encimera, metió el pan en la tostadora y sacó el beicon y los huevos. Notaba que ella le estaba mirando la espalda mientras trabajaba.

—¿Dos huevos está bien? —le preguntó, mientras ponía el beicon en la plancha.

—Sí, muy bien —respondió ella—. Parece que sabes lo que haces.

Cole miró hacia atrás y se la encontró sentada en un taburete, encorvada sobre la taza de café, como si tuviera frío. Allí, si uno no era de las montañas, se notaba mucho frío por las mañanas. Él subió la temperatura en el termostato.

—En los barracones hacemos turnos para cocinar.

—Ah, los barracones —dijo ella, entonando la palabra de tal modo que se convirtió en algo misterioso. Sin embargo, los barracones no tenían nada de misterioso. Solo eran un armario gigante donde se cocinaba y se dormía.

—Entonces, ¿qué estás haciendo aquí? —preguntó Grace—. ¿Te has cansado de vivir en el barracón?

Sí, estaba cansado de vivir así, pero ese no era el problema. De hecho, le habían nombrado capataz del rancho y se había mudado a la casa del capataz hacía un año.

Terminó de freír el beicon y lo puso en un plato. Lo tapó mientras hacía los huevos en la misma plancha.

—El año pasado tuve un accidente —dijo por fin.

—¿Qué te pasó?

—Un caballo aterrizó sobre mi pierna.

—Ay...

—Sí, ay.

—¿Y por eso te cambiaste al apartamento?

La complicada historia apareció ante él, y giró los hombros para relajarse un poco.

—Sí, porque no hay sitio suficiente para la gente que no está trabajando. Pero ahora voy a volver al trabajo, así que no voy a estar aquí mucho más tiempo.

—Yo, tampoco.

—Pero si acabas de llegar.

—Solo estoy de paso.

—Vaya. ¿Cómo no adivinar que no querías echar raíces en Wyoming?

Ella enarcó una ceja.

—¿Me estás diciendo que no parezco una chica de Wyoming?

—Sabes muy bien que no. Y así es como te gusta.

Entonces, ella enarcó ambas cejas, como si se hubiera sorprendido. Cole terminó de preparar los dos platos de huevos, beicon y tostadas, los puso en la encimera junto a los cubiertos, las servilletas y los vasos, y se sentó junto a ella, en otro de los taburetes, para averiguar exactamente quién era aquella chica.

Aquel hombre era más listo de lo que parecía. Grace había estado intentando picarlo, obligarle a decir algo que fuera insultante para ella. Sin embargo, él había dicho la verdad como si fuera algo evidente. Grace no sabía qué hacer.

—Bueno, ¿y cuánto tiempo te vas a quedar?

En vez de responder, ella tomó un poco de huevo. Se le extendió el sabor por la lengua, y tuvo la esperanza de que Cole no oyera los rugidos de su estómago al sentir aquel placer repentino.

—Vaya. Los huevos están riquísimos.

—Los he hecho con la grasa del beicon —respondió él—. ¿Qué vas a hacer aquí? ¿Trabajar?

Grace carraspeó e intentó no meterse toda la comida en la boca de golpe, pero, demonios, hacía varios días que no comía decentemente. En el autobús se había tomado algunas barritas energéticas y unas patatas fritas. Tragó un bocado de beicon y respondió:

—Ya te he dicho que estoy de paso.

—¿Hacia dónde?

—Vancouver.

—Ah —dijo él con una sonrisa—. Has elegido una ruta extraña hacia Vancouver.

Ella se encogió de hombros y cambió de tema.

—Muchísimas gracias por el desayuno. Y por el café. El café está buenísimo. Fuerte.

—Deberías probarlo después de haber estado al borde de una hoguera todo el día. Ese sí que te despierta.

Grace se alegró de que hubiera terminado con las preguntas, porque quería tomar su plato y salir corriendo a su casa para devorar la comida. Si él seguía presionándola, iba a hacer eso exactamente. Sin embargo, él dejó el tema, así que ella untó de mantequilla la tostada y le dio un buen mordisco.

Dios, sí que estaba hambrienta. Tuvo ganas de soltar un gruñido de placer. Tal vez aquel vaquero no estuviera tan mal. De hecho, en aquel momento, Cole Rawlins era bastante increíble.

No se dio cuenta de cuántos huevos había en su plato hasta que empezó el tercero.

—¿Cuántos huevos has preparado?

—Cuatro para ti, cuatro para mí.

Ella se echó a reír.

—¿Es que parece que como tanto como tú?

—Bueno, parece que no te está yendo mal.

Grace se echó a reír con ganas.

—¿No te he contado que en Los Ángeles trabajaba de leñadora?

—Ah, sí, claro. Tienes pinta exactamente de eso.

Vaya, sí que era gracioso. Un vaquero gracioso. ¿Quién lo habría pensado? Ella creía que todos los vaqueros eran silenciosos y taciturnos, como en *Brokeback Mountain*.

—Entonces, eres de Los Ángeles.

—Por desgracia.

—¿En qué trabajas?

—En este momento, en nada.

—Pero ¿has...?

—Creo que ya estoy llena –dijo ella, interrumpiéndolo con cara de disculpa–. ¿Quieres mi último huevo?

—No, yo también estoy lleno.

Entonces, Cole hizo ademán de tomar su plato, pero ella todavía no podía soportar separarse de la comida, así que tomó el último pedazo de beicon antes de que él pudiera llevárselo. Cole volvió a dejar el plato en su sitio. Llena o no, se le hizo la boca agua cuando mordió el beicon. Intentó no pensar cuánto tiempo llevaba sin tomar una comida caliente. No importaba. Aquel mismo día iba a conseguir un trabajo. O al día siguiente. Dentro de una semana, tendría un cheque. Empezaría a pagar el dinero que debía para no tener que pensar nunca más en su ex.

—¿Necesitas ayuda para hacer la mudanza? –le preguntó Cole.

—No, muchas gracias –dijo ella. Ahora que sí estaba llena, necesitaba escapar. Él seguía haciéndole preguntas que no debía, porque ella no tenía las respuestas adecuadas.

—Vamos.

—No tengo muchas cosas, de verdad. Además, tú estás herido.

—Bueno, creo que estoy bien como para mover un futón.

Hizo un gesto al decir aquello, y Grace se dio cuenta de que tenía razón. Tenía unas manos grandes, con algunas cicatrices blancas que destacaban contra el moreno de su piel. Y ella nunca había visto unos antebrazos tan bonitos. Suponiendo que los brazos gruesos, musculosos y masculinos fueran bonitos, claro. Tuvo la tentación de tocarle el brazo para comprobar si su vello era áspero o suave.

—Entonces, ¿me vas a dejar que te ayude, sí o no?

Ella se bajó del taburete y se dirigió hacia la puerta para alejarse de él y de sus preguntas.

–No te preocupes, puedo yo sola. Pero muchísimas gracias por el desayuno y por el café.

Nos vemos por aquí.

–Eh.

Grace se detuvo justo después de salir, pero solo porque él le había dado de comer. Si hubiera sido cualquier otra persona, habría seguido andando. Como él no dijo nada más, ella asomó la cabeza por la puerta. Vio que estaba escribiendo algo.

–Toma mi número de teléfono –le dijo, mientras atravesaba la habitación hacia la puerta.

Ella no lo tomó. Inmediatamente, sintió recelo.

–Eres mi vecino de al lado. Creo que puedo encontrarte si te necesito.

–¿Conoces a alguien más, aparte de Rayleen?

Ella lo miró a los ojos claros y no respondió. «Sí, estoy sola y soy vulnerable. Muy bien por haberte dado cuenta».

–Esto no es Los Ángeles –continuó Cole–. Si te quedas perdida en algún lugar, por la noche, o se te rompe el coche en mitad de ningún sitio, a lo mejor no ves pasar ningún otro coche hasta después de una hora. Así que toma mi número, ¿de acuerdo?

No, claramente, aquello no era Los Ángeles. Y, si él pensaba que ella tenía miedo a quedarse sola durante una hora, entonces no sabía cuál era su verdadero temor.

Sin embargo, Cole dio un paso hacia ella y le puso el papel en la mano. Cuando ella cerró los dedos alrededor de la nota, él le guiñó un ojo.

–Por si me necesitas –le dijo, de nuevo. En aquella ocasión, tenía cara de diversión.

Grace asintió.

–De acuerdo. Te llamo si necesito marcar alguna vaca, semental.

—¿Semental? Dios mío, las mujeres de Los Ángeles sí que sois atrevidas. Creo que me estoy ruborizando.

Ella le cerró la puerta en la cara, y puso cara de pocos amigos al oír su risa mientras cruzaba el pasillo.

¿Acaso pensaba que estaba flirteando con él? Seguramente, sí. Era increíblemente guapo, aunque no fuera su tipo. Sus rasgos eran demasiado perfectos...

De acuerdo, era muy guapo, sí, pero demasiado seguro de sí mismo, también. Seguramente, pensaría que ella solo iba a darle un toque exótico de chica de ciudad a su cama. Y también pensaría que no iba a tener ningún problema para conseguir que ella llegara a ese punto. Sin embargo, no estaba interesada en satisfacer su curiosidad. Aunque tuviera ganas de acostarse con alguien en aquel momento, que no tenía, no iba a ser su experimento. Ni su paseo por el lado salvaje de la vida. Que se quedara sentado, preguntándose cómo era de verdad.

Como quería quitarse el sabor del café de la boca, fue al baño, donde había colocado ya sus artículos de higiene y una enorme caja de cosméticos. Sin embargo, al encender la luz y verse en el espejo, se quedó paralizada. Se le había olvidado desmaquillarse la noche anterior, y tenía el rímel corrido alrededor de los ojos. De repente, se preguntó si la risa de Cole no era un intento de flirtear, sino, más bien, pura diversión.

Demonios.

Capítulo 4

Estaba nerviosa, y a Grace no le gustaba estar nerviosa. Se ponía de mal humor, a la defensiva, y esa no era la mejor actitud para hacer una entrevista de trabajo.

Aunque aquello, en realidad, no era exactamente una entrevista de trabajo. Había ido en autobús hasta el otro extremo del pueblo y estaba sentada en el estudio de Eve Hill, esperando a que la fotógrafa terminara de revisar unas pruebas con alguien. Eso era, al menos, lo que pensaba que estaba sucediendo al otro lado de la puerta cerrada que había al final de la habitación. Eso era lo que decía el letrero que había en la puerta. Por lo menos, el murmullo calmado de las voces era relajante.

Por el momento, eso era todo. En una de las paredes de la habitación había fotografías de novias, pero, en general, la mayoría de las fotografías eran paisajes o fotogramas publicitarios para empresas, y había algunas fotografías de moda increíbles, con un fondo de montañas y la helada cubriéndolo todo, salvo a los modelos.

Aquella mujer era muy buena fotógrafa. Realmente buena.

Grace se alisó los pantalones negros y ajustados que se había puesto. Ojalá tuviera plancha. Había colgado su mejor ropa en el baño y había abierto el grifo del agua caliente, pero no había servido de mucho y, en aquel momento, estaba un poco avergonzada de su jersey azul. Tal vez se hubiera equivocado con aquella elección. Estaba tejido para parecer viejo y tenía algunos rotos, y algunas hebras de lana gris intercaladas con el color azul, como si se hubiera descolorido bajo el sol. Quizá fuera ligeramente arriesgado para una entrevista de trabajo, pero ella esperaba que la fotógrafa captara la belleza de la lana. Normalmente, aquellos jerséis costaban trescientos dólares en un elegante mercadillo de La Jolla, pero la artesana era amiga suya, y se lo había regalado. Era su prenda de ropa preferida de toda su vida. Sin embargo, podía ser un error haberlo elegido. Tal vez, en Wyoming, un jersey con aspecto envejecido solo era un jersey viejo, y nadie estuviera dispuesto a pagar más de dos dólares por él. Tal vez pareciera que lo había sacado de un cubo de la basura en Los Ángeles.

Dios. Debería ir a casa a cambiarse.

Se puso de pie, pero se quedó inmóvil antes de caminar hacia la puerta.

¿Qué podía ponerse, exactamente? ¿La camiseta de los Dead Kennedys que se había comprado en un mercadillo de garaje el año anterior? ¿La túnica de seda con una chica *pinup* de Vargas en colores vivos?

Tal vez, eso. Tal vez una fotógrafa supiera apreciar a Alberto Vargas. O, tal vez, considerara su obra ligeramente pornográfica.

—Demonios —murmuró en voz baja. No le gustaba aquello, no le gustaba intentar agradar a la gente. No le gustaba preocuparse por dar una buena impresión. Había aguantado aquello durante todo el año anterior, por culpa de Scott, pero... ¿qué demonios tenía que ver con lo bien que maquillaba? Era estupenda en su trabajo. Cualquiera de Los Ángeles tendría suerte de que ella lo maquillara. Y, en Jackson, Wyoming, mucho más. Entonces, ¿por qué estaba tan insegura de sí misma?

Tal vez, porque tenía la sensación de que aquello era una última oportunidad.

Aunque no lo era. Podía trabajar en un restaurante, o en una gasolinera. Podía limpiar habitaciones en un hotel. Cualquier cosa. Sin embargo, con aquellos trabajos ganaría muy poco y ¿cuánto iba a tardar en pagar una deuda de ocho mil dólares?

Se abrió la puerta blanca y se oyeron dos voces femeninas por toda la habitación. Ella decidió salir corriendo. Aquella era una idea absurda. Sin embargo, cuando empezó a moverse, golpeó con la bota el portafolios que había dejado en el suelo. Se tambaleó sobre los tacones de diez centímetros de sus mejores botas y tuvo que tomar una decisión: o caerse de bruces por seguir intentando huir, o dejarse caer sobre la silla de nuevo. Hizo lo segundo, justo a tiempo para poder enderezarse cuando las mujeres la miraron.

Grace tomó aire profundamente para intentar calmarse, tomó el portafolios y se puso de pie. Una de las mujeres, que tenía el pelo castaño y recogido en una coleta, sonrió. Después, se despidió de la mujer con la que estaba.

–Mañana te llamo para darte un presupuesto, ¿de acuerdo? Hola –saludó mientras caminaba hacia ella–. ¿En qué puedo ayudarte?

–Me llamo Grace Barrett –dijo ella, y le tendió la mano.

–Yo soy Eve Hill. Me alegro de conocerte. ¿Qué puedo hacer por ti, Grace?

–Jenny, la camarera de la... ¿taberna? Ella me dio tu número de teléfono.

–¿De qué taberna?

–Lo siento. No sé cómo se llama. Está al lado de...

–Grace tragó saliva, y dijo–. ¿De la Granja de Sementales?

–¡Ah, Jenny! Claro, claro. Se llama Crooked R Saloon. Creo que la erre es por Rayleen. Bueno, de todos modos, ¿necesitas una fotógrafa?

–No, en realidad, no. Soy maquilladora. No sé si tendrías un puesto para alguien como yo, pero te he traído una muestra de mis trabajos, por si estás interesada en echar un vistazo. He trabajado en Los Ángeles durante diez años. Llegué a Jackson anoche.

Eve tomó el portafolios.

–¿Y tienes pensado quedarte?

–Todavía no estoy segura –dijo Grace. Era mentira, pero, por lo menos, no le estaba prometiendo que fuera a quedarse.

–¿Por qué no nos sentamos mientras lo miro?

–Claro. Muchas gracias.

Siguió a Eve a la sala de reuniones y se sentó frente a ella. La observó mientras ella hojeaba las fotografías. Por lo menos, aquella parte no la ponía nerviosa. Su trabajo era bueno. Así pues, aprovechó el momento para estudiar a la fotógrafa. Eve debía de tener unos treinta y cinco años, y era guapa. No iba muy maquillada, pero no lo necesitaba, realmente. Su cabello oscuro hacía un bonito contraste con su piel ligeramente bronceada. Tenía los ojos de color marrón, grandes e interesantes, aunque parecía que estaba un poco cansada.

–Eres muy buena –le dijo Eve cuando alzó la vista.

–Gracias.

–Bueno, y ¿qué estás haciendo en Jackson?

No era demasiado sutil. A Grace le gustó.

–Necesitaba un cambio.

Eve asintió. Miró inconscientemente a Grace, observando su pelo y el jersey con rotos.

–No sé si tengo trabajo fijo para una maquilladora. Para novias, sí. Ahora se maquillan en peluquerías del pueblo, pero en esas peluquerías no siempre entienden lo que es mejor para una sesión de fotos. Me paso mucho tiempo retocando las imágenes.

Grace ya estaba asintiendo. Después de todo, era lo que se esperaba.

–Pero... –dijo Eve, justo cuando Grace estaba a punto de aceptar cualquier encargo *freelance* que pudiera conseguir–. Por lo que veo, muchos de tus trabajos son para la moda y para el cine. Es obvio que conoces la industria.

–Sí.

–¿Sabes cómo funciona?

–Sí.

–Entonces, tal vez puedas hacer algo más para mí.

–¿A qué te refieres?

–A veces, tengo algunos trabajos durante la preparación de rodajes de cine. Y sesiones de fotos para revistas. Ese tipo de cosas. En este momento, tengo muchísimo de eso, más de lo que puedo atender. Tú conoces a los participantes, conoces el lenguaje y la política. Si aceptas algunos de esos otros trabajos, además de algunos maquillajes de vez en cuando, podríamos intentarlo.

Grace se quedó tan asombrada que no pudo responder. ¿Aquella mujer quería darle una oportunidad? ¿Quería arriesgarse con una chica que llevaba el pelo morado y tenía un pasado totalmente desconocido para ella? ¿Por qué?

Al ver que Grace no respondía, Eve carraspeó.

–Si no te interesa este tipo de trabajo, yo te llamaría encantada cuando necesite maquilladora para bodas. Y, algunas veces, se celebran eventos para recaudar fondos que...

—¡No, no! No se trata de eso. Lo que pasa es que nunca he trabajado en la producción, pero estaría encantada de intentarlo.

¿Estaría encantada, de verdad? No tenía ni idea.

—¿Cuánto cobras por hora?

—En Los Ángeles, cobraba cien dólares la hora, pero soy rápida, así que nunca tardo más de treinta minutos. Normalmente, menos. Pero, aquí... ¿cuarenta dólares la sesión?

—Eso me parece justo. Serías *freelance*, y no te pediré comisión. Pero no puedo pagarte más de quince dólares la hora por el trabajo de producción, y sería un trabajo a media jornada.

—Me parece bien —dijo Grace. Quince dólares la hora era mucho más que cero dólares. Y más de lo que ganaría trabajando de camarera, con sus malas pulgas. Lo sabía por experiencia.

—¡Estupendo! —exclamó Eve, y le tendió la mano a Grace—. Voy a hacer una comprobación de antecedentes penales; espero que no te importe. Con todo el equipo que tengo, y tanto trabajo temporal, lo hago siempre, por defecto.

—Claro, claro —dijo ella. En Los Ángeles, ese trámite se daba por supuesto. Y ella no tenía antecedentes penales, por lo menos, desde los dieciocho años. Pero, ahora... Oh, Dios. Ojalá hubiera sido capaz de aplacar a Scott. ¿Y si había cambiado de opinión desde que ella lo había llamado? ¿Y si...?

—Muchas gracias —dijo—. ¿Cuándo quieres que empiece?

—¿Te parecería bien el lunes? Ven a las nueve. No puedo prometerte que siempre haya muchas horas, pero esta semana sí hay muchísimo trabajo, así que, ¿podrías quedarte hasta las cinco?

—Sí, por supuesto.

Grace salió de allí entusiasmada. Tal vez, Wyoming no fuese tan malo como pensaba, y tal vez tuviera suerte mientras estuviera allí.

Tal vez, estar con el hombre a quien había dejado en Los Ángeles fuera la última estupidez que había cometido en la vida.

Capítulo 5.

O, tal vez, no.

Dio un paseo por el pueblo, evitando la zona turística, por calles llenas de tiendas menos lujosas, con la esperanza de encontrar un local de venta de artículos deportivos usados donde pudiera comprar un catre. Aunque la encontró, parecía que los artículos usados de campamento tenían mucha demanda en el verano, porque estaban justo en el límite de Yellowstone y Grand Tetons. El único catre que había encontrado superaba con mucho su presupuesto de diez dólares.

Al final, se fue con un saco de dormir de camuflaje, muy barato, más adecuado para dormir en casa de amigos que para el uso al aire libre. Con eso le bastaba. Solo necesitaba un poco de acolchado entre el suelo y ella.

Cuando cobrara su primer sueldo, tal vez volviera por el colchón de aire que había visto. Tal vez, incluso, se llevara una silla plegable. Pero nada más, nada que no pudiera llevarse a Vancouver cuando se fuera.

Después, paró en una tienda de comestibles para comprar pan y mantequilla de cacahuete, y siguió caminando hasta su apartamento, donde llegó después de las tres de la tarde. Y el salón de al lado ya estaba lleno.

Grace dejó las bolsas en el apartamento y entró en la taberna para darle las gracias a Jenny.

Antes de bajar los escalones de la entrada, oyó un timbre desconocido. Frunció el ceño un momento, antes de darse cuenta de que era su propio teléfono de prepago el que estaba sonando. Lo sacó del bolso.

—¿Diga? —preguntó con desconfianza.

—¡Grace! Oh, Dios mío, hace casi una semana que no hablamos. ¿Estás en Wyoming? ¿Tienes unos minutos?

Grace sonrió al oír la voz de su mejor amiga.

—Merry —dijo con alivio—. Sí, tengo un rato. ¿Qué pasa, cariño?

—¿Que qué pasa? Oh, Dios mío, ¡dime tú qué tal estás! La última vez que hablamos tenías pensado irte a una montaña o algo por el estilo. ¡Y desde entonces no he podido ponerme en contacto contigo!

—Es por este teléfono —dijo ella, aunque solo era verdad en parte. Lo cierto era que había estado evitando a su mejor amiga—. Lo tengo apagado casi siempre, porque si no, la batería se descarga enseguida. Lo siento. Todo va bien. Estoy en Jackson, y es precioso.

—¿Precioso? ¿De verdad? ¿Dónde está Grace Barrett, y qué habéis hecho con ella?

—Ja, ja. Pues sí, las montañas son preciosas, la gente es agradable y no demasiado rara, y acabo de conseguir un trabajo.

Merry dio un gritito de alegría.

—¡Me alegro muchísimo! ¡Parece que estás muy contenta!

—No lo digas muy alto. Pero, contenta o no, sigo siendo yo. Mi plan es marcharme de aquí dentro de un mes, más o menos.

—¿Vas a venir a Dallas? Por favor, dime que sí.

—Merry, ya hemos hablado de esto. Texas no es un sitio para mí.

—Vamos, si estás en Wyoming, por favor... Y parece que te encanta. ¿Cómo puedes despreciar Texas?

—No me encanta —insistió ella—. Solo tengo un apartamento gratis para quedarme. Así que deja de protestar.

—No estoy protestando —dijo Merry.

—Claro que sí, pero eres muy mona por hacerlo.

—Es que no entiendo por qué no puedes venir a vivir conmigo.

—Tengo que estar en Vancouver dentro de un mes —le explicó Grace—. Texas me queda alejado del camino. Mira, tengo que colgar...

—¡No! ¡No me has contado nada!

Grace se sintió culpable.

—Por favor, dime qué ha pasado. Estabas intentando organizarte para conseguir trabajo en La semana de la moda de Los Ángeles y, de repente, te marchaste de la ciudad.

—No pasó nada —mintió ella—. Conseguí este trabajo en Vancouver y, de repente, mi tía abuela me ofreció el apartamento, así que decidí que no tenía por qué quedarme en Los Ángeles. Eso es todo.

—Grace —dijo Merry. Su tono de voz hizo que Grace se avergonzara. Merry sabía que era una mentira, pero Grace no podía decirle la verdad. No podía.

—Estoy bien —dijo—. De verdad, muy bien. De hecho, iba a entrar en un salón del oeste para celebrar lo de mi nuevo trabajo.

Aquello distrajo a Merry, tal y como Grace había pensado. A Merry le encantaban las cosas brillantes, y un salón del oeste era muy brillante.

—¿Cómo? ¿En un salón? ¡No puede ser cierto!

—Pues lo es. Está en el edificio contiguo a mi apartamento. Hay vaqueros dentro.

—¿En tu apartamento?

Grace se echó a reír.

—No, no en este momento.

A Merry se le escapó ese pequeño matiz, y Grace sonrió sin poder evitarlo. Si su amiga supiera que tenía por vecino a un vaquero sexy y guapísimo con los muslos de acero, pegaría un grito que rompería aquel teléfono barato. Grace iba a reservar aquel detalle para algún día que necesitara que la alegraran. La alegría de Merry era una medicina para ella. Algo que necesitaba tomar, como si fueran vitaminas, cuando estaba deprimida.

–Bueno, está bien. Vete a ligar con esos vaqueros en mi lugar –dijo Merry con un resoplido–. Pero llámame pronto, ¿eh? Te echo de menos.

Grace estaba sonriendo cuando colgó. Merry le había dicho que se quedara con ella, pero había vivido dos veces en su casa cuando las dos estaban en Los Ángeles. Aceptar ayuda una vez era demasiado. Dos veces era insoportable. ¿Tres? No. Nunca. Prefería dormir en la estación de autobuses.

De hecho, había dormido en la estación de autobuses, pero solo una noche. Antes, había conseguido encontrar a un viejo amigo que le debía un favor. Por desgracia, quedarse en su piso había sido el peor error de todos; su amigo había dado una fiesta salvaje, durante la cual, alguien le había robado el bolso con todo lo que llevaba dentro, incluyendo el dinero de Scott.

¿Por qué demonios lo había tomado? Debería haberse alejado con la mentira de que él no le debía nada.

Realmente, en aquella ocasión sí que se había metido en un buen lío. Pero no podía contárselo a Merry. En algún momento, su amiga iba a terminar decidiendo que ella era una perdedora con demasiados problemas, y que tenía que alejarse de ella.

Después de todo, Merry no necesitaba alguien como ella. Realmente, su amiga tenía una personalidad muy alegre. Era dulce, feliz y buena. Y un poco torpe, de un modo adorable. Sin embargo, por algún motivo, la quería. De hecho, aparte de su abuela Rose, Merry era la única persona del mundo que la quería, y ella no tenía ni la más mínima intención de estropear eso. Nunca.

Se guardó el teléfono en el bolsillo y entró en el bar. No pensaba beber nada, pero Jenny le ofreció un chupito de tequila para celebrarlo. Y, después, una cerveza, invitación de la casa.

—No puedo —protestó Grace.

—Vamos, vamos. No todos los días le encuentro un trabajo a alguien.

Grace empezó a cabecear.

—Además, a Rayleen le molesta muchísimo que invite a cervezas.

—Bueno, en ese caso…

Jenny se echó a reír y le sirvió una cerveza.

—Estoy muy contenta por ti.

—¡Pero si ni siquiera me conoces! —exclamó Grace, cabeceando de exasperación.

—Claro que sí. Eres la sobrina nieta de Rayleen, Grace.

—No me refiero a eso —dijo, pero tomó la cerveza—. Gracias. De verdad.

—A lo mejor, algún día podrías enseñarme a maquillarme.

—Tu maquillaje está muy bien.

—Nunca sé qué hacerme en los ojos —dijo Jenny—. Tengo los párpados gordos, y me estoy haciendo vieja, así que parece que los tengo hinchados.

Grace se echó a reír y movió la cabeza de lado a lado, pero aquel era el tipo de cosas que oía a menudo. Muchas mujeres no sabían qué hacer con su maquillaje.

—Avísame cuando quieras algún consejo.

—Lo haré. ¡Me siento cohibida cuando te veo!

—Eso es una bobada —dijo Grace.

Ella era la única que se sentía cohibida. No por su aspecto. No era guapa, pero no le importaba. Hacía lo que podía para estar segura de que la gente supiera quién era, incluso antes de que se le acercaran. Quería que supieran que no era como las otras chicas, para que no se quedaran sorprendidos. No era suave, ni dulce, ni reconfortante, y mucho menos aquellos días. No sabía cómo era que la cuidaran, ni tampoco sabía cómo cuidar de los demás. Cuidaba de sí misma, como había hecho siempre.

Parecía que no importaba lo mucho que pudiera costarle.

Cuando volvió a pensar en Los Ángeles, se tragó media cerveza de golpe. No quería pensar en eso. No quería, pero ¿cómo iba a evitarlo?

Lo que sabía sobre sí misma, las pocas cosas de las que se sentía orgullosa... todo lo había tirado a la basura.

No, no era cierto. Ni siquiera había tenido la fuerza suficiente para tirarlas a la basura. Las había dejado caer, se las había llevado el viento. Su orgullo, su fuerza, las armas con las que se protegía todos los días de su vida. Todo el éxito que había conseguido en el mundo con sangre, sudor y lágrimas, lo había perdido.

Grace Barrett, la chica que no necesitaba a nadie... se había permitido a sí misma necesitarlo a él.

Y lo peor era que, si lo hubiera dejado según sus propias condiciones, estaría en el mismo lugar. No tendría nada, ni a nadie, justo como en aquel momento. Pero sí tendría su orgullo, y habría conservado todo aquello que creía de sí misma.

Tendría eso.

Sin embargo, ahora tenía menos que nada. Ni siquiera sabía quién era. No era la chica dura que no estaba dispuesta a aguantar tonterías de nadie. Había aguantado muchas cosas de Scott. Había bajado la cabeza y había cerrado la boca, y se lo había aguantado todo. Y, encima, se había visto obligada a volver a vivir al límite. Como cuando tenía dieciséis años.

Un estúpido error, y diez años de progreso se habían desvanecido como si nada.

Mierda.

Todavía no había terminado su cerveza, pero tenía ganas de irse. Se puso de pie para salir rápidamente de allí, pero, al girarse, la cabeza empezó a darle vueltas y el suelo se movió bajo sus pies.

—Oh —susurró, intentando agarrarse al ancho hombro que apareció en su campo de visión.

—Cuidado, cariño —le dijo alguien con una voz grave.

—Lo siento. Yo...

Pestañeó, y se le aclaró la visión. Y allí estaba Cole, sonriéndole, con un sombrero de *cowboy* de los de verdad.

—¿Grace? ¿Estás bien?

Sí, claramente, era él. Apartó la mano y se irguió.

—Sí, estoy bien.

—Más que bien, diría yo.

—¡No estoy borracha! Solo me he tomado una cerveza —dijo ella. Bueno, y un chupito de tequila.

—Es por la altitud. Tienes que tener cuidado.

—Estoy perfectamente —dijo ella, en tono de protesta, aunque no estuviera segura. Se sentía bastante achispada. Tal vez fuera por la altitud, sí. O, tal vez, era que no había comido nada desde el desayuno. O que no había bebido alcohol desde hacía varias semanas.

Demonios. Se había emborrachado.

—Estás estupenda —dijo Cole, observándola de pies a cabeza.

De repente, ella se alegró de haberse puesto las botas de tacón. Así, tenía diez centímetros más de piernas.

Pero ¿qué importaba? No estaba tratando de impresionar a aquel hombre.

Entonces, tuvo un recuerdo repentino de aquella mañana. Se había mirado al espejo y había visto que tenía todo el rímel corrido y el pelo enmarañado... Oh, Dios mío.

–Esta mañana... –tartamudeó–. No me había dado cuenta de que...

Un hombre que estaba cerca carraspeó.

–Esta mañana, ¿eh? –dijo.

Ella le lanzó una mirada fulminante al hombre, que estaba junto a Cole. Tenía una expresión seria, pero su mirada era de diversión. Estaba abriendo la boca para decirle que se fuera a la mierda, cuando Cole la interrumpió.

–Grace, te presento a Shane. Vive en el piso de arriba. Shane, ella es Grace, nuestra nueva vecina.

–¡Ah! –dijo él, y abrió mucho los ojos–. Encantado de conocerte. Ya había oído decir que había una mujer entre nosotros. Bienvenida.

–Gracias –respondió ella con tirantez.

Cole le dio un codazo a su amigo.

–Pídele disculpas. La has cabreado con tu intento de ser gracioso.

–Lo siento –dijo Shane, tocándose el ala del sombrero–. Soy un idiota.

Puso tal cara de consternación, que ella estuvo a punto de echarse a reír. A punto. Pero no quería que pensara que se había redimido.

–Bueno, y ¿qué decías sobre esta mañana? –prosiguió Cole–. ¿Algo sobre que el desayuno fue espectacular, pero la compañía lo superaba?

–No, yo...

Grace miró a su amigo y entrecerró los ojos.

Shane alzó las manos.

—Muy bien, muy bien, sé cuándo no soy bienvenido. Estaré por allí, alejado del campo de tiro.

Ella lo vio alejarse y, de repente, oyó la voz de Cole al oído.

—Creo que le das miedo.

Ella se giró, y notó que su barbilla le rozaba el pelo antes de que él se retirara.

—Debería tenerme miedo. Y tú, también.

—¿Sí? ¿Y por qué? ¿Por el pelo morado? —preguntó él. Con cuidado, tomó un mechón entre los dedos y lo acarició, pero lo soltó antes de que ella pudiera darle una palmada.

—No.

—¿Por los pantalones de ante?

—No son de ante. Solo están cepillados para que lo parezca... Pero, no. Eso, tampoco.

Él volvió a inclinarse hacia ella.

—Entonces, ¿es porque parece que te gustaría darme un puñetazo, y que disfrutarías haciéndolo? ¿O porque tus ojos oscuros se ponen aún más oscuros cuando estás verdaderamente enfadada?

Grace inhaló profundamente al oír su voz enronquecida, que le transmitía apreciación. Le pareció que se tambaleaba hacia él, pero tuvo la esperanza de que solo fuera que la cerveza le había afectado a la visión.

—No, yo... Solo quería decir que, si no eras agradable, volvería a tu casa mañana por la mañana.

—¿Y por qué iba a darme miedo eso, señorita Grace?

Sí, claramente, tenía la voz enronquecida. Y ella se estaba inclinando hacia él. Maldito alcohol. Carraspeó y se irguió todo lo que pudo.

—Debería darte miedo por la pinta que tenía yo esta mañana.

—Estabas bien. Mona.

—¿Mona? No me tomes el pe...

—¡Cole! —exclamó Jenny a su espalda—. Tienes cara de cansado. ¿Quieres lo de siempre, guapo?

—Gracias, Jenny —dijo él, y sonrió aún más al mirar más allá del hombro de Grace. Fue justo el momento que ella necesitaba para escapar de la atracción de su voz y de su sonrisa cálida. Y de la intimidad de mirar hacia arriba y verlo bajo el ala de su sombrero. Seguramente, aquello era un truco secreto de vaquero.

¿Acaso estaba sucumbiendo al flirteo de un vaquero? Vaya. La altitud, por supuesto.

Puso muy recta la espalda, y dijo:

—Bueno, ya nos vemos por ahí, ¿de acuerdo?

—Eh, ¿adónde vas? Estaba a punto de invitarte a una copa.

—¿Justo después de decirme que me lo tome con calma?

Él se quedó desconcertado un segundo, pero se recuperó enseguida.

—Entonces, a un refresco. O a una botella de agua. Es importante beber mucha agua para no tener dolor de cabeza.

—Gracias, pero me voy a tomar un vaso cuando llegue al apartamento. Buenas tardes, vaquero —dijo ella, y se tocó el ala de un sombrero imaginario, imitando el movimiento que le había parecido tan gracioso el día anterior.

Mientras se alejaba, sabía que él la estaba mirando. Sabía que se había fijado en sus botas y sus pantalones vaqueros negros al decirle hola. Lo que no sabía, lo que no comprendía, era por qué el hecho de saber que la estaba mirando le producía tal sentimiento de satisfacción y calidez.

—Vaya, vaya —dijo Shane, cuando se acercó a Cole, que seguía en la barra del bar—. Parece que a alguien le gusta jugar con fuego.

Cole tomó un trago de cerveza y miró hacia la puerta de la taberna, que se acababa de cerrar detrás de Grace.

—No estoy jugando con nada.

—Pero te gustaría. A propósito, tienes un poco de baba en la barbilla. Será mejor que te la limpies.

Cole puso los ojos en blanco con resignación.

—¿De verdad te gusta esa chica? Tiene aspecto de ser dura.

—Es dura —dijo él, y sonrió al acordarse de cómo había pateado su bolsa de viaje.

—Bueno, también tiene aspecto de poder cortarme las pelotas sin pestañear.

—Siempre y cuando sean tus pelotas, y no las mías, por mí puede divertirse como quiera.

Shane cabeceó.

—A cada uno lo suyo, amigo. Solo digo que por aquí hay muchas chicas majas, y que ella parece problemática.

Pues sí, lo parecía. Cole paseó la mirada por el local. Las mujeres que había sentadas en las mesas eran muy sosas. Agradables, sí. Y normales. Rubias, morenas y alguna pelirroja. Ninguna tenía el pelo morado. Ninguna llevaba pintada la raya del ojo de color negro ahumado, algo que le daba un aspecto peligroso y vulnerable a la vez. Nadie llevaba un atuendo de colores negro, azul y gris que, a pesar de cubrir por completo todo su cuerpo, le diera una apariencia sexy al cien por cien.

Sí, Grace tenía un aspecto duro. Y eso hacía que fuera aún más dulce que sus ojos de color marrón oscuro se le hubieran suavizado por un momento. Cuando lo había mirado y se había inclinado ligeramente hacia él. Se le habían separado los labios como si necesitara más sitio para tomar aire.

Cole carraspeó y se movió en el taburete, preguntándose si realmente se le había caído la baba por la barbilla, porque de lo que sí estaba seguro era de que se le había hecho la boca agua. Terminó la cerveza y le hizo una seña a Jenny para pedir otra. Jenny le guiñó un ojo y tomó otra jarra.

—¿Qué has oído decir de Grace? —le preguntó cuando ella se la llevó.

—Cole Rawlins, ¿intentando sonsacarle información a tu exnovia sobre otra mujer? ¿No te parece que es un poco grosero por tu parte?

Él sonrió al ver cómo fingía indignación.

—Salimos durante dos minutos. Vamos, suéltalo todo.

—Grace, ¿eh? —preguntó ella con los ojos brillantes de diversión—. No parece que sea exactamente tu tipo, Cole.

—¿No?

No estaba seguro de si tenía un tipo de mujer específico, pero las chicas como Grace le llamaban la atención. O, por lo menos, le habían llamado mucho la atención hacía trece años.

—Llegó ayer mismo al pueblo, pero eso ya lo sabías, ¿no?

—Sí.

—Es la sobrina nieta de Rayleen, y es de Los Ángeles. Es maquilladora.

Eso sí que captó su atención. Tal vez sí trabajara en la industria del cine, después de todo. Mierda.

—¿Maquilladora? ¿De efectos especiales, y cosas así? ¿En películas?

Jenny frunció el ceño.

—No, creo que es maquilladora de las que ponen bellas a las mujeres. ¿Tal vez haya trabajado con modelos? Acaba de conseguir un puesto con Eve Hill, y no creo que Eve necesite maquillaje para zombis.

Cole se sintió aliviado. Entonces, no trabajaba en un rodaje. No pertenecía a ese mundo.

Y no era de extrañar que se sintiera tan avergonzada de su maquillaje de aquella mañana. Ahora, él iba a tener que tomarle el pelo, ver hasta qué punto podía enfadarla.

−¿Cole? −le dijo Jenny, suavemente−. Estás sonriendo sin darte cuenta. ¿Te gusta esa chica de verdad?

−Casi no la conozco −respondió él.

−Sí, claro, pero eso no es ningún impedimento para un hombre, que yo sepa. ¿Qué tal tienes la pierna?

Él se apretó el muslo automáticamente; entonces, se dio cuenta de que no había vuelto a pensar en el dolor desde que había visto a Grace sentada en la barra del bar.

−Muy bien −dijo, repitiendo la misma mentira de siempre.

−¿Has vuelto a la normalidad?

−Más o menos.

−Pues parece que estás cansado.

A decir verdad, llevaba nueve meses sin dormir bien. La pierna y la cadera empezaban a latirle de dolor en cuanto cerraba los ojos.

−Ya he vuelto al rancho.

−Hablando de eso… −dijo Jenny, y señaló la puerta con un gesto de la barbilla.

Cole se giró y entrecerró los ojos para protegerse de la luz del día. El haz de luz se estrechó a medida que la puerta se cerraba, y vio a Easy caminando hacia él. Aunque el hombre tenía sesenta y cinco años, aparentaba setenta. Todavía era delgado y fibroso, pero al haber pasado tantos años al aire libre, se le había curtido la piel y el pelo se le había vuelto plateado. Clavó sus ojos claros en Cole y lo fulminó con la mirada.

−¿Has estado hoy en el rancho? −inquirió.

Ah, mierda. Cole se puso de pie y dejó la cerveza en la barra. No podía mentirle a Easy, así que mantuvo la boca cerrada y se cruzó de brazos.

—¡Demonios, Cole! Ya sabes lo que ha dicho el médico.

A su alrededor se hizo el silencio, y Cole ladeó la cabeza.

—Vamos a hablar fuera.

—No vamos a hablar de nada. No vuelvas hasta el martes. Te vas a tomar el lunes libre.

—Y un cuerno —gruñó Cole—. Puedo hacerlo perfectamente. Estoy bien.

—Lo que estás haciendo es engañarte a ti mismo. Pero a mí, no. Si no haces lo que ha dicho el méd...

—Eso lo entiendo, ¿de acuerdo? No soy un niño, Easy. Deja que haga lo que necesito hacer.

—El martes —replicó Easy—. Y, si vuelve a ocurrir, haré lo mismo.

Dios. Aquello era indignante. Easy se alejó, aunque se detuvo a inclinarse el ala del sombrero para saludar a Rayleen cuando pasó a su lado. Cole lo miró con cara de pocos amigos, pero dejó que Easy se fuera sin maldecirlo por ser una madraza en vez del jefe de un rancho.

Era consciente de que Easy se preocupaba por él. Sin embargo, él conocía su propio cuerpo, y sabía lo que podía hacer y lo que no. Por supuesto, le dolía el muslo. Y, ahora, también le dolían la espalda y la cadera, pero ¿qué demonios se suponía que tenía que hacer? ¿Quedarse tirado en la cama? Allí también le dolía. Así que, lo mejor que podía hacer era ser útil. Además, necesitaba volver a ponerse en forma, y rápidamente.

Tenía un seguro que había pagado la operación y la hospitalización, pero la mitad de la rehabilitación tenía que pagarla de su bolsillo. Por no mencionar el alquiler, la comida y las medicinas. Tenía el dinero necesario, pero se suponía que ese dinero era para comprar el rancho de Easy. Por fin había conseguido ahorrar lo suficiente, pero cada mes que pasaba sin trabajar era un paso atrás. Quería estar preparado para el momento en que Easy decidiera vender el rancho.

Si la pierna no se le había curado todavía, podía curársele en el trabajo. Demonios, él conocía a muchos vaqueros viejos que llevaban cuarenta años cojeando. El propio Easy se había roto muchas veces los huesos y tenía las articulaciones machacadas, y casi no podía estar en la silla de montar más de una hora. Así eran las cosas para los viejos vaqueros.

—Tal vez te estés esforzando demasiado —dijo Shane, interrumpiendo su diatriba interna.

Cole apretó los labios.

—La semana pasada tenías mejor aspecto. Ahora pareces cansado.

—Estoy recuperando el pulso de las cosas —dijo Cole—. Y también puede ser que los ronquidos que salen de tu apartamento no me dejen dormir.

—Yo no ronco. Por lo menos, tu madre nunca me ha dicho nada al respecto.

—¿De verdad? —preguntó Cole, mientras se apoyaba en la barra del bar y se obligaba a sí mismo a relajar los hombros—. Una bromita de las de «tu madre», ¿eh?

Shane le hizo un brindis con la cerveza.

—Sé cómo hacerlo.

—Pues no es eso lo que dice mi madre.

—Tocado —respondió Shane, y le hizo un gesto a Jenny para pedirle otra cerveza. Cole alzó una mano para decirle que él no quería más; eran solo las cuatro de la tarde y se sentía muy cansado. Y, por experiencia, sabía que eso significaba que iba a despertarse a la medianoche y no iba a poder dormir durante el resto de la noche.

De todos modos, con las dos cervezas que había tomado, se le pasó en parte el enfado que sentía. Estaba demasiado cansado y demasiado relajado. Sin embargo, no podía entender el comportamiento de Easy. Su jefe sabía lo importante que era el trabajo para él, por Dios.

Tenía que volver al rancho. Por el dinero, por sus ahorros, por sus planes y sus sueños. Pero también necesitaba recuperar su vida.

Había tenido paciencia durante aquellos nueve meses; no había hecho nada más que leer, ver la televisión y esperar el momento de volver al trabajo. Y, ahora que estaba tan cerca, la única persona que siempre lo había apoyado estaba cortándole el camino.

Jenny se acercó a tomar el cambio que él había depositado en la barra.

−¿Seguro que estás bien, Cole? −le preguntó, en voz baja.

Él sonrió y le guiñó un ojo.

−Sí, estoy bien.

−Lo que estás es muy callado. Y tú no eres así.

−Sal de detrás de la barra y te doy un azote en el trasero. ¿Así te pondrás contenta?

−No −respondió ella, riéndose−, pero estoy segura de que te alegraría el día.

−Es cierto.

Cuando él se puso de pie para irse, tuvo que contener un gesto de dolor. Jenny le dio una palmadita en la mano.

−Tómatelo con calma, ¿de acuerdo? No quiero que vuelvas a caerte de un caballo y te rompas otra vez la pierna.

−No me caí del caballo −gruñó él−. El caballo se cayó y me aplastó.

−¿Que se cayó? −lo interrumpió Shane−. A mí me han dicho que el caballo se tumbó tan despacio que parecía un perro sentándose. No sé por qué no te apartaste a tiempo.

Cole le dio un codazo tan fuerte que a Shane se le cayó algo de cerveza de la jarra.

—Tú ni siquiera estabas allí.

—Pero estoy seguro de que tengo razón.

—Eh, Cole —dijo Jenny, cuando él se daba la vuelta—. Hay un grupo muy grande de gente de Hollywood en Teton. ¿Conoces a alguno?

Cole estuvo a punto de ponerse rígido, pero se controló.

—¿Y por qué iba a conocer a alguien? —preguntó con una sonrisa de desconcierto.

—Tú viviste allí un tiempo, ¿no? Incluso saliste en una película del Oeste, ¿no?

—Fue hace mucho tiempo, Jenny. Y nadie dura mucho en Hollywood. La gente a la que conocí se fue de allí hace mucho tiempo.

—Seguro que tienes razón —dijo Jenny, y suspiró—. Solo pensaba que sería genial conocer a alguien famoso. Por aquí nunca viene nadie *cool*.

—Eh —dijo Shane—. ¿Y yo?

Ella le dio un golpecito a Shane con la toalla, y le guiñó un ojo a Cole.

—Bueno, pues adiós. Que tengas una buena tarde.

—Gracias.

Gente de Hollywood. Al salir de la taberna y ver toda aquella luz del día, tuvo un momento de ansiedad. Pero estaban en Jackson, en verano, no bajo el sol brumoso y ardiente de Los Ángeles. No tenía nada que temer de aquella gente. Su vida se había convertido en un desastre en California, pero él era el único culpable de lo sucedido.

Capítulo 6

Estaba tan callada en su apartamento...

¿No debería ser ruidosa una chica como ella? Deberían oírse sus pasos, o sus maldiciones, o los portazos. Debería poner la música muy alta a cualquier hora de la noche.

Sin embargo, Grace Barrett era como un ratón. Cole solo había oído el agua correr en el baño alguna vez. Por lo menos, si ella estuviera trasteando a las dos de la madrugada, él tendría otra cosa en la que pensar, en vez de mirar al techo durante... Miró el reloj. Durante cinco horas. Eran poco más de las siete. No había podido dormirse otra vez.

Oyó un crujido del suelo de madera al otro lado de la pared, y ladeó la cabeza. El agua corrió por las cañerías.

Grace se había levantado. Eran las siete de la mañana del domingo, y él no tenía ningún plan, solo un día muy largo que llenar. Tal vez ella también necesitara algo que hacer.

Cole se preparó para la primera e intensa punzada de dolor que siempre sentía al levantarse de la cama. Había ido reduciendo el consumo de ibuprofeno durante las últimas semanas, pero tenía que admitir que no era el mejor momento. Iba a tener que volver a tomar la dosis que le habían recetado, aunque solo fuera mientras su cuerpo se adaptaba de nuevo al trabajo. Su fisioterapeuta todavía le recetaba los relajantes musculares para que pudiera dormir un poco por la noche, pero no iba a tocarlos. Estaba haciendo estiramientos. Hacía todo lo que le decían y, cuando eso no servía de nada, simplemente, se aguantaba.

Como aquella mañana, cuando el dolor de la pierna se le extendía por la cadera hasta la espalda, y le mordía allí como un tejón rabioso. Dios Santo, solo tenía treinta y cuatro años. Le quedaban otros cuarenta de lesiones. Si volvía a montar a caballo, claro. Si podía seguir siendo un vaquero. Si no...

No, no iba a pensar en eso. Muy pronto superaría la situación y seguiría adelante. Todo se convertiría en un mal recuerdo.

Puso el termostato del agua caliente al tope y se quedó allí, con la cabeza agachada, todo el tiempo que pudo soportarlo. Media hora más tarde, fue a tocar la puerta de Grace. Un pequeño destello de luz llamó su atención, y notó que ella había raspado la pintura de la mirilla de la puerta. La luz se oscureció. Él sonrió.

—Buenos días —dijo.

Ella abrió la puerta un momento después.

—Hola —saludó con la voz ronca por el sueño.

Cole la observó un momento. Ya llevaba unos pantalones vaqueros y una camiseta. Iba descalza otra vez, y llevaba las uñas pintadas de azul. Él fue mirando hacia arriba. La camiseta estaba arrugada y desgastada. Y le quedaba un poco ajustada.

Cole carraspeó. Ella era más pequeña de lo que él esperaba; menuda y delicada. Pechos pequeños. Caderas que...

Grace se cruzó de brazos como si tuviera frío.

—Eh, tío. Hola.

—¿Has desayunado? —le preguntó él, mirando hacia la cocina. No había cafetera a la vista. Nada, a excepción de un tarro de mantequilla de cacahuete con un cuchillo saliendo hacia fuera.

—Sí.

Vaya. Aquellas chicas de Los Ángeles no comían nada. No era de extrañar que estuviera tan delgada. Nunca entendería a las mujeres que pasaban hambre para conservar la línea. Él no podía estar más que unas cuantas horas sin tomar algo de comer.

—¿Y ya has tomado el café?

—Um... No, todavía no.

—Yo he preparado una cafetera. ¿Te apetece un poco?

Oh, él ya se lo sabía. Ella no quería decir que sí. Su boca, tan ancha, carnosa y rosada, se había comprimido hasta formar una línea recta. Sin embargo, tenía los ojos llenos de interés. Él tenía algo que ella sí quería, y el precio que tenía que pagar era su tiempo.

Ella arrugó la nariz, y Cole se dio cuenta de que el aroma del café se había extendido por la escalera. Él sonrió. Ella frunció el ceño. Ella encogió los dedos con las uñas pintadas de azul.

—Te voy a servir una taza —dijo él, y se dio la vuelta para entrar en su apartamento. Se sentía como si estuviera intentando atraer a un gato asilvestrado. Ella lo siguió, en silencio, unos segundos después. Él se dio cuenta de que no debía hacer movimientos bruscos.

—¿Quieres un poco de beicon? Yo me voy a preparar el desayuno, y puedo hacerlo también para ti.

—Claro —dijo ella con recelo.

Entonces, él empezó a cocinar. Puso huevos en la plancha también para ella, y le dio la taza de café.

—Me he enterado de que en Los Ángeles trabajabas de maquilladora.

—¿Ah, sí? —preguntó Grace, y se encorvó sobre el café. Él volvió a subir el termostato—. ¿Y quién te lo ha dicho?

—Jenny —respondió él. Pensó que no estaba de más asegurarse del todo, así que volvió a preguntárselo—: ¿Y qué haces por aquí?

—Ver el mundo.

—¿De verdad? ¿Y has decidido empezar en mitad de Wyoming?

Ella le lanzó una mirada fulminante a través del vapor que ascendía desde su taza. Aquel día, su maquillaje era perfecto. Parecía que llevaba un buen rato despierta y se había arreglado. Una vanidad secreta. Interesante.

—¿Qué clase de trabajo hacías en Los Ángeles?

—Maquillaje.

Como ella no dio más explicaciones, Cole se quedó mirándola hasta que ella cedió. Era como si hablarle de sí misma fuese una derrota.

—Trabajé un poco en el mundo de la moda, pero, sobre todo, en películas.

Ah, mierda. No importaba. En realidad, no había sido la industria del cine lo que le había partido el corazón y le había dejado destrozado. Había sido una mujer y, también, su propia falta de sentido común. Y si la aspereza y el nerviosismo de Grace le recordaba un poco a su examante, por no mencionar a algunas otras mujeres que había conocido en Los Ángeles, entonces, lo único que tenía que hacer era permanecer alerta. No confiar en gente que no se lo hubiera ganado. No dejar que lo utilizaran. Ser consciente de que, algunas veces, la fuerza significaba dureza, y la frialdad era crueldad.

Sin embargo, en aquel momento, no parecía que Grace fuera fría ni dura. El color marrón de sus ojos parecía un poco más claro en contraste con la línea negra de los párpados, pero, de todos modos, seguían siendo unos ojos increíblemente profundos. Indescifrables. Se sintió más decidido que nunca a conocerla.

—¿Por qué te marchaste de Los Ángeles? —le preguntó.

Ella se encogió de hombros.

—Me despidieron. Pensé que era hora de mudarme.

—¿Qué hiciste para que te despidieran? ¿Le diste un puñetazo a alguien?

—No, en esta ocasión, no.

Cole se alegró de no tener café en la boca. Se atragantó sin necesidad de tenerlo.

—¿Cuándo fue la última vez que le diste un puñetazo a alguien?

—¿En el trabajo? Hace alrededor de cinco años.

Él le miró las manos. Eran pequeñas, pálidas. No parecían gran cosa, pero llevaba un par de anillos gruesos que podrían hacer bastante daño.

—No tenía ni idea de que en Hollywood hubiera una versión más glamurosa de la lucha en jaula. O de un barracón, ahora que lo pienso.

—No me gusta que los hombres metan sus manos por debajo de mi falda.

—¿Lo hacen a menudo?

—No, después de eso —dijo ella con una sonrisa.

Él le guiñó un ojo y se dio la vuelta para terminar de preparar los huevos. ¿Quién era lo suficientemente idiota como para hacer algo así? Grace Barrett tenía aspecto de meterte una brocha de maquillar por el trasero si intentabas tocarla sin invitación. Claro que él sabía que en Hollywood había gente tan arrogante y narcisista que las señales no existían para ellos. Un puñetazo en la mandíbula era lo más sutil que llegaban a entender.

—Bueno, y ¿qué pasó en esta ocasión? —le preguntó, mientras llenaba dos platos de comida.

—He dicho que ya había desayunado.

Sus palabras no se correspondían con la luz que apareció en sus ojos cuando él le puso el plato delante. Quería decirle que ya no estaba en Los Ángeles y que podía comer comida de verdad. Pero no se lo dijo.

—Ya estaba cocinando. Hoy es un plato bajo en calorías. Solo tres huevos, sin tostadas.

—De veras, te gusta comer como a un leñador —dijo ella mientras atacaba los huevos directamente.

—Los leñadores son unos inapetentes.

Ella se puso una mano en la boca para tapar su risa, y a Cole se le dibujó una sonrisa en los labios, tan grande, que se sintió tonto. Hacer reír a aquella chica le proporcionaba una sensación de triunfo, como si hubiera ganado un premio. No se imaginaba lo que sentiría si conseguía hacerla gemir. Demonios.

—Bueno, ¿y por qué te despidieron la primera vez? —insistió él.

—Yo estaba trabajando en un rodaje. Me iba muy bien ese año, y estaba intentando no llamar la atención.

—¿Nada de puñetazos?

—Nada de puñetazos. Y conseguí un trabajo increíble en una película muy importante. Iba a maquillar a los protagonistas, no solo a actores secundarios, ¿sabes? No voy a decir quién es, pero la protagonista es una de las actrices más queridas del país. Y parecía muy agradable. Callada, amable. Y tenía un par de moretones en el cuello. A mí no me llamó mucho la atención, porque sé que la gente tiene sus manías. Si le gustaba que la ahogaran un poco durante el sexo, no era asunto mío.

Cole tosió, y tomó a tientas la taza de café mientras se le llenaban los ojos de lágrimas.

—Claro, claro —consiguió decir por fin.

—Pero, un día, el productor entró al tráiler mientras yo estaba maquillándola. Era su novio. No era algo ofi-

cial, pero todo el mundo lo sabía. Y ella se estremeció cuando él hizo un gesto. Eso fue todo. Solo un estremecimiento muy ligero, que yo no habría notado si no hubiera estado pintándole los ojos. A la semana siguiente, tenía el labio un poco hinchado. Y, cuando él entró al tráiler, empezó a insultarla por algo. Yo no pude evitarlo y le llamé la atención.
—Al productor.
Grace lo fulminó con la mirada.
—Un maltratador es un maltratador.
Cole alzó una mano con actitud conciliadora.
—Ya lo sé. Pero me ha impresionado que fueras tan valiente como para decirle algo.
Grace soltó un resoplido.
—No es valentía. No lo pensé. Reaccioné instintivamente. Lo insulté y le dije lo que pensaba de él, y me despidió inmediatamente.
—¿Y?
—Y yo le dije que iba a poner una denuncia en el sindicato. Él dijo que iba a destruir mi carrera profesional, y yo le dije que iba a contárselo todo a los medios de comunicación. Por desgracia, era yo la que estaba tirándose un farol.
—¿No se lo dijiste a nadie?
—A nadie le habría importado nada. Podía haberle contado a la prensa sensacionalista lo que había visto, pero ¿a quién le habría hecho daño? A ella, tal vez. A mí, por supuesto. Pero, a él, no, porque encontraría la manera de demostrar que no era cierto. Así que, aquí estoy.
—¿No pudiste encontrar otro trabajo?
—Era complicado. Y corrió el rumor de que yo bebía en el trabajo.
Él enarcó las cejas.
—¿Y es cierto?
—No. Nunca. Apenas bebo en las fiestas, así que...

—¿Solo en las tabernas del Oeste?

Ella sonrió.

—Solo en las tabernas del Oeste.

—Qué suerte tengo.

—Sí —dijo ella. Dejó de comer y, cuando se le borró la sonrisa de los labios, se quedó mirando su plato.

—Eh, Grace.

—¿Qué?

—Lo siento. Siento que te despidiera ese cabrón.

Cuando Grace alzó la vista, Cole se dio cuenta de que tenía una expresión de sorpresa. Rápidamente, se transformó en una expresión de ira contenida.

—Bah, no importa. No es nada nuevo. Tengo que aprender a cerrar la boca.

—Tal vez no. Hiciste lo que estaba bien.

—Ja. Lo que estaba bien. No la ayudó en nada. Seguramente, solo conseguí empeorar las cosas. Tenías que haber visto cómo intentaba calmar la situación, cómo me rogaba que parase. Solo me sirvió a mí, para decirme a mí misma que no soy la clase de persona que se queda de brazos cruzados mientras un hombre trata a una mujer como a una basura. Y lo peor es que soy exactamente esa clase de persona.

—No, claro que no. Dijiste algo. No ignoraste la situación porque estuvieras asustada.

Ella volvió a sonreír. Fue una sonrisa llena de amargura y de dolor. Después, se puso en pie.

—Gracias por el desayuno. Otra vez.

Ya estaba corriendo hacia la puerta. Sus pies descalzos no hacían ni el más mínimo sonido contra la madera del suelo. Sin los tacones, era mucho más menuda.

—Voy a darme un paseo por el pueblo, por si hay algo que ver.

—Ah. Las cornamentas.

Ella se detuvo con la mano en el pomo de la puerta.

—¿Las qué?

—Las cornamentas. ¿No has visto todavía los arcos de cornamentas?

Ella volvió a poner cara de pocos amigos.

—No tengo ni idea de qué estás hablando.

—Pues yo no sé cómo no las has visto todavía. Están en la plaza del pueblo.

—¿Cornamentas?

—Sí, de alce. Hay miles de ellas. El Refugio Nacional de los Alces llega hasta los límites del pueblo.

—¿Y hay alces por aquí?

—En este momento, no, pero puedes verlos si subes en coche a las montañas. Bajan al refugio durante el invierno.

—¿Y se traen sus cornamentas?

Él sonrió.

—Sí, algo parecido a eso.

—Ah –dijo ella. No se marchó. Todavía tenía la mano en el pomo, pero se quedó allí, pensativa.

—¿Quieres ir a dar un paseo en coche? Yo puedo enseñarte el pueblo. Hay muchas cosas que ver, ¿sabes?

Ella miró en dirección a los Tetons, aunque las persianas estuvieran cerradas.

—Venga, mujer, nos lo pasaremos bien.

—¿No estás ocupado?

—No. Hoy tengo el día libre en el trabajo, así que, o tú, o la colada.

—Y yo gano a la colada, ¿eh?

—Solo porque hice una muy grande la semana pasada. Si no, ganaría la colada.

Eso la relajó. Un insulto. Esa era la manera de borrarle la expresión desconfiada y conseguir que se riera. Otra cosa que la hacía diferente a otras mujeres de su pasado.

—Entonces –dijo ella–, será mejor que acepte tu oferta. Tal vez no tenga tanta suerte el fin de semana que viene, y me voy a volver loca si sigo metida en casa.

–Bueno, pues vuelve cuando estés preparada.

Volvió a los tres minutos. Cole estaba lavando los platos, y le gritó que pasara.

–Lo siento. Tenía que haberme quedado a ayudar, ¿verdad? La gente no me hace la comida muy a menudo. Deja que...

–No tiene ninguna importancia, de verdad. Es mucho más fácil que limpiar la cazuela de un estofado en el rancho.

–Lo siento –dijo ella de nuevo. Parecía que aquellas palabras le arañaron la garganta cuando las pronunció.

–Puedes hacerme la cena alguna vez.

Al instante, ella puso cara de pánico.

–Espero que te gusten los sándwiches.

–¿De mantequilla de cacahuete? –preguntó él.

Grace se puso muy roja.

–Todavía no he tenido tiempo de ir a la compra –le espetó.

Vaya.

–Solo era una broma.

Ella se cruzó de brazos y se acercó a mirar los libros que había sobre la mesa de la cocina. Cuando él terminó de secarse las manos, ella ya tenía las mejillas rosadas otra vez. Se alegró de no haber estado cerca de ella, y tomó nota de que la mantequilla de cacahuete era algún tipo de tema sensible. Tal vez fuese lo único con un alto contenido en calorías que se permitía comer, un lujo, y lo mantenía en secreto. Si tenía que conseguir que se enfadara, cosa que no le parecía mal del todo, prefería que fuera por algo que mereciera la pena.

–¿Estás lista ya? –le preguntó.

Grace dejó el libro que había estado hojeando, pero siguió mirándolo.

—¿Te gustan las novelas de terror? Yo ya me he terminado esa, por si quieres leértela.

—¿Sí? —preguntó ella. Volvió a tomar el libro y lo abrió por la primera página—. ¿Es buena?

—La mejor que ha escrito estos últimos años.

—Ah, de acuerdo. Gracias —dijo Grace. Se metió el libro en el bolso y se puso la chaqueta—. Te lo devuelvo mañana por la mañana.

—¿Mañana?

—Leo muy rápido.

—Es un hábito caro.

—Sí —dijo ella—. La biblioteca. De todos modos, no soy residente aquí, así que...

—Yo puedo sacarte algunos libros, si quieres. Dame una lista.

Ella lo miró mientras caminaban hacia la puerta.

—¿Tienes el carné de la biblioteca?

—Algunas veces, dejan entrar a los vaqueros, cuando los dejan sueltos en el rancho.

—Después de dar aviso al resto de los usuarios, espero.

Dios, le hacía reír. Tuvo ganas de seguir tomándole el pelo para ver qué decía después. Tal vez Grace tuviera malas pulgas, pero, demonios, hablando con ella, se sentía más vivo de lo que se había sentido desde hacía meses.

¿Qué demonios estaba haciendo ella, pasando el rato otra vez con el vaquero? El día anterior, cuando había salido del bar, con mucho cuidado para no tropezarse, se había echado un sermón a sí misma.

Sí, estaba aburrida. Sí, estaba un poco perdida. Pero ¿qué hacía coqueteando con un tío solo para pasar el rato? Era una estupidez. Sobre todo, teniendo en cuenta que era guapísimo y vivía a pocos metros de su cama. Y ella no tenía precisamente un historial de contención. Ni de tomar sabias decisiones. Ni de tener el control sobre sí misma.

Menos de un día después de haberse dicho a sí misma que tenía que mantenerse alejada de él, se estaba subiendo a su enorme pickup negro y acomodándose en el asiento de cuero.

Sin embargo, a pesar de todas aquellas recriminaciones que se estaba haciendo a sí misma, se sintió entusiasmada al ponerse el cinturón. Iba a ir a algún sitio, a salir de su casa. ¿Cuántos días llevaba sin subirse a un vehículo que no tuviera varias filas de asientos? Incluso en Los Ángeles llevaba varias semanas viajando solo en autobús o en tren.

Cuando Cole arrancó el motor, ella bajó la ventanilla, inhaló el aire fresco de la mañana y se sintió libre.

–¿Adónde quieres ir? –le preguntó él.

¿Adónde? No tenía ni idea. Debería ir al supermercado. Debería conocer mejor el pueblo. Debería encontrar la oficina de correos, el banco y la biblioteca. Pero volvió a tomar aire, profundamente, y dijo:

–Solo conduce.

–Muy bien –respondió él, suavemente.

Cole se dirigió hacia el centro del pueblo, cosa que la sorprendió, pero observó las calles que pasaban ante sus ojos. Todo era diferente cuando se iba en coche. Todo era tan rápido y efímero y nuevo ante su vista... Las tiendas del Oeste eran una horterada, pero tenían encanto. Las pasarelas de madera que hacían las veces de acera eran distintas a cualquier cosa que ella hubiera visto. Pasaron por delante de la estación de autobuses, que era lo primero que ella había pisado de Wyoming, y entonces, las vio: las cornamentas.

–Oh, Dios mío. Hay miles –murmuró.

Había miles, era cierto. Estaban formando un arco ancho y alto en una esquina de la plaza cuadrada. Cuando giraron, vio que había otro arco en la siguiente esquina. Y otro arco, al otro lado del parque. Y allí había un carruaje aparcado. Los caballos sacudían las crines bajo la luz del sol. Era increíble que se hubiera perdido todo aquello.

–¿No quieres parar a verlo?

–No, continúa.

Pasaron por delante de tiendas turísticas. Los turistas ya estaban paseando, en pantalón corto y con gafas de sol. Adelantaron a otro carruaje en el que iban dos niños pequeños, con cara de asombro.

De repente, aparecieron bloques de hoteles, y desaparecieron las tiendas. Después, un parque muy verde y, después... nada.

Nada, salvo una enorme extensión de praderas, un riachuelo y bandadas de pájaros que alzaban el vuelo hacia el cielo azul.

–Vaya –susurró ella. No se lo esperaba. Todo eso era invisible desde el pueblo, pero, ahora, ya no podía imaginarse que hubiera ninguna población cercana.

Siguieron circulando durante un rato por la parte inferior de un risco. Grace no dejaba de mirar los campos, con la esperanza de que apareciera un alce o cualquier otra cosa. Entonces, el risco dejó paso a las montañas.

–Vaya –volvió a susurrar–. Es increíble.

Cole la miró y sonrió.

–Eso es lo que hace la mayoría de la gente el primer día. Jackson es un pueblo agradable, pero nadie viene aquí para apreciar el encanto de un pueblecito. Vienen por las montañas. Por los parques. Por la fauna y la flora. Por el cielo.

El cielo, sí. Algo tan sencillo como el aire y, sin embargo, era bello. Mágico. Una enorme expansión de color azul que se perdía por detrás de las montañas.

Ojalá tuviera una cámara. Necesitaba capturar la belleza de aquel momento. En California también tenían montañas, pero aquel momento era deslumbrante. Era un contraste perfecto con lo oscuro y complicado de su vida. Se sentía insignificante, y eso era un alivio. Los errores que hubiera podido cometer eran algo pequeño y sin importancia.

Quería atrapar todo aquello en una fotografía, pero había empeñado su cámara hacía una semana. Y su teléfono prepago no tenía cámara.

Pero, por el momento, se apartó aquel deseo de la cabeza y lo asimiló todo.

–¿Adónde quieres ir? –le preguntó Cole, que no parecía muy conmovido con aquellas vistas. Claro, que él lo veía todo el tiempo. Tal vez ese fuera el motivo por el que tenía una sonrisa tan fácil.

Miró a su alrededor, en busca de algún lugar al que quisiera acercarse. Había una señal a un lado de la carretera que indicaba el camino hacia los parques nacionales. Estaban completamente rodeados de belleza, así que, ¿cómo iba a poder elegir? ¿Qué era lo que quería?

–Llévame a algún sitio al que no vaya nadie.

Él se quedó callado un momento, mirando a través del parabrisas como si pudiera ver algo delante de ellos. Por fin, asintió.

–De acuerdo. No puedo prometerte que esté vacío, pero no creo que haya muchos turistas que se desvíen tanto del circuito habitual.

Ella se miró las botas. Aquellas eran robustas, pero no estaba segura de que sirvieran para pasear por el monte.

–No te preocupes. No me refería a la montaña.
–Puedo subir.
–Estoy seguro de que puedes hacer cualquier cosa.

Al oír sus palabras, Grace tuvo un sentimiento cálido. Lo había dicho como si sintiera admiración por eso; la mayoría de los hombres no admiraban algo así, querían sentirse necesarios. No les gustaba que ella no los necesitara. Y no los necesitaba.

La sensación de calidez desapareció al instante.

Eso ya no podía decirlo. No podía fingir que no necesitaba a nadie y nunca lo había necesitado. Sin embargo, prefería morir antes de permitir que alguien lo supiera.

Así que sonrió.

—Yo soy bastante dura, pero no sé si las botas lo son.

Él le miró los pies.

—A mí me parecen lo suficientemente robustas.

—¿Sí?

—Sí —respondió Cole. Su tono de apreciación fue obvio incluso antes de que la mirara con los ojos llenos de calor.

Vaya. Grace carraspeó. Le gustaban las chicas duras, ¿eh? ¿Tal vez necesitaba un poco de tensión en su vida? Intentó no sentirse halagada. Ella no era ningún entretenimiento para un chaval de un pueblo pequeño.

Claro que... Cole no era un chaval de pueblo. Era un hombre que trabajaba con sus manos todos los días. Tenía unos hoyuelos preciosos, pero unas manos fuertes y llenas de marcas. Miró de reojo hacia el volante, hacia los dedos que lo manejaban.

Cole aminoró el paso y giró a la derecha, y eso la distrajo de los pensamientos sobre sus manos. Aquella carretera atravesaba un campo. No sabía si era heno o alguna hierba silvestre, u otra cosa, pero el viento tumbaba los tallos dorados y los movía como si fuera un océano. Era precioso, y el sonido susurrante llenaba el coche.

Grace vio algo que se movía en la hierba, y se entusiasmó.

—¿Es un alce? —preguntó, con un jadeo, señalándolo.

—Es un ciervo.

—¿Y cómo puedes distinguirlo?

Cole se echó a reír.

—Son animales totalmente distintos.

Ella se hundió un poco en el asiento y se cruzó de brazos. Le cayó un mechón de pelo morado sobre los ojos, y se lo apartó de un soplido. Sin embargo, no podía seguir enfadada en un momento así. El mundo era demasiado bello en aquel momento, y sabía que, muy pronto, se volvería odioso de nuevo. No podía malgastar aquel tiempo, así que le dio la espalda a Cole y se puso a mirar por la ventanilla.

Pasaron junto a más ciervos. Probablemente. ¿Cómo iba a saber que lo eran, si él no le explicaba la diferencia? Entonces, el terreno comenzó a ascender. Estaban subiendo.

Unos ciervos salieron de un salto de detrás de unos arbustos que había junto a la carretera y se alejaron corriendo. Sin embargo, parecían un poco...

—¡Mira! ¿Qué son esas cosas? —gritó ella, agarrando a Cole del brazo.

Los frenos chirriaron. El pickup dio un brusco giro hacia la izquierda y después viró hacia la derecha. Sin embargo, Grace estaba demasiado ocupada observando a aquellos ciervos tan raros, y las sacudidas del coche no le importaron. Los ciervos tenían unas extrañas máscaras negras en la cara.

—¿Qué demonios pasa? —le espetó Cole.

—¿Qué son esas cosas? ¡Mira cómo botan! ¡Son rarísimos!

Cole paró a un lado de la carretera, cabeceando.

—Son antílopes. Y he estado a punto de hacer volcar el coche.

—¿Antílopes? ¿Como en África?

—No, son antílopes americanos. Se llaman antilocapras.

—¿Antílopes americanos? ¿Estás seguro? Porque tienen máscaras pequeñitas y unos cuernos negros y puntiagudos, y parece que deberían estar pastando con las jirafas.

Él frunció el ceño. Abrió la boca. Volvió a cerrarla. Pestañeó varias veces.

—Eres muy rara, ¿lo sabías?

—Ah, la rara soy yo, ¿no? ¿Has visto bien a esas cosas?

—Grace... Tú... —balbuceó él. Después de eso, no pudo decir nada más.

Ella se encogió de hombros.

—Voy a investigar un poco. Seguro que esas cosas no son de aquí. Probablemente es una especie invasora.

—¿Qué?

—Sí, como la abeja asesina. En Los Ángeles tenemos un problema muy grave con ellas. Algún idiota las trajo desde África.

Él abrió unos ojos como platos.

—¡África! —repitió ella, enarcando las cejas con una expresión exagerada de alarma—. ¿Una coincidencia? ¿O una pista?

Él entrecerró los ojos.

—¿Cuánto rato llevas tomándome el pelo?

Ella sonrió tanto que le dolieron las mejillas. Claramente, llevaba demasiado tiempo sin utilizar aquellos músculos.

—No mucho, aunque me avergüence decirlo.

—Entonces, ¿de verdad no sabías lo que eran?

—Pues claro que no. Esas cosas no están bien. Pero supongo que tengo que creerte, si dices que son antílopes. Y siento haberte asustado.

—Vamos, vamos. Yo no diría que me has asustado. Solo me has sobresaltado un poco. Creía que había un búfalo en mitad de la carretera, o algo así. Bueno, perdón, un bisonte. No quisiera que te preocuparas por si alguien ha introducido accidentalmente un búfalo africano en el ecosistema.

Grace se echó a reír, con tantas ganas, que tuvo que taparse la boca con una mano para intentar parar las carcajadas. No le sirvió de nada. Siguió riéndose hasta que se le saltaron las lágrimas.

—Lo siento —dijo con un jadeo—. Es que me han dado un susto.

—Supongo que son un poco raras, comparadas con el ciervo mulo.

—¿Lo supones? —dijo ella, riéndose aún más, al ver que él sonreía—. Vamos, deja de hacerme reír. Conduce.

—Todavía estoy temblando un poco.

Ella le dio un suave puñetazo en el brazo y se relajó de nuevo en el asiento.

—Bueno, y ¿adónde vamos? Las montañas están por el otro lado.

—No te preocupes. Hay muchas montañas por esta zona. Vamos a ir al valle del río Gros Ventre por una carretera secundaria. Por aquí hay campings y caminos para hacer senderismo, pero no es una de las zonas más turísticas.

A medida que subían por la colina, además de los arbustos y la hierba iban apareciendo bosquecillos de álamos temblones, de hojas verde claro. Solo se oía el motor del coche y el susurro de las hojas al viento. Ella tomó aire y suspiró.

—Esto es maravilloso. Qué tranquilidad.

—Sí.

—No te creerías lo estruendosa que puede llegar a ser la ciudad.

Él enarcó una ceja.

—He estado en ciudades algunas veces, ¿sabes?

—¿Sí? —bromeó ella—. ¿Como Boise, por ejemplo?

—Algo así.

Ella volvió a golpearle el brazo.

—Estoy bromeando. Pero, de verdad, Los Ángeles es todo calor, coches y... hambre.

—¿Hambre?

Ella no se refería al hambre de verdad, pero, al ver que él fruncía el ceño, se ruborizó y se apresuró a tapar la verdad que había en sus palabras.

—En Los Ángeles, todo el mundo está hambriento de algo. De fama, fortuna, sexo o belleza. Aunque tengas lo que necesitas, siempre hay alguien que te quiere demostrar que no es suficiente. Todo el mundo está desesperado.

Y, además, había hambre de verdad. Mucha.

No sabía cuántos niños sin hogar había en el sur de California. Tal vez fuera porque casi nunca hacía frío, pero no creía que eso fuera lógico. Tal vez fuera tan sencillo como seguir la estela de otras almas que pensaban que estaban demasiado hastiadas como para albergar esperanzas, pero que, de alguna manera, terminaban deseando algo más. O, tal vez, era un lugar en el que parecía que las cosas eran posibles.

Por desgracia, cualquier cosa era posible en Los Ángeles. Cualquier persona podía hacer realidad sus sueños, o podía encontrar la oscuridad. Ella lo había visto todo. Una amiga suya había terminado actuando en la serie número uno del país. Muchas otras habían terminado muertas. O peor aún. Tal vez, ella debería sentirse agradecida por haber encontrado un término medio.

Cole interrumpió el silencio.

—¿Eso significa que estás contenta de haberte marchado?

¿Contenta? Miró a Cole, y volvió a mirar por la ventanilla. En aquella parte, había un riachuelo que corría en paralelo a la carretera.

—Me siento aliviada –dijo, suavemente. Y lo estaba. Aunque también estaba asustada, preocupada, enfadada y amargada. Sin embargo, por debajo de todo aquello había alivio–. Nunca he estado mucho tiempo fuera de Los Ángeles, y no sé si me habría marchado por decisión propia. Pero, ahora que me he ido, es como si me hubiera liberado, o algo así.

Y era cierto. Después de todo estaba en Wyoming, y era imposible no sentirse como si hubiera salido de su propia vida y estuviera observándola desde lejos. Después de todo, no era posible ir más allá de las montañas salvajes.

Sin embargo, también se sentía perdida. Por muchos motivos, todos ellos, culpa suya.

—Sé lo que quieres decir –respondió Cole.

—¿Sí? –preguntó ella, sin girar la cabeza hacia él. No quería mirarlo a los ojos, porque se sentía muy vulnerable.

—Yo también me he sentido así. Como si me hubiera escapado de algo justo a tiempo. Casi puedes notar que lo rozas al pasar. Es como si te las hubieras arreglado para esquivar un peligro.

Entonces, Grace se giró hacia él con el ceño fruncido.

—¿A que sí? ¿Y de qué te escapaste tú? –le preguntó.

No podía imaginárselo. Él era un vaquero que vivía en Wyoming y trabajaba en una tierra con riachuelos y árboles bajo un cielo azul. Ella sabía que en los pueblos también había problemas; muchos de sus amigos de la calle, en Los Ángeles, eran de pueblos pequeños, en los que sus padres les pegaban o un tío los violaba o sus compañeros del colegio los acosaban. O no podían encontrar trabajo. Sin embargo, Cole estaba hablando de un huracán. De un peligro mayor.

Él siguió mirando hacia delante, sin dejar traslucir nada, pero, finalmente, la miró y le guiñó un ojo.

—Ya sabes. Caballos encabritados. Estampidas de ganado. He podido escapar de muchas cosas en mi vida.

Estaba soslayando su pregunta. Ignorando lo que ambos querían decir. Sin embargo, no importaba; ella tampoco pensaba contarle sus secretos. Era mejor que él no intentara acercársele, porque lo que menos necesitaba era que un vaquero grande y dulce le confesara cuáles eran sus cicatrices emocionales y sus heridas. De hecho, con solo pensarlo le daban escalofríos. Ella ya tenía demasiado equipaje. No quería llevar también la carga de otra persona.

Debería haberse dado cuenta de eso hacía mucho tiempo. Estaba mejor sola. Sus problemas ya eran demasiado complicados sin enredarse con los de otra persona.

—¿Dónde está tu rancho? —le preguntó. Quería cambiar de tema.

—Yo solo trabajo allí. No es mi rancho. Pero no está lejos de aquí.

—¿Y puedo verlo?

—Eh... sí, claro.

¿«Eh, sí, claro»? No parecía que le entusiasmara mucho la idea.

—Pasaremos por allí a la vuelta. Pero ahora hay algo mucho más bonito que ver —dijo él.

Entonces, tomó un camino de tierra que serpenteaba entre los árboles. De hecho, parecía más un sendero que una carretera. Las ramas de los árboles tocaban el parabrisas. Los arbustos rozaban el suelo del coche. Al ver que el camino tenía una brusca bajada por delante de ellos, se encogió y se agarró con fuerza al abridor de la puerta.

—Eh... Cole...

Él siguió conduciendo con facilidad, y ella trató de no mirar hacia abajo para ver cuánto caía la cuesta.

—¿Sí?

—Nada —respondió ella con la voz ronca y gritó cuando el coche se hundió bruscamente en un bache. Era capaz de recorrer los callejones oscuros de una gran ciudad y de manejarse entre las cosas terribles que las habitaban, pero aquello era demasiado. El coche dio una sacudida, y ella quiso pedirle a Cole que se diera la vuelta.

—Maldita sea —susurró y cerró los ojos—. Maldita sea, maldita sea...

No le gustaba nada aquello. No le gustaba que el control de su vida lo tuviera otra persona. De repente, el pickup se detuvo, y el motor se paró.

Grace abrió los ojos con la esperanza de ver algo por lo que mereciera la pena haber arriesgado la vida. Sin embargo, solo vio álamos temblones y matorrales.

La puerta de Cole se cerró y, de repente, él estaba abriendo la suya.

—Vamos, chica dura.

—¿Te estás riendo de mí?

—Claro que no. Tus gemidos de terror han sido los más duros que he oído en mi vida.

—Que te den —dijo ella, e ignoró la mano que él le tendía para ayudarla a bajar del pickup.

—Eres muy graciosa cuando te enfadas.

—¿Sabes? Nadie sabe que estoy contigo. Podría matarte y marcharme sin más.

—Podrías matarme y vagar perdida por el bosque hasta que murieras de extenuación y hambre.

Grace se cruzó de brazos e intentó fruncir el ceño al ver su sonrisa.

—Podría llevarme tu coche.

—No conseguirías llevarlo hasta la carretera. Es una cuesta con una pendiente del diez por ciento, sobre gravilla y con una curva.

Era cierto. Si lo matara, se quedaría allí atrapada, así que se encogió de hombros.

—¿Querías enseñarme algo?
—Vamos. El sendero está por aquí.

Él empezó a caminar, así que ella lo siguió. Así de fácil. No podía quedarse allí sola, porque podía aparecer un oso o alguno de aquellos extraños antílopes que habían visto antes. Cole iba apartando las ramas y, de vez en cuando, le decía que tuviera cuidado con el camino. Entonces, el sendero se abrió a un claro, y llegaron a lo alto de un precipicio. Grace se detuvo y emitió un jadeo. Parecía que todo el mundo se extendía a sus pies. O, por lo menos, la única parte del mundo que ella quería ver.

Las rocas desaparecían entre las copas de los árboles. Los árboles se erguían desde una escarpada pared rocosa que descendía entre el verde oscuro de los pinos. Al fondo, un río plateado abría un camino a través de la tierra y discurría hacia lo lejos. Muy abajo se veía una cascada y, después, otra. Y, después, el río desaparecía en un valle que tenía forma de uve.

—Oh, Dios mío —susurró.
—¿Te gusta? —preguntó Cole.
—¿Qué clase de pregunta es esa?

Él se echó a reír y volvió a mirar el valle.

—A algunas personas no les importan estas cosas.
—Algunas personas son idiotas.
—Cierto.
—Es increíble.

Aquella descripción le parecía insuficiente, pero no se le ocurría ninguna otra cosa que capturara el milagro de aquellas vistas.

Permanecieron en silencio mucho tiempo, y Grace trató de asimilar todo lo que pudo. La belleza, sí, y también, la paz. Y la maravilla. Hacía mucho que ella no se había sentido maravillada. Sin embargo, frente a aquella visión, se sentía como una niña, como si hubiera millones de cosas que no podía saber y que nunca sabría.

Destruía la sensación de que ya lo había visto todo y de que había descubierto que no había nada bueno.

—¿Crees que hay alguien allí? —susurró.

—¿Gente? Sí, claro. Hay un par de campings junto al río. Los pescadores se quedan allí. Y la gente que detesta las muchedumbres que hay en los parques más grandes.

—Es como si estuviéramos completamente solos, como si aquí no hubiera estado nadie antes que nosotros.

—Sí —dijo él, y se giró a mirarla—. Y parece que eso te gusta.

—Sí. Nunca había visto un sitio así.

—¿Nunca?

Ella tragó saliva. Tenía un nudo en la garganta. No era de pena, ni de alegría tampoco. Era algo más parecido al alivio, otra vez. Tenía la sensación de que era pequeña, diminuta. Y de que todas las tonterías que había hecho y los errores que había cometido no significaban nada. Todo era demasiado pequeño como para tener relevancia.

Seguramente, algunos odiarían el hecho de sentirse insignificantes, pero ella se sintió plena. Abrumada.

—Es precioso. Muchas gracias por enseñarme esto.

—No es nada —dijo él, pero, Dios, qué equivocado estaba. En aquel momento, aquello lo era todo.

Siguieron observando en silencio un buen rato. Al final, volvieron al coche.

Cole condujo hasta la carretera y la llevó por el valle. Cada curva le descubría otra vista, otra maravilla deslumbrante.

Cuando pudo pensar con claridad otra vez, Grace le recordó que quería ver el rancho donde trabajaba.

—Claro. Por supuesto. ¿Tienes tiempo suficiente?

—Sí.

Entonces, él la llevó por un camino diferente. Pasó por una carretera que iba entre dos enormes colinas, aminoró el paso y tomó un camino de tierra. Pasaron por debajo de un letrero en el que se leía *Easy Creek* y, entonces, él paró.

—¿Es aquí? —preguntó ella, mientras miraba el ancho valle que tenía delante—. ¿Easy Creek?

—Sí.

Vio los edificios del rancho a unos cuatrocientos metros. Tras ellos, a lo lejos, se alzaban las montañas. Era precioso. Y él trabajaba allí todos los días. Aquella era su vida.

—Algún día será mío —dijo Cole, suavemente.

—¿Es de tu familia?

—No, pero Easy es como si fuera de mi familia. Se lo voy a comprar cuando quiera jubilarse.

—Es increíble.

Seguramente, él pensó que se refería al terreno, que era increíble de verdad. Bello, tranquilo y lleno de paz. Sin embargo, se refería a la seguridad. Cole era un vaquero, solo eso, y llevaba toda la vida viviendo en Wyoming. Trabajaba en aquel rancho, con amigos que eran como de su familia y, algún día, aquellas tierras serían suyas. ¿Cómo sería sentirse así, vivir en un sitio al que siempre habías pertenecido? Su vida siempre se había desarrollado en sitios malos, con decisiones apresuradas.

Allí, durante muy poco tiempo, se había hecho más fácil. Sin embargo, las cosas nunca habían sido así para ella. Nunca había conocido la seguridad.

—Gracias por enseñármelo —susurró.

Él se acercó un poco más a los edificios, y ella distinguió una casa baja y alargada, con un porche delantero, construida en madera oscura. Había un enorme establo muy cerca, con un corral vallado. Parecía salido de una película de John Wayne. Había dos vaqueros a caballo en un camino, un poco más adelante.

Él dio un giro antes de que pudieran acercarse.

Cuando llegó a casa y cerró la puerta de su apartamento, Grace se dio cuenta de lo que había pasado. Cole no había querido ir hasta el rancho porque no quería que lo vieran con ella. No quería presentarles a los otros vaqueros a una chica con el pelo morado.

Trató de convencerse de que no le importaba. Después de toda la belleza que él le había mostrado aquel día, podía perdonarle aquel pequeño fallo.

Y, de todos modos, era una chica dura. Tal y como había dicho él.

Capítulo 7

Grace se encontró de nuevo en Los Ángeles.

Así era como se sentía, al menos, entre toda aquella gente que pululaba apresuradamente por el hotel, con cara de ser muy importantes. Más importantes que cualquiera que viviese en aquel pueblucho de Jackson.

–¿Te sientes bien? –le preguntó Eve.

–Sí, muy bien.

–Sé que esto es demasiado para un primer día de trabajo.

–He trabajado en muchos rodajes. Estoy acostumbrada.

Eve exhaló un largo suspiro.

–Me alegro, porque yo, no. De veras, me alegro mucho de que estés aquí. No me esperaba este lío de repente. El técnico que trabajaba con el estudio, buscándoles localizaciones en Jackson, desapareció hace dos semanas. Parece que dejó mucho papeleo mal hecho y algunos arrendatarios poco satisfechos. Nadie me explicó esa parte cuando accedí a hacer este trabajo. Pensé que solo se trataba de encargarse de unos cuantos detalles.

Eve se pasó una mano por la nuca e hizo un mohín.

–Yo solo he buscado algunas localizaciones –murmuró–. Pero... bueno. Lo que ha pasado es que uno de los espacios ha fallado. Se supone que este es el reconocimiento definitivo de todos los lugares de rodaje que ya han contratado, pero, ahora... Dios. La directora está aquí, y todo el mundo está muerto de miedo.

–¿Quién es la directora?

–Madeline Beckingham.

Grace pestañeó. Vaya, sí que era una directora famosa. Beckingham era una mujer bella y poderosa que hacía películas de acción con un ritmo trepidante. Era hija de la realeza de Hollywood y, al principio, los mandamases la habían tratado como la hija de Joseph Beckingham. Una mujer a la que mimar y divertir, y a la que no había que tomar demasiado en serio.

Ya, no. Ahora se había convertido en la heredera. Conseguía todo lo que quería, y quería mucho, según los rumores.

–¿Has trabajado con ella? –le preguntó Eve.

–No, nunca.

–Bueno, pues esta es tu oportunidad. Necesito encontrar al coordinador de localizaciones y conseguir la lista de espacios de rodaje que me prometieron. Voy a buscar al encargado y a enterarme de lo que está pasando con cada uno de esos espacios. Yo no tengo actualizados los documentos y, por lo que me han dicho, el técnico de localizaciones se llevó los suyos. Van a necesitar fotos nuevas y actualizaciones.

–Entendido. Conseguiré toda la información que pueda del coordinador.

Ella nunca había hecho nada parecido, pero abordó la tarea como abordaba todo lo demás: se lanzó y le echó un farol al mundo. Algunas veces, eso no funcionaba bien y el mundo veía su farol, pero no estaba segura de qué otro modo podía vivir. Pensaba que, si tenía que caer, al menos caería con estilo. En este caso, funcionó bien. Tres horas más tarde, cuando todo el mundo se fue a comer, Grace casi no tenía aliento, pero sí tenía un cuaderno lleno de instrucciones escritas a toda prisa e informes copiados, y la cabeza llena de ideas.

—Cuéntamelo todo —le dijo Eve, en cuanto Grace se sentó a su lado en una mesita del restaurante.

Grace le explicó todo mientras Eve comía. Al final, Eve la detuvo y señaló su sándwich con un gesto de la mano.

—Come. Esto está por encima de mis posibilidades, pero creo que la localización del río está bien. Tienen todas las fotos de ese lugar, y el papeleo ya está hecho. Voy a llamar a Carly, del Ayuntamiento, para asegurarme. Sin embargo, el rodaje en el rancho... Mierda. Eh... Disculpa. Perdona mi lenguaje.

Grace estuvo a punto de atragantarse con el sándwich.

—Creo que puedo soportarlo.

—Siento mucho haberte metido en todo esto.

—No pasa nada. Y solo van a estar aquí una semana, más o menos, ¿no? Se supone que el rodaje no empezará hasta dentro de un tiempo.

—Sí, claro, pero ya sabes cómo son estas cosas. Ya van retrasados, y nada está saliendo bien. Tal vez tenga que traer a más gente a trabajar. Puede que alguno de los empleados de la empresa antigua tenga alguna idea para...

—Espera. Creo que podemos hacerlo nosotras. ¿Solo necesitamos una localización nueva en un rancho?

—Sí. El idiota anterior no terminó de cerrar el trato y, ahora, la propiedad ha cambiado de manos. Necesitamos un rancho nuevo con suministro eléctrico, que sea accesible, pero no puede ser demasiado moderno. Es para las primeras escenas de la película, que tienen lugar en los años cincuenta.

—No creo que sea difícil de encontrar.

—Eso depende de lo difícil que se ponga Madeline Beckingham con respecto a lo que es moderno y lo que no.

—Bueno, vamos a intentarlo, por lo menos.

—¿Sí? —preguntó Eve, y observó con atención a Grace—. ¿Estás dispuesta? Tendríamos que trabajar a jornada completa y, seguramente, hacer horas extra.

—Sí.

Claro que estaba dispuesta. Sorprendentemente dispuesta. Pensaba que iba a vacilar, después de los últimos meses. El trabajo ya era lo bastante malo, pero, además, Scott había empezado a obligarla a asistir con él a eventos de la industria. Las fiestas estaban llenas de mentirosos, de ambiciosos, de falsos que se arremolinaban en torno a los productores y directores. Esa gente siempre le ponía la piel de gallina.

Sin embargo, aquello era distinto, no sabía por qué. Tal vez fuera por la sensación de independencia, de que estaba en su terreno. Por supuesto, eso era una tontería; Wyoming no era suyo. Solo llevaba allí unos días, y era obvio que aquel no era su sitio.

Así que, tal vez, solo fuera por el sueldo. Después de una semana trabajando así, ya podría enviarle a Scott algo de dinero, lo suficiente como para calmar sus amenazas hasta que llegara a Vancouver.

—Es un western, ¿no? Dijeron que necesitaban un rancho aislado con vistas para los planos del cielo.

—Sí —dijo Eve, y se mordió la uña del pulgar mientras miraba a su alrededor por el restaurante—. Es una película del Oeste con gran presupuesto, de monstruos y vaqueros. Tengo un par de ideas. Un sitio en el que hice una sesión de fotografías para una revista hace un par de años. Aunque no sé si será un poco moderno...

—Yo tengo otra idea.

—¿Tú? Pero si acabas de llegar al pueblo.

Grace respiró profundamente y trató de ignorar la inseguridad que sintió y que le pedía que cerrara la boca.

—Es verdad que acabo de llegar al pueblo, y seguro que tú conoces otra docena de sitios, pero... Ayer fui a dar un paseo en coche. ¿Conoces un rancho que se llama Easy Creek? Es rústico y precioso. Y está aislado, lo suficiente como para poder hacer planos panorámicos sin interferencias. Sé que pueden eliminar edificios en postproducción, pero este lugar está aislado y, seguramente, eso les facilitaría las cosas.

—Depende de lo lejos que esté.

—No mucho, que yo recuerde.

—¿Y sabes llegar?

—Sí.

Probablemente.

Eve tomó su bolso y se puso de pie.

—Vamos a verlo. De todos modos, tengo que salir a tomar el aire. Puede que tú estés acostumbrada a esto, pero yo, no.

—Con el tiempo, se hace más fácil.

—¿De verdad?

—No. En realidad, no.

Eve sonrió y se echó a reír. Su carcajada sorprendió a Grace. No se había dado cuenta de lo tensa que estaba Eve hasta que la había visto relajarse un momento. Parecía más joven y más tranquila, y Grace se preguntó, sin darse cuenta, cuál sería la historia de su nueva jefa. Bueno. En realidad, no era asunto suyo.

—Vamos. Tenemos que salvarle el trasero a Madeline Beckingham.

Tres horas después, cuando salían del Rancho Easy Creek, Grace estaba atónita.

Lo habían conseguido. Gracias a ella.

Nunca había experimentado nada igual. Se le había ocurrido una idea, la había puesto en práctica y todo había encajado.

Bueno, había costado un poco más de trabajo, no solo eso.

Había conseguido llevar a Eve hasta Easy Creek después de equivocarse de camino solo dos veces. Y, mientras recorrían la larga carretera que llevaba hasta el rancho, Grace se dio cuenta de que tenía razón: aquel lugar era perfecto. Era un sitio que coincidía exactamente con la descripción que daban en la lista de localizaciones. Había unas colinas que ocultaban cualquier rastro de civilización, pero que no tenían la altura suficiente como para tapar los Tetons. Los edificios estaban agrupados en círculo al final de la carretera y, aunque robustos, sí tenían un aspecto antiguo, puesto que eran de madera oscura que ya había encanecido bajo el sol. Easy Creek era como un símbolo del rancho estadounidense.

Y, al final, había funcionado.

Por supuesto, el equipo de producción todavía tenía que aprobarlo, pero ¿cómo iban a rechazar una localización tan ideal?

El señor Easy, el dueño, que debía de ser el jefe de Cole, se había mostrado escéptico en un principio. De hecho, había dicho que no. Ellas le habían explicado la idea y le habían ofrecido la misma cantidad de dinero que se le había ofrecido al dueño de la localización anterior. Después, la habían aumentado. Sin embargo, no parecía que él se sintiera demasiado tentado, hasta que le habían mencionado el nombre de Madeline Beckingham. Obviamente, era un fan de su cine, porque se había animado al instante.

—Solo serían tres semanas —le habían dicho—. Una semana ahora y otras dos semanas durante el rodaje, dentro de un mes, más o menos. Eso es todo.

Después de todo, allí solo iban a rodarse dos escenas. El resto iban a filmarlo en California, en estudios de sonido, para poder integrar los efectos especiales.

Al final, el señor Easy había aceptado. Y, ahora, ellas dos iban armadas con las medidas que habían tomado y las docenas de fotografías que había hecho Eve. Si a Madeline Beckingham le gustaban, el sitio era suyo.

En cuanto salieron del rancho, Eve y Grace se sonrieron la una a la otra.

—Si no quieren rodar en este sitio, es que son idiotas.

Grace suspiró.

—Sí, es verdad. Es un sitio maravilloso, ¿a que sí?

—Es increíble. ¿Cómo lo has encontrado?

—Me lo enseñó un vecino que me llevó a dar una vuelta en coche. Se llama Cole Rawlins.

Eve negó con la cabeza.

—No lo conozco.

—Trabaja en ese rancho.

Grace pensó que Eve iba a hacerle más preguntas, y no sabía cómo iba a responderlas. Sin embargo, Eve frunció el ceño por algo que no tenía nada que ver con ella.

—Bueno, vamos a ver si lo conseguimos. Ya estoy enviando los documentos —dijo, mirando la pantalla de su ordenador portátil—. Los de producción tienen que venir aquí y dar el visto bueno al sitio y al presupuesto. Esta vez, serán ellos los que se encarguen de las cuestiones legales. Yo no tengo experiencia en eso. Pero tú y yo vamos a tratar con el Ayuntamiento, porque conozco a los ediles. Aunque es un terreno privado, y no debería haber ningún problema.

Había que satisfacer egos y negociar pagos. Sin embargo, unas horas después, la producción dio el visto bueno. A las nueve de la noche, cuando Eve la dejó en su apartamento, Grace estaba agotada. Y, seguramente, el día siguiente sería más ajetreado todavía. Sin embargo, se dio cuenta de que no se había preocupado ni una vez por el lío que había dejado en Los Ángeles.

Se sentía bien por haber trabajado honradamente, aunque ella no pudiera considerarse una persona honrada.

Pese a que su cama no era más que un saco de dormir barato, Grace se quedó dormida casi inmediatamente. Sin embargo, se prometió que al día siguiente se compraría un colchón de aire. Se lo merecía.

A Cole se le caían las gotas de sudor por el cuello mientras se esforzaba por terminar sus últimas veinte estocadas. Le ardían los músculos y le dolía la pierna, pero no era un dolor agudo, lo que representaba una mejoría. Al inicio de la rehabilitación, había sentido en la pierna unos pinchazos que le habían puesto muy nervioso, y había tenido miedo de esforzarse demasiado. Temía que algo se le soltara, que el fémur se le rompiera otra vez en cuatro pedazos. Entonces, todo habría terminado. No se había dado cuenta de que el problema no estaba en la pierna. Era el hueso pélvico, que estaba agrietado, lo que tal vez no se soldara correctamente. Había algún tipo de separación y, para remediarlo, tal vez hicieran falta más placas y más tornillos. Y, tal vez, no volver a montar a caballo.

Eso no podría suceder. No iba a suceder

Tenía que volver a montar. Iba a ser dueño de sus tierras, a dirigir su propio rancho. A vivir exactamente como él quería y a no tener que responder ante nadie.

Llevaba trece años ahorrando, desde que, un día, se había despertado sabiendo que se había convertido en otra persona, y que su padre había muerto decepcionado con él.

Después del tiempo que había pasado en Los Ángeles, había ahorrado un poco de dinero y lo tenía en el banco. Sin embargo, hubiera preferido quemarlo antes que usarlo para empezar. Aquel dinero estaba contaminado, y era feo. Sin embargo, eran quince mil dólares, y él no era ni ingenuo ni idealista. Trabajando en un rancho no se ganaba mucho dinero. Realmente, no se ganaba nada. Lo único que tenía de beneficioso era que uno tenía alojamiento y comida si estaba dispuesto a vivir en un barracón.

Sin embargo, en aquel momento, el dinero iba disminuyendo en su cuenta. Tenía que volver a trabajar.

Con un gran esfuerzo, se obligó a sí mismo a hacer diez estocadas más, aunque le temblaban los músculos y tenía la camiseta empapada en sudor.

—Cuatro —gruñó, con los dientes apretados—. Tres...

Tenía que volver a montar a caballo.

—Dos —gruñó—. Una.

Cuando terminó la última, se irguió y agachó la cabeza.

Dos semanas. Dentro de dos semanas, le darían permiso para volver a montar.

Tomó un poco de ibuprofeno e hizo unos estiramientos para relajarse. Después, fue a la ducha.

Suspirando, intentó relajar los hombros bajo el chorro de agua caliente, pero la tensión no desapareció. Una noche más, no sentía cansancio. Iba a pasarse una noche más tumbado en la cama, a oscuras, dándole vueltas a los problemas e intentando superar la preocupación.

Tenía demasiado tiempo libre. Grace le servía de distracción, pero no podía pasarse todas las horas del día pensando en ella.

Aquella chica era una mala noticia. Malhablada y con malas pulgas, y con ganas de largarse de Jackson desde el primer momento en que había puesto un pie en el pueblo. Pero, además, era fascinante. La expresión de su rostro cuando había visto el valle del río... Ojalá hubiera podido capturar ese momento, para no olvidar nunca cómo su cara de desconfianza y cautela se había transformado en una expresión maravillada.

Eso había sido una sorpresa para él. Su boca exuberante se había relajado y había formado una curva sensual. Sus ojos habían perdido por completo la oscuridad, y en ellos había aparecido algo puro, más allá de la perfección negra de su maquillaje. Algo joven e intacto.

Se preguntó si tenía aquella expresión y aquella mirada cuando llegaba al orgasmo.

—Mierda —murmuró, preguntándose de dónde había salido esa idea. No importaba. Estaba en su cabeza, y el miembro se le endureció al pensar en tenerla debajo de él.

¿Cómo sería acostarse con ella? ¿Algo salvaje y áspero, o silencioso y solemne? No tenía ni idea. No se había atrevido a tocar su piel ni con un dedo. De hecho, apenas había visto su piel. Sin embargo, podía imaginarse cómo era debajo de la ropa. No era muy alta; sin tacones, debía de medir un metro sesenta centímetros. Tenía los huesos delicados y los pechos, pequeños. Pero su trasero... Lo había mirado, y se le habían curvado los dedos de la necesidad de apretarle el trasero. De exprimirlo. De apretarla contra sus caderas.

Se endureció aún más al imaginársela entregándose a él. Sin embargo, cualquier cesión por su parte no duraría mucho. Estaba seguro de que ella lucharía por su placer.

Cole se pasó la pastilla de jabón por el cuerpo, hacia abajo, y se tomó el pene erecto con la mano.

Primero, le quitaría el jersey y, después, los pantalones vaqueros. Se la imaginó ante él con unas bragas negras y una camiseta de tirantes, con los pezones duros contra la tela fina.

Se arrodillaría delante de ella, acercaría la boca a su cuerpo y la succionaría a través de la tela. Jugaría con sus pezones hasta que ella se arqueara contra él, agarrándolo del pelo. Ella sería brusca, y a él le encantaría, porque eso le daría permiso para ser brusco, a su vez.

Le apartaría la camiseta y tomaría su pezón desnudo con los dientes. Deslizaría ambas manos por la parte posterior de sus bragas y extendería los dedos sobre la carne cálida de su trasero.

Mientras se acariciaba el miembro, Cole se imaginó que le bajaba las bragas y posaba la boca en su sexo. Gimió y posó una mano sobre las frías baldosas del baño para apoyarse mientras se masturbaba. El agua le caía en la espalda. Tenía la mano resbaladiza y apretada, y se imaginaba a Grace jadeando mientras él lamía su clítoris.

Dios, le encantaría hacer eso. Le encantaría conseguir que se arqueara y gimoteara. Saborearla mientras ella se humedecía más y más contra su boca. No se la imaginaba quieta y callada. No, estaba bastante seguro de que se retorcería, se quejaría y lucharía por su orgasmo, del mismo modo en que luchaba contra todo.

Se presionó aún más el miembro y se acarició más rápidamente, imaginando cómo lamería su cuerpo, cómo le pellizcaría los pezones mientras la llevaba hacia el orgasmo.

El calor se extendió por su piel, y el vapor le llenó los pulmones. En su mente, Grace temblaba y gritaba, y su sabor le inundó la boca cuando ella tuvo el orgasmo.

Cole gimió cuando su propio orgasmo lo golpeó.

Después, extendió los dedos contra el azulejo y respiró hondo. Giró los hombros. Estiró el cuello. Y se dio cuenta de que se sentía muy bien.

Aquella noche iba a dormir un poco, por fin. Y, al día siguiente, volvería a trabajar. Sería un buen día. Lo presentía.

Capítulo 8

Cole bajó del coche y se encontró con el caos.

Normalmente, el patio del rancho solía estar tranquilo, aparte del sonido de los caballos y de unos cuantos hombres, pero, en aquel momento, estaba lleno. Lleno de vehículos, de equipo y de personas. Había muchos desconocidos haciendo cosas extrañas en aquel lugar tan familiar para él.

De repente, el caos tomó forma. Las piezas encajaron y se convirtieron en algo sólido, y él se dio cuenta de lo que estaba sucediendo. Y se quedó helado.

El rancho se había convertido en un set de rodaje. Cabeceando, miró a su alrededor otra vez, pero estaba tan desorientado que casi no conseguía procesar lo que estaba viendo.

Parecía el rodaje de una película, pero faltaban elementos clave, como las cámaras, las grúas y los enormes focos. Y, aunque estuviera lleno de gente, no había suficientes personas. Solo había un tráiler, que estaba aparcado junto al granero. Si aquello fuera un verdadero rodaje, habría una docena de tráileres y un par de toldos instalados para los actores secundarios, por no mencionar todo el espacio necesario para el vestuario y el maquillaje.

¿Qué diablos estaba pasando en Easy Creek? Aquello era una pesadilla. No podría ser real.

Los latidos de su corazón eran tan fuertes, que le ayudaban a ahogar el ruido, pero, de todos modos, se estremeció al oír el ruido de una máquina hidráulica empezando a funcionar detrás de él. Más equipo. Quizás solo estuvieran empezando a instalar el set. Tal vez faltara por llegar una caravana de gente.

Soltó una maldición y atravesó el patio para ir directamente hacia la casa principal. Dentro había más gente.

–¿Dónde está Easy? –preguntó al ver la primera cara familiar. Era Manuel, que ladeó la cabeza hacia la cocina. Manuel no hablaba mucho, pero, para Cole, eso estaba muy bien en aquel momento. Solo quería hablar con una persona.

–Easy –gruñó, al verlo en la cocina, sentado a la mesa. Tenía muchos papeles delante de él. Eran la prueba del delito–. ¿Qué demonios está pasando aquí?

Easy alzó la cara y le clavó una mirada de advertencia, que debería haber sido fulminante si Cole hubiera podido sentir algo en aquel momento. Sin embargo, tenía tanta adrenalina en la sangre que no sentía nada, excepto ira.

–Easy...

–Será mejor que cuides ese tono de voz cuando hablas conmigo en mi cocina, hijo.

Cole se cruzó de brazos y frunció el ceño. Easy lo conocía desde que iba en pañales, pero eso no significaba que a él le gustara que se lo recordase.

–Tu cocina, ¿eh? Pues cualquiera lo diría, porque parece un plató de Hollywood. ¿Por qué?

–Por la preproducción –dijo Easy, lentamente, como si con eso lo explicara todo.

–¿Preproducción? –gritó Cole.

–Sí.

—¿Qué crees que estás haciendo?

—¿A ti qué te parece? Ganarme un dinero fácil.

Cole señaló con un gesto de la mano hacia la parte delantera de la casa.

—¿Así?

—¿Qué quieres decir? No van a hacer una película porno en el establo, solo van a rodar unas cuantas escenas para una película muy importante. Serán un par de semanas de distracción, y tendré unos cuantos miles de dólares más para la jubilación.

Cole apretó los dientes. Sabía que Easy estaba cerca de jubilarse. De hecho, nadie lo sabía mejor que él, por eso pensaba en aquel rancho como si fuera su rancho, y por eso no quería que aquellos buitres anduvieran por allí.

Demonios.

—Esto es un rancho —dijo, obligándose a mantener la calma—. A mediados de verano, por el amor de Dios. ¿Cómo vamos a cuidar al ganado y a...

—Es mi ganado, Cole. ¿Crees que haría esto si pensara que va a ser malo para las reses?

Cole asintió con rigidez. Era la única señal afirmativa que podía dar en aquel momento.

—De todos modos, el ganado está en los pastos de verano. Lo peor que puede pasar es que esto les cause molestias a los hombres. Tendréis que trabajar mientras esta gente está por aquí, y puede que se acerquen al barracón. Pero tú ni siquiera tienes que preocuparte por eso, así que no entiendo cuál es el problema.

—Ya sabes cuál es el problema.

—Esto ya no es el pasado, Cole.

—¿No? Porque es como si hubieras traído aquí una escena de mi pasado, algo que yo preferiría olvidar.

—Pues a lo mejor esto es algo bueno para ti.

—¿Cómo va a ser bueno?

—No puedes trabajar a jornada completa montando a caballo ni haciendo trabajo físico. Sin embargo, este tipo de trabajo no requiere nada de eso, así que tal vez podrías hacer unas horas extra. Tú sabes cosas de los rodajes. Podrías...

—¡Easy! Por Dios, ¿quieres que participe en algo así? Dios... No hemos hablado mucho de ello, pero seguro que mi padre te puso al corriente antes de morir.

Easy tomó un sorbo de café sin apartar los ojos de Cole.

—Sé que no le gustaba lo que estabas haciendo –dijo, al final–. Creía que era problemático, pero... Cole, tú ya no eres un niño, y esto no es Los Ángeles. No tienes por qué asustarte.

—¿Me estás tomando el pelo?

—Yo no voy a permitir ninguna salida de tono aquí y, si esta gente quiere fiesta, tendrán que irse al pueblo.

—Easy –dijo, pero no fue capaz de continuar. Le ardía la cara de vergüenza. Nunca habían hablado de aquel tema, salvo en términos generales: las fiestas, el dinero y el sexo–. No puedo hacer esto.

—Claro que sí.

Solo eran tres palabras, pero fueron como una llamarada para Cole. No parecía que Easy estuviera preocupado, y la seguridad de su tono de voz hizo que a Cole se le formara un doloroso nudo en el estómago.

—Así ganarás dinero.

—Puedo ganar dinero trabajando en el rancho. Puedo ganar incluso más cuando monte de nuevo. En dos semanas...

—Farrah dijo que no era seguro. ¿Ha cambiado algo desde entonces?

Ojalá no hubiera contratado a la sobrina de Easy como fisioterapeuta. Aunque Jackson era un pueblo pequeño, había varios fisioterapeutas; el esquí causaba muchas fracturas de huesos y una gran densidad de atletas de primera fila.

—Estaré perfectamente dentro de dos semanas.

—Puede que sí, pero, si no lo estás, vas a necesitar trabajar todas las horas que puedas sin montar.

—Tú sabes por qué no quiero que esta gente ande por aquí. ¿Qué es lo que estás intentando hacer conmigo, Easy?

—¿De qué tienes tanto miedo, Cole?

—¿De verdad me estás haciendo esa pregunta?

—Sí, de verdad. Fuiste a Los Ángeles cuando eras un chaval. E hiciste el idiota. Eso es todo.

—¿Que hice el idiota? —gruñó Cole.

—Sí —respondió Easy. Ya no gritaba, pero tenía un tono de voz lleno de ira—. Hiciste el idiota como lo hacen casi todos los chavales.

—Mi padre...

—Y desde entonces has estado escondiéndote de ello.

—¡Yo no me escondo de nada! Volví a casa, a mi sitio.

—¿Es tu sitio? ¿De verdad?

Aquellas preguntas, formuladas con calma, dejaron helado a Cole.

—¿Disculpa?

—¿Cómo sabes que este es tu sitio, si nunca has hecho nada más?

A Cole no le estaba gustando nada aquello. No le gustaba la mirada de tristeza de Easy.

—¿Por qué me preguntas eso, Easy?

—Porque tú volviste aquí a lamerte las heridas. Después, no volviste a marcharte.

—No me marché porque este es mi sitio.

—Tal vez.

—¿Cómo que «tal vez»? Llevo doce años ahorrando para comprar estas tierras. ¿Y ahora necesitas que te demuestre algo? ¿Yo?

—Puede que sí. Verás, me estaba preguntando cuál iba a ser tu reacción cuando vieras a nuestros nuevos amigos en el patio. Hace mucho tiempo, Cole, demasiado tiempo como para que te hayas asustado tanto.

—No estoy asustado, demonios. Esta gente no me gusta nada. Es distinto.

—A mí me parece que lo que veo en tu cara no es desagrado, sino pánico.

Él no creía que hubiera sentido pánico nunca, pero estaba empezando a sentirlo en aquel momento. ¿Qué demonios estaba intentando conseguir Easy? Aquello no tenía sentido. Llevaban años hablando de aquello. Easy iba a dirigir el rancho hasta que ya no pudiera continuar y, entonces, Cole se lo compraría por un precio justo. Ligeramente por debajo del precio de mercado, quizá, porque Easy no tenía hijos y él era como su familia. Sin embargo, pagaría un precio adecuado a un rancho pequeño.

Tal vez Easy hubiera cambiado de opinión... Tal vez hubiera decidido no jubilarse o no vender las tierras. O, tal vez, hubiera recibido una oferta mejor.

—¿Estás pensando en venderle el rancho a otra persona, Easy? —preguntó Cole, en voz baja, con la esperanza de que pareciera que solo sentía curiosidad. Sin embargo, su tono de voz sonó furioso, incluso para sí mismo.

—No he pensado en venderle la casa a ninguna otra persona desde que me dijiste que tú me lo comprarías.

—¿Hasta ahora?

—Esto no tiene nada que ver con ninguna otra persona. Acepté la oferta de la productora porque me pagan bien. No he pensado en ti hasta que has aparecido aquí, gritando. Ahora quiero que me demuestres que no te has pasado quince años escondiéndote.

—Te estoy diciendo que no.

—Sí, pero lo dices por orgullo, por arrogancia y por terquedad. Así que quiero que me lo demuestres.

—¿Cómo? ¿Haciendo de perrito faldero con un montón de imbéciles de Hollywood?

—Sí.

—¡Vete a la mierda, Easy!

—No, eso no serviría de nada —dijo Easy. Ya no estaba tenso. De hecho, estaba relajado, de buen humor... Pero, por debajo de todo eso, aquel hombre era de puro acero.

Si necesitaba que él le demostrara algo, iba a tener que demostrárselo. Sin embargo, el motivo por el que Easy necesitaba pruebas era otro asunto, para otro día. Y Cole iba a preguntárselo, desde luego. Pero, por el momento...

—Está bien —dijo con rabia—. Estoy dispuesto a jugar a tu jueguecito.

—No es un juego —respondió Easy—. Y no es un examen. Por lo menos, no es un examen que yo te vaya a puntuar.

—Ya que me vas a obligar a hacer esto, no me hables con acertijos, por Dios.

—¿Vas a hacerlo?

—Sí, claro. Voy a hacerlo, solo para demostrarte que tienes ideas absurdas.

—Puede ser, pero es mejor que ver cómo te condenas a ti mismo a hacer algo que tal vez ni quieres hacer.

Aquella pierna rota le estaba destrozando la vida. Primero, había perdido su nuevo trabajo de capataz del rancho. Había esperado cinco años a que Raoul volviera a Nuevo México, tal y como llevaba diciendo mucho tiempo. Y, con el puesto, había perdido también la casita del capataz. Después de todo, alguien tenía que ser capataz si él no podía, y ese alguien se había llevado la casita.

Y, ahora, su pierna rota podía costarle también la cordura e, incluso, su modo de vida.

–Dime lo que quieres que haga, para que pueda hacerlo.

–¿Cómo voy a saber yo lo que tienes que hacer? Vete a hablar con la jefa.

–Muy bien, ¿quién es?

Easy dijo el nombre, y Cole sintió algo parecido a una explosión en los oídos. No esperaba oír aquello y, extrañamente, el shock le dio tiempo para recuperar la compostura. No parecía que Easy se diera cuenta de lo que él estaba sintiendo, y eso era lo mejor, porque, en aquella ocasión, sí que era pánico.

Capítulo 9

Los neumáticos del coche chirriaron cuando Cole tomó la curva de la entrada de Jackson. Tenía que comprar unos nuevos. Los necesitaba desde el año anterior, pero había estado intentando estirar su uso durante una temporada más. Entonces, se le había caído aquel caballo encima, y le había parecido un despilfarro gastar mil quinientos dólares en unas ruedas nuevas. Más ahorros gastados. Más horas que tendría que trabajar.

Y, ahora, eran horas que iba a tener que trabajar junto a Madeline.

Easy no podía saberlo. De lo contrario, nunca se lo habría pedido. Tal vez Easy supiera que él había trabajado con Madeline y, aunque supiera que habían tenido una aventura, no podía saber que había terminado muy mal.

–Maldita sea –gruñó, y se pasó una mano por los ojos, mientras esperaba que el semáforo se pusiera en verde. Sin embargo, cuando se abrió, nadie pudo moverse.

Un bisonte se había acercado a la cuneta y los turistas estaban bajando del coche para sacarle fotos. A finales de semana, no iba a llamarles la atención un bisonte ni aunque hiciera piruetas, pero todavía era martes, y todavía era algo especial. En cualquier otra ocasión, Cole habría sonreído al ver aquella escena.

Pero, aquel día, no.

Por lo menos, Madeline no estaba en el rancho aquel día, así que él había apretado los dientes y le había dicho al responsable de localizaciones que estaba allí para ayudar, si lo necesitaban. Entonces, había habido algunas cuestiones sobre mover caballos, aparcar tráileres y encontrar un lugar para guardar los focos, pero nada más. Tal vez Madeline no apareciera por allí. Había una localización en un río, donde tenían que rodar una larga escena de acción; seguramente, en el río Snake. Con suerte, ella se quedaría allí, y él no tendría que verla.

Sin embargo, no era una bendición. Era como una tortura, el hecho de esperar a ver si aparecía o no. Su primera jornada de ocho horas en el trabajo, y tenía la sensación de que se había vuelto loco. De hecho, necesitaba perder la cabeza, y rápidamente. Así que, cuando por fin consiguió dejar atrás a los turistas, condujo rápidamente hasta casa, se dio una ducha y se dirigió hacia el Crooked R.

Después de aquel día tan largo y de soportar tanta tensión, le dolía mucho la pierna y, si no se tomaba una cerveza, o cuatro, se iba a sentir tan desesperado que quizá tuviera que recurrir a la oxicodona.

Ni hablar.

Durante las primeras semanas, había tomado las pastillas que le había recetado el médico, pero en pequeñas cantidades. Había intentado apañárselas con ibuprofeno y Tylenol, pero, en algunas ocasiones, había necesitado medicamentos más fuertes, porque la pierna le dolía tanto que soñaba con cortársela. Por supuesto, era absurdo, porque la amputación le habría causado tanto o más dolor que aquella fractura. Se había hecho heridas muchas veces, pero, aquella vez, se dio cuenta de que aquel dolor tan horrible podía acabar con él.

Y, sin embargo, había conseguido pasar por ello. Durante el día, fingiendo que estaba contento por sus amigos, cuando tenía que concentrarse para no hacer rechinar los dientes y gritar de dolor y rabia. Y, por las noches, tendido en la cama sin poder dormir, sudando y, algunas veces, llorando a lágrima viva.

Lo había superado, y ya casi no tenía que tomar analgésicos. Quizá siguiera algunos meses con pequeñas dosis de ibuprofeno, y se pondría bien. Tenía que recuperarse. Y no iba a permitir que aquella bruja volviera a destruirlo.

Atravesó el patio con la cabeza agachada, pensando en lo que podría ocurrir al día siguiente. Se le había encogido el estómago al pensar en que iba a ver a aquella mujer que había sido su amante, que lo había utilizado y que le había convencido para que se utilizara a sí mismo.

Le ardió la cara al recordarlo. Estaba tan tenso, que le dolían los hombros y la espalda, y el dolor se le enlazaba con el de la cadera.

No quería mirarla a la cara. No quería que ella lo mirara a él.

¿Qué haría? ¿Sonreiría con desdén? ¿Lo despreciaría al mirarlo a la cara y saber lo que era?

Mientras subía las escaleras del bar, volvió a sentir aquel pánico que había mencionado Easy.

Fue directamente a la barra, pero, al mismo tiempo que inclinaba el ala del sombrero para saludar a Jenny, vio que Grace estaba sentada al final de la barra, con una copa en la mano. Su pelo morado brillaba bajo la luz de un letrero de neón. Delante de él apareció una cerveza, y él le dio las gracias a Jenny antes de tomarse la mitad de un trago.

Eso mitigó un poco su pánico. Entonces, Grace alzó la vista, lo vio y sonrió. Y el pánico se convirtió en emoción. En distracción.

Nunca la había visto sonreír así. Era libre, y estaba feliz. Tal vez estuviera un poco achispada.

Jenny se acercó a ella y le dijo algo que acaparó su toda atención. Grace sonrió tanto que se le arrugó la nariz.

Bueno, parecía que estaba un poco más que achispada.

Cole terminó su cerveza y se acercó a ella.

—Señorita Grace —le dijo, saludándola con el sombrero.

—Hola, vaquero.

—¿Puedo invitarte a una copa?

Ella se tomó el último trago de algo que parecía zumo de naranja, y le mostró el vaso vacío.

—Casualmente, me hace falta una. Gracias.

Vaya. Él se esperaba que pusiera mala cara y le dijera que ella podía pagarse sus copas, gracias. Aquella noche estaba distinta, y no solo era por el alcohol. A primera vista, estaba igual. Llevaba una camiseta desgastada y ajustada, en aquella ocasión con la bandera británica, unos pantalones vaqueros ajustados y oscuros y unas botas militares negras. Su melena era una mezcla muy sexy de negro, marrón y morado. Sin embargo, tenía un brillo nuevo en los ojos.

Él le hizo un gesto a Jenny con la cabeza.

—Otra ronda, Jenny. Creo que estamos celebrando algo.

—Pues sí —dijo Grace.

—¿Y me vas a decir qué o es un secreto?

—Solo que ha sido un gran día. El trabajo nuevo me ha ido muy bien —le dijo ella y le guiñó un ojo.

—¿De verdad? Eso es genial.

—Y, con tantas horas, puedo pagarme un destornillador. O dos. Gracias a Jenny, que me lo apunta. Te pago el viernes, Jenny, te lo juro.

Jenny le guiñó un ojo.

—Sé dónde vives.

—Me imagino que es difícil esconderse en un pueblo de este tamaño.

Ella le deslizó otra copa por la barra a Grace.

—Y no hay tantos lugares donde ir a beber.

—Gracias —dijo Grace y alzó el vaso hacia Jenny. Después, sonrió a Cole—. Gracias, vaquero.

—Es un placer —dijo él.

—¡Eh! —exclamó alguien, en un tono malhumorado, detrás de ellos—. ¡Será mejor que no le regales mi alcohol a nadie, Jenny!

Cole se giró y sonrió a Rayleen, que los estaba fulminando con la mirada por encima de las cartas que tenía en la mano.

—He invitado a tu sobrina a una ronda, Rayleen.

—¿Ah, sí? A mí no me has preguntado si quería algo. Ingrato.

Cole le guiñó el ojo.

—Lo siento, Rayleen. ¿Me dejas que te invite a una copa?

—Yo puedo pagarme las copas en mi propio bar —gruñó ella. Después, sin levantar los ojos de su solitario, murmuró—: Un whiskey sour.

Jenny le estaba entregando el cóctel antes de que él se levantara del taburete. Cole se lo dio a Rayleen con una reverencia.

—Te pido disculpas, Rayleen.

—Pfff. Nadie se fija en una vieja que está en un rincón —gruñó ella, y se tomó la mitad del cóctel de un trago—. Ni aunque tuviese el pelo morado.

—Tú tienes un pelo precioso, y lo sabes —dijo él.

Eso la animó. Sonrió, y se atusó un poco la melena dorada y brillante.

—Eres encantador por haberte dado cuenta, Cole Rawlins.

—Yo siempre soy encantador contigo, Rayleen.

—Oh, vamos, vamos, zalamero. Ya me has invitado a una copa. Ahora, lárgate.

—Sí, señora.

—De todos modos, estás más guapo alejándote —murmuró.

Cole se ruborizó incluso antes de ver la enorme sonrisa de Grace.

—¿Acaba mi tía abuela de hacerle un cumplido a tu trasero?

—Estoy seguro de que no se refería a eso.

—¿De verdad?

—No —dijo él, y suspiró—. Se refería exactamente a eso —respondió. Esperó a que Grace dejara de reírse e hizo chocar su vaso con el de ella—. Entonces, has tenido un buen día. ¿Significa eso que estás pensando en quedarte en Jackson?

—Vamos, tú mismo has dicho que yo no parezco una chica de Wyoming.

—No, pero creo que todos podríamos acostumbrarnos a ti.

—¿Ah, sí? ¿Me estáis tomando cariño? —preguntó ella con una sonrisa de flirteo. Cole notó la lujuria extendiéndose por su cuerpo.

—O eres tú la que me estás tomando cariño a mí.

Ella se rio.

—Estoy segura de que no soy tu tipo, Cole.

—¿Y cómo lo sabes?

—Porque, si lo soy, debes de estar muy solo en este pueblo. Yo creo que tu tipo es más Jenny.

—Oh, yo... No...

Jenny enarcó ambas cejas y esperó a ver qué decía él. Mierda.

—Yo no...

Grace los miró alternativamente, y enarcó las cejas también.

—Oh, Dios mío. Vosotros dos habéis estado... Lo siento.

Jenny le guiñó un ojo.

—Fue algo sin importancia, cariño. Vosotros podéis ligar a gusto. Yo me voy a alejar para no oír vuestra conversación.

—Dios Santo, Cole —murmuró Grace, cuando Jenny se alejó—. Por lo menos, te he catalogado perfectamente. Eso ya es algo.

Él sabía que se había puesto rojo, pero intentó que se le pasara, por si acaso parecía que se sentía culpable.

—Solo salimos un par de veces. No creo que eso convierta a nadie en mi tipo.

—Pero tampoco dice que no lo sean. ¿Guapa? ¿Mona? ¿Alegre? Yo no soy ninguna de esas cosas, Cole.

—Eso no es verdad. Tú...

—Por favor, no me mientas. Si vas a intentar convencerme de algo, por lo menos intenta ser sincero.

—Pero ¿de qué, exactamente, piensas que quiero convencerte?

Ella se echó a reír de nuevo, con aquella risa alegre, genuina y algo amarga.

—Um... Me pregunto... ¿Por qué no intentas ser sincero, como te he dicho, Cole? ¿Qué haces aquí, invitándome a una copa, semental?

¿Qué estaba haciendo? ¿Intentando distraerse? Sí. ¿Intentando conseguir que sucediera algo bueno en su deprimente día? Sí, también. Pero ¿con qué? ¿Con el cuerpo de Grace?

Su propio cuerpo respondió a aquella pregunta con

una subida de la tensión sanguínea que le dejó excitado y erecto. Hacía mucho tiempo que no mantenía relaciones sexuales; casi un año y medio. Y ella le provocaba una atracción que no había vuelto a sentir desde que había regresado a Wyoming. Aunque, teniendo en cuenta sus problemas, lo mejor sería no hacer nada con respecto a aquel tipo de sentimiento.

Pero su malhumor no hacía más que aumentar su lujuria. Y ella lo estaba desafiando. Lo único que veía Grace era un vaquero encantador. Y, si lo que quería era sinceridad, él estaba dispuesto a dársela.

—De acuerdo. ¿Quieres sinceridad? Pues te diré que no tienes ni idea de cuál es mi tipo. Aunque tienes razón en una cosa: tú no eres guapa, ni mona, ni dulce.

Al oírlo, ella se puso rígida. Intentó no perder la sonrisa, como si no le importara, pero en sus mejillas aparecieron dos círculos rosados que no tenían nada que ver con el maquillaje.

—Claro —dijo, rápidamente—. Me alegro de saber que entiendo perfectamente algunas cosas.

—Eres algo distinto a eso —dijo él, y tomó un mechón de pelo morado entre los dedos—. Eres fascinante. E interesante. Y estás buenísima.

Las mejillas se le pusieron aún más rojas. La sonrisa vaciló. Tal vez no le gustara eso. Tal vez hubiera dicho algo poco acertado. Sin embargo, cualquier mujer querría saber que era fascinante, y que estaba buena, ¿no? Y, si no le gustaba, bueno, era ella quien le había pedido que fuese sincero.

—Interesante, ¿eh?

—Sí.

—¿Porque tengo el pelo morado?

—Puede ser. Debes de tener algún motivo para teñírtelo así. ¿Es porque quieres que la gente se fije en ti y se haga preguntas?

—No. Es porque quiero que la gente sepa que no soy como ellos.

—Bueno, pues eso es bastante interesante. Pero, de todos modos, no es lo que quería decir. Me refería a que eres fuerte. Y oscura. Y yo quiero saber qué es lo que te ha hecho así. Y quiero saber lo que hay debajo de todo eso.

—¿Y crees que lo vas a averiguar follando conmigo? —replicó ella.

Cole se estremeció al oír aquella palabra tan explícita, pero había dicho que iba a ser sincero, así que...

—Tal vez. Me imagino que no haría ningún daño.

—¿Que no haría ningún daño? Entonces, a lo mejor es que no lo haces bien.

Oh, mierda. Él sintió tanta lujuria que estuvo a punto de gruñir. A ella se le habían oscurecido los ojos y tenía una mirada dura otra vez, pero sonreía. Una sonrisa con un secreto. Demonios, él quería hacerlo bien. Con ella. Aquella noche.

Sin embargo, Grace se puso de pie, apartó el taburete y se alejó de él.

—Disculpa —dijo, con tanta amabilidad, que él se dio cuenta de que le estaba tomando el pelo—. Tengo que ir al baño. Voy a ver si me puedo poner guapa.

Sí. Claramente, Grace era su tipo.

Grace sabía que estaba borracha, pero no se había emborrachado hasta la estupidez. Tenía una borrachera agradable y estaba de buen humor. Así que... ¿por qué demonios estaba pensando en acostarse con Cole Rawlins? Eso no era buena idea.

No era buena idea tener una aventura de una noche con el vecino de al lado. Y, menos, cuando ella todavía no se había recuperado por completo de su última relación. Y, menos, con un vaquero.

Y, menos aún, con un hombre que pensaba que ella no era guapa.

—Idiota —se dijo, con desdén, mirándose al espejo. Sabía que no era guapa. Ella misma le había retado a que dijera que no era guapa. Así pues, ¿por qué le dolía?

Sin maquillaje, era bastante normal. Era una chica menuda, bajita, con la barbilla puntiaguda, los ojos oscuros y la piel muy blanca. Su color natural de pelo era el castaño claro, marrón desteñido, como lo llamaba su madre. Tan soso como el resto de su persona. Sin embargo, desde muy joven había aprendido a transformarse. A convertirse en alguien inaccesible y dura. A destacar lo justo. Incluso, en algunas ocasiones, a ser llamativa. Pero no guapa.

Aunque podría conseguirlo. Después de todo, era muy buena en su trabajo. Podía poner guapa a cualquiera, incluso a sí misma. De hecho, durante una temporada, se había estado arreglando para integrarse, y casi había llegado a sentirse cómoda. Entonces, Scott había empezado a presionarla para que fuera más agradable. Para que fuera aduladora. Para entrar a formar parte de la pandilla de Hollywood. Por él. Y su pequeña rebelión había sido teñirse el pelo de morado y de negro. Sin embargo, sabía crear la ilusión de que era guapa.

Sonrió ante el espejo y pensó en transformarse. Quería demostrarle a aquel idiota lo mona y dulce que podía ser. Aquella idea le provocó risa, y olvidó por un momento su dolor. Ella era quien era y, si el vaquero Cole quería entrar en su misteriosa vida, ¿por qué no? No iba a encontrar ninguna respuesta de ese modo. Había una gran diferencia entre el sexo y la intimidad. Ella había mantenido muchas relaciones sexuales, pero nunca se había preocupado por la intimidad.

Se metió las manos entre el pelo y se lo ahuecó hacia arriba, y se lo revolvió para que pareciera que estaba aún más despeinado. Después, se retocó la línea negra de los ojos y añadió un toque de brillo rosa a sus labios. El colorete estaba bien; era tan sutil, que se podía ver el verdadero rubor que tenía en las mejillas en aquel momento.

No, no era guapa. Ni dulce. Ni mona. Pero, de todos modos, aquella noche iba a tener suerte. Su primer vaquero. Y, Dios, esperaba que fuera el último.

Capítulo 10

Media hora después, Grace estaba replanteándose aquel deseo. Tenía la espalda apoyada en la puerta de Cole y él estaba deslizando las manos por sus brazos, susurrándole cosas deliciosas contra el cuello. Y ni siquiera la había besado aún.

Lo que había hecho era cerrar la puerta, con cuidado, tras ella. Después, con el mismo cuidado, la había hecho retroceder y posar la espalda en la madera. Había puesto las manos sobre la puerta y la había atrapado y, después, había agachado la cabeza como si fuera a besarla. Sin embargo, en vez de la boca, sus labios le habían rozado la oreja.

–Te he estado mirando el cuello –le susurró él.

–¿El cuello? –preguntó ella. Cerró los ojos cuando él se inclinó y se acercó.

–Tienes la piel tan blanca, que me preguntaba cómo sería su tacto –respondió Cole y deslizó la boca hacia abajo. Le presionó justo debajo de la oreja.

–Um...

Volvió a besar.

–Cómo sabría.

–Oh.

–Dios, qué bien hueles.

Ella no se esperaba que su voz pudiera ser tan susurrante. Era como de reverencia. Y no esperaba que él pudiera acariciarle los brazos con una presión tan sutil, como si temiera hacerle daño. Como si ella fuera algo precioso.

Grace ladeó la cabeza y notó que él posaba la boca abierta en su piel. Entonces, Cole deslizó las manos hasta abajo, entrelazó sus dedos con los de ella y, lentamente, subió sus manos hacia sus hombros. Las apretó delicadamente contra la puerta.

—Oh —susurró ella, al notar que sus dientes le arañaban la piel.

«Oh, Dios mío». Se le aceleró el corazón. Él todavía era suave, delicado, pero le había atrapado las manos, y era más grande y más fuerte que ella y... A Grace se le aceleró el pulso y se le endurecieron los pezones.

Él también olía muy bien. Ella tenía ganas de frotarse contra él, pero no quería que Cole supiera lo mucho que lo deseaba. Así pues, se conformó con girarse hacia él, meter la nariz entre su pelo e inhalar. Su olor aumentó el calor que sentía. Debió de apretarle las manos a Cole, porque él le estrujó los dedos a modo de respuesta.

Él seguía marcándole la piel del cuello con su calor y sus dientes le estaban proporcionando un placer asombroso. Grace oyó un zumbido de necesidad, y se dio cuenta de que era ella quien estaba emitiendo aquel sonido. Cole apretó sus caderas contra las de ella y su zumbido se convirtió en un jadeo.

Estaba erecto, endurecido y era muy grande. Y todavía no le había besado los labios.

De repente, ella se sintió desesperada por sus besos. Hambrienta. Quería conocer su sabor. Quería sentir su boca en los labios. Sin embargo, no quería pedírselo. No le gustaba pedir nada. Si él no quería besarla, ella no se lo iba a suplicar.

Por lo menos, en voz alta, no. Sin embargo, mentalmente, empezó a canturrear «por favor, por favor, por favor», una y otra vez. Posó la boca en su cuello. Cerró los labios alrededor del lóbulo de su oreja y succionó.

Entonces, fue él quien gimió. Y, cuando Cole se giró para besarla, tuvo una sensación de triunfo que la anegó como una oleada. Sí. Por fin, su boca era suya. Sus labios se abrieron para que ella pudiera saborearlo. Notó su lengua caliente contra la de ella.

Pero eso no sirvió para apaciguarla. Tiró de una de sus manos hasta que Cole la soltó y, entonces, metió los dedos entre su pelo y lo estrechó aún más contra ella. Succionó su lengua y lo sujetó para que no pudiera escapar.

Sin embargo, ahora, él también tenía una mano libre. Extendió los dedos por su hombro y deslizó la mano hacia abajo. Tomó su pecho y le frotó un pezón con el dedo pulgar hasta que ella gruñó dentro de su boca.

Normalmente, Grace consideraba que el sexo era algo para ella. Acaparaba todo el placer que pudiera obtener. Practicaba el sexo para sí misma; era un truco que había aprendido de los primeros hombres con los que se había acostado.

Sin embargo, cuando Cole metió la mano bajo su camisa, de repente, sintió agudamente su presencia. Pensó en lo que él podría estar sintiendo mientras presionaba la palma de la mano contra la piel de su vientre y suspiraba. Cole suspiró como si acariciarla fuera un alivio para él. Una bendición.

Grace apartó la cara para intentar respirar, pero fue imposible. Inmediatamente, él volvió a posar los labios en su cuello y, además, deslizó la mano hacia atrás, hacia su espalda. Al segundo, le había desabrochado el sujetador y había posado la mano sobre su pecho desnudo.

Notó su piel caliente contra ella, y una aspereza tan deliciosa que se le escapó un jadeo.

—Dios, qué gozada es acariciarte —murmuró él—. Qué suave eres.

Suave. No era lo que quería ser, pero su cuerpo se arqueó hacia él y hacia sus caricias al oír esas palabras, como si se sintiera orgulloso del halago. Él le pellizcó suavemente un pezón, y ella gimió de placer.

—¿Te gusta esto? —preguntó él con urgencia—. Dímelo.

Ella no quería decírselo. No quería admitir nada. Él la pellizcó con más fuerza, y Grace alzó las caderas hacia él. Quería más.

—Dímelo —la instó él.

Las palabras se formaron en su garganta, pero mantuvo los dientes apretados y ladeó la cabeza. ¿Por qué no podía callarse Cole? ¿Por qué no podía tomar lo que quería y dejar que ella hiciera lo mismo?

—Por favor —murmuró, justo debajo de su oreja. Entonces, su boca descendió, y susurró contra la curva de su pecho—. Dímelo.

Ella negó con la cabeza, pero ya no pudo mantener los dientes apretados.

—Sí —susurró, al final. Él le succionó el pezón, y ella gruñó. Entonces, Cole apretó los dientes contra su piel, y a ella se le liberó algo por dentro.

—Sí —le pidió—. Dios, sí. Por favor.

Entonces, él la soltó y le puso las manos en las caderas, y Grace tuvo las dos manos libres para aferrarse a su cabeza, para clavarle las uñas en el cuero cabelludo y ofrecerle el mismo dolor que él le estaba causando con los dientes en la piel sensible de los pechos. Él le subió más la camisa, deslizando ambas manos hacia arriba, por su espalda.

Ella se sacó la camisa por la cabeza y se quitó el sujetador.

—Oh, Dios mío —dijo Cole con la voz enronquecida—. Mírate...

Cuando ella miró hacia abajo, Cole había posado la boca sobre el tatuaje que se extendía por su cadera y su cintura. Pasó la boca por las ramas negras del árbol deshojado que subía hasta sus costillas y se detenía justo debajo de su pecho.

Pero él no se detuvo allí. Capturó su pezón de nuevo con los dientes, y empezó a desabrocharle los pantalones vaqueros. Grace contuvo el aliento. Estaba dolorida y húmeda, y se sentía como si él llevara horas excitándola, aunque había empezado a acariciarla solo hacía unos minutos. Tal vez fuera el hecho de verlo allí, arrodillado sobre ella, adorando su cuerpo con la boca. A ella le gustaba eso. Le gustaba mucho.

Sin embargo, cuando él se puso de pie y metió la mano por la abertura de sus vaqueros, le gustó aún más.

Él pasó los dedos por su sexo resbaladizo, y ella gritó.

—Estás tan húmeda —dijo él—. ¿Te gusta esto?

Él ya lo sabía, demonios, porque ella estaba gimoteando y apretando las caderas contra sus dedos, que dibujaban movimientos circulares.

—Dime lo que te gusta.

Ella volvió a hacer un gesto negativo; no quería rendirse, y él quería que ella le entregara algo. Sin embargo, ella solo estaba dispuesta a tomar el placer que le estaba proporcionando con los dedos, acariciándole el clítoris.

—¿Te gusta esto? —preguntó él—. ¿O esto? —añadió, y, de repente, metió los dedos en su cuerpo.

Grace volvió a gritar, pero se mordió el labio para intentar acallar el sonido.

—Dímelo.

—¡No!

Él gruñó y, entonces, la sujetó con fuerza contra la puerta.

—Dímelo —le susurró al oído—. Dime lo que quieres.

Sacó los dedos de su cuerpo, y Grace tuvo ganas de echarse a llorar. Solo quería tener un orgasmo, pero, ahora, las caricias de sus dedos eran demasiado ligeras. Lo justo para que la presión la hiciera gemir y la volviera loca, pero nada más.

—¿Así? —le preguntó él.

«No, no. Así, no». Grace apretó los dientes e intentó negar con la cabeza.

—¿Más?

Oh, Dios, lo odiaba por obligarla a ceder. Lo agarró por la muñeca y le clavó las uñas.

—Así, entonces. Así es como te gusta.

«Sí. Sí. Exactamente».

Sin embargo, se sentía vacía por dentro, y muy tensa. Quería que él penetrara en su cuerpo, pero no quería renunciar a sus dedos. Movió las caderas para urgirlo, para suplicarle de un modo que nunca haría con la voz. Alzó las caderas, y él respondió con gusto, deslizando los dedos en su cuerpo una vez más.

—Dios, sí —gruñó Cole, y le agarró del pelo, causándole un dolor delicioso—. Enséñamelo. Enséñame lo que te gusta. Quiero que te corras para verlo.

Grace le agarró la muñeca con dos manos para enseñárselo. Le mostró el ritmo que quería, y él le apretó el clítoris con la palma de la mano hasta que ella estuvo jadeando.

—Oh, Dios. ¿Así, Grace? ¿Te gusta así? ¿Profundo y lento?

Sí. Sí, le gustaba exactamente así. Y, sin darse cuenta, empezó a decir las palabras sin poder controlar su boca, y él siguió acariciándola tal y como ella quería.

—Sí —gimió Grace—. Sí, por favor.

–Dímelo.

–Sí. Así. Fóllame. Haz que me corra. Por favor. Profundamente y... Sí, por favor.

Entonces, las terribles palabras cesaron, porque ella estaba gritando y dando sacudidas contra la puerta.

–Sí –gritó, y tuvo un orgasmo.

Sus caderas se agitaron y temblaron durante las oleadas de placer. Todo su cuerpo se convirtió en una masa débil de estremecimientos y suspiros.

–Oh, Dios –susurró–. Oh, Dios.

Cole tenía la respiración tan acelerada como ella. Después de todo, había trabajado muy duro para conseguir que ella se entregara y se rindiera. Y Grace sabía que, cuando todo terminara, iba a estar muy enfadada. Pero, en aquel momento, solo quería más.

Ella le soltó la muñeca, preguntándose si le habría hecho sangrar con las uñas. Sonriendo a causa de aquella idea, bajó las manos para desabrocharle los pantalones. Después, metió la mano bajo la tela cálida de sus calzoncillos.

–Ah –suspiró él, con la voz ronca, cuando ella cerró la palma de la mano alrededor de su miembro.

Ah, claro. A ella volvió a acelerársele el corazón al notarlo. Su miembro estaba duro y era muy grueso. Lo acarició lentamente, desde la base, extendiendo con el dedo la humedad del extremo final.

–Grace –gimió él, y ella se sintió poderosa de nuevo. Volvía a ser ella misma. Sin embargo, eso solo duró un momento, mientras él cerraba los ojos y dejaba caer la cabeza a un lado, mientras se le escapaba el aire de la garganta.

Cuando abrió los ojos, la intensidad de su mirada hizo que ella jadeara. Sus ojos no tenían nada de amistoso. Eran salvajes.

La hizo girar y la llevó hasta el sofá. Sin embargo, no

la tendió allí, sino que se inclinó sobre ella y empezó a bajarle los pantalones.

Grace abrió unos ojos como platos. ¿Acaso iba a hacerlo así, sin más?

—Oh —jadeó, al notar que le pasaba los dedos de nuevo por el clítoris. Estaba muy sensibilizada, y comenzó a alejarse, pero, entonces, él aligeró sus caricias, y ella gimió.

—No me importaría hacer que te corrieras todos los días —dijo Cole—. Los sonidos que haces... Dios...

Grace apoyó las manos contra el respaldo del sofá y dejó que él la acariciara. Aunque, en aquel momento, estaba haciéndolo con delicadeza, ella notaba la aspereza de su piel y la fuerza de sus dedos. Años de duro trabajo con el cuero y el metal.

Acababa de tener un orgasmo, pero él ya estaba empujándola de nuevo hacia el éxtasis.

Cole apartó los dedos, y ella agitó la cabeza.

—Acaríciate tú misma —le dijo él.

—No. Hazlo tú.

Él se echó a reír al oírla.

—No. Yo estoy ocupado con otra cosa, cariño.

Se giró para fulminarlo con la mirada, por encima del hombro, y vio que estaba sacándose la cartera del bolsillo. Sacó un preservativo y enarcó una ceja.

—Vamos, acaríciate —le ordenó.

Grace miró hacia abajo, y terminó de convencerse. Su miembro estaba más grande aún, y ella quería sentirlo dentro. Se mordió el labio y se acarició, y gimió al notar sus propios dedos.

Él posó la mano sobre su cadera tatuada y la sujetó mientras posaba el extremo de su miembro en ella. A Grace se le escapó un jadeo aún más fuerte cuando él empezó a penetrar en su cuerpo, expandiéndola con su grosor.

—Oh, Dios. Cole...

Él no se detuvo. No le dio tiempo para adaptarse ni relajarse. Siguió hundiéndose más y más profundamente. Era la dosis perfecta de fuerza contra el placer que ella se estaba proporcionando a sí misma con la mano.

«Sí», pensó, en silencio, puesto que no quería que él la oyera. «Sí, sí».

Él no le dio más órdenes, ni volvió a hablar. La sujetó por la cadera con una mano y, con la otra, por el hombro, y acometió contra su cuerpo. No más peticiones. Simplemente, buscó su placer, mientras ella buscaba el suyo. Se acarició a sí misma mientras sentía su miembro deslizarse dentro y fuera de ella.

Oh, Dios. Sí. Él era constante y fuerte, y la mantenía sujeta.

—Sí —susurró, mientras la presión iba creciendo en su interior.

Él debió de oír aquel suave susurro, porque la agarró con más fuerza por la cadera y acrecentó el ritmo de sus embestidas. Se hundía profundamente en ella, y a ella le encantaba. Le encantaba que se hubiera inclinado sobre su cuerpo y la hubiera tomado sin más. No estaba teniendo ningún cuidado, ni tratándola como si fuera pequeña y suave.

Grace alzó las caderas para recibir sus acometidas, y él gruñó. Ahora, él le golpeaba el trasero con la pelvis. Sí. Sí.

—Oh, Dios, sí —gimió.

Entonces, su cuerpo tuvo espasmos, y ella empezó a gritar. Fue un grito sin sonido, de liberación e incredulidad. Casi no podía soportarlo. Experimentó un clímax muy poderoso.

Se habría apartado, pero Cole la estaba sujetando con fuerza y siguió acometiendo hasta que gruñó y se hundió en ella por última vez.

Ella no podía creer que todo hubiera sido tan intenso. Él todavía estaba dentro de ella y, cuando salió, Grace dio un jadeo y se derrumbó. Sus rodillas aterrizaron sobre los almohadones.

Cole le dio un azote en el trasero.

—Ahora mismo vuelvo.

—¿Acabas de darme una palmada en el culo? —le gritó ella cuando él iba hacia el baño.

—Sí.

—Tú... maldita sea... —tartamudeó ella. La indignación le dio fuerzas para levantarse y ponerse los pantalones vaqueros—. No puedo creer que...

—¿El qué? —preguntó él, cuando volvía, con una sonrisa descarada.

—¡Que acabes de darme un azote en el trasero, como si estuvieras desmontando a un caballo!

—Normalmente, yo no desmonto así, pero, bueno, no sé cómo lo harán los demás. ¿Adónde crees que vas?

Ella estaba dándose la vuelta para ir a la puerta y ponerse la camisa, pero Cole le rodeó la cintura con los brazos y la tendió en el sofá.

—¡Eh!

—Ni eh, ni nada. ¿Siempre te escapas antes de que se seque el rocío?

—¿El rocío? —inquirió Grace. Se encontró tumbada, sin sujetador ni camisa, sobre el pecho desnudo de un vaquero, mirándolo con la boca abierta de horror—. No acabas de decir eso, ¿verdad?

Él extendió las manos por su espalda y sonrió suavemente.

—Quédate un rato, ¿de acuerdo? No he terminado contigo.

—Bueno, pues yo, sí.

—Me parece bien. Entonces, hazme ese favor, ¿eh? ¿No le haces un favor a un simpático vaquero?

—Simpático —murmuró ella. Sin embargo, sus manos le producían una agradable sensación en la espalda y, en aquel momento, no tenía demasiada fuerza. Así pues, frunció el ceño para transmitir ambivalencia, pero, poco a poco, se relajó entre sus brazos. Puso la cara en su pecho e intentó ignorar el cosquilleo de placer que tuvo cuando notó el vello en la piel de la mejilla.

Pero no pudo ignorar el dulce retumbar de su suspiro. Grace cerró los ojos y también suspiró.

Cole se alegró de que ella ya no estuviera mirándolo. Le estaba costando mantener aquella sonrisa de buen chico.

Dios Santo, aquello había sido...

Carraspeó e intentó encontrar la palabra más adecuada, pero todavía le daba vueltas la cabeza. En aquel momento, Grace era un peso perfecto y dulce sobre su cuerpo, pero unos minutos antes, había sido una línea de músculos esbeltos y tensos como la cuerda de un arco. Tanta energía letal contenida en un cuerpo tan pequeño. Dios, se había vuelto loco solo con tocarla. Lo suficiente como para...

—Eres más intenso de lo que yo esperaba —dijo ella.

Cole contuvo el aliento un instante y, después, dijo:

—¿Sí?

—Sí.

—Normalmente, no lo soy. Puede que tú me hayas inspirado. ¿Debería disculparme?

Ella levantó la cabeza y lo miró.

—¿Tú crees que deberías?

¿Debería? La observó atentamente. Ella todavía estaba pálida. Tenía el pelo despeinado y salvaje. Y sus ojos oscuros tenían la mirada de alguien que nunca confiaba en nadie. Pero sus mejillas y su boca eran del rosa más bonito que había visto en su vida.

Cole se giró y la depositó en el sofá, de costado, frente a él. Bajó la cabeza para besarla y, por un momento, ella se quedó tan asombrada que empezó a apartarse. Pero él volvió a intentarlo, más despacio; y, en aquella ocasión, consiguió besarle los labios rosas. Tras unos segundos, notó que se relajaba contra él, y que correspondía a su beso.

Le acarició la mandíbula con un beso.

—No, no quiero disculparme. Porque me ha gustado, y creo que a ti también. ¿Debería pedir disculpas por eso?

Grace apartó la mirada. Cuando se movió, él pensó que se estaba levantando. Había sido intenso, sí, pero tal vez la había ofendido. Se había dejado llevar por la abrasadora pasión del momento y no había pensado en lo que podía significar para ella que un hombre a quien apenas conocía la tomara como si se fuera a morirse si no penetraba en su cuerpo profundamente.

Mierda. Así era como se había sentido. Tenía que haber...

Ella se movió una última vez y, después, se quedó inmóvil. Volvió la cara, pero al menos seguía allí, apretada contra su cuerpo. Ojalá estuvieran desnudos.

—No —dijo ella—. No quiero que te disculpes.

Cole exhaló un suspiro, lentamente, para que ella no se diera cuenta.

—Me he quedado sorprendida.

—Yo también.

Entonces, ella giró la cabeza y lo miró de una forma inescrutable. Después, apoyó la cabeza en su brazo. Él quiso estrecharla contra su pecho, pero tenía la sensación de que, si lo hacía, ella iba a salir corriendo. Apenas se había dejado besar, cosa que le parecía extraña. Después de todo, había tenido dos orgasmos con él.

Pero, a pesar de su carácter quisquilloso, él necesitaba acariciarla, así que puso la mano en su cintura y dejó descansar los dedos contra las líneas negras de su tatuaje.

—¿Cuándo te lo hiciste?

—¿El tatuaje? Hace unos pocos años.

—¿No me lo quieres contar?

Ella se encogió de hombros.

—¿Qué hay que contar? Es un árbol.

—¿Un árbol seco?

—Tal vez. O tal vez se haya quedado sin hojas porque es invierno.

—Vamos. Tú debes de saberlo. Dime lo que significa.

Ella se rio con impaciencia.

—Significa que salí con un tatuador cuando tenía veintitrés años, nada más.

—No te creo. Si solo fuera eso, tendrías una cruz celta en el hombro, o un unicornio en el culo.

Por lo menos, eso sí hizo que se riera de verdad. Él no se había dado cuenta de que se había puesto muy rígida contra su cuerpo hasta que se relajó.

—Eres muy gracioso, ¿lo sabías? —le dijo Grace—. ¿Tú no tienes ningún tatuaje? ¿Ni una herradura o una espuela?

—¿Un corazón con «Ma» escrito con caligrafía elaborada?

—Sí, algo así.

—Después puedes inspeccionarme. Y sé minuciosa, ¿de acuerdo?

—Ya te gustaría.

—Pues sí, señorita Grace.

Ella se rio, y su cuerpo se relajó un poco más. A lo mejor, si conseguía que se derritiera completamente contra él, se relajaría completamente también en otros sentidos, y le contara algo sobre sí misma. Cualquier cosa. Aunque, si no podía conseguir que se derritiera después de dos orgasmos, aquella chica estaba hecha de acero.

–Debería irme –murmuró Grace, pero no se movió.

Si no quería irse, él iba a darle todos los motivos posibles para que se quedara.

Le pasó el dedo pulgar por las costillas.

–Háblame de tu nuevo trabajo –le dijo, con la esperanza de haber elegido el mejor tema. Hacía mucho tiempo que no tenía a una mujer así abrazada, y era extraño que le pareciera tan natural precisamente con alguien que representaba todo aquello de lo que había huido una vez.

–Estoy trabajando con una fotógrafa llamada Eve Hill. Esperaba que me contratara para hacer maquillajes, ¿sabes? Pero necesitaba ayuda para más cosas, así que estoy trabajando más horas de las que creía, e intentando cosas nuevas –dijo, y volvió la cabeza para sonreírle por encima del hombro–. Claramente.

¿Claramente? ¿Se refería a él? Cole le besó el omóplato y se asombró de que pudiera tener una piel tan suave, cuando hacía todo lo posible para parecer una chica dura.

–No pensaba que se me daría tan bien, pero está funcionando. Y todo gracias a ti.

–¿A mí? –preguntó él–. ¿Estamos hablando de tu nuevo trabajo o del sexo? Porque, sí, tú también eres muy buena en esto, pero...

Ella dio un resoplido.

–Obviamente del trabajo.

–No lo entiendo.

–¡El rancho!

Él iba a besarla otra vez, pero se quedó helado al oír sus palabras.

–¿Qué rancho?

–¡Easy Creek! Está claro que yo no podría haber encontrado esa localización para Eve si tú no me hubieras llevado. Resultó que es perfecto.

Él se quedó horrorizado.

—¿Has sido tú la que ha llevado a esa gente a Easy Creek?

—¡Sí! Eve me dijo que en el pueblo había un hombre que se dedicaba a buscar localizaciones, pero eso fue hasta el mes pasado. Dejó el trabajo, así que Eve ha tenido que ocupar su lugar. Ayer, cuando describieron el sitio que estaban buscando, yo me di cuenta de que el rancho era perfecto. Así que, muchas gracias.

—¿Muchas gracias? —preguntó él, y se irguió, intentando apartarse de ella.

—¡Eh! —protestó Grace, al ver que estaba a punto de tirarla del sofá.

Por fin, él pudo ponerse en pie, y se alejó.

—¿Me estás tomando el pelo?

—¿Qué te pasa?

Cole se giró y la vio junto al sofá, tapándose los pechos con los brazos, con cara de recelo a causa de su súbito cambio de humor.

—¿Que qué me pasa? ¿Cómo has podido hacerme esto? Es mi lugar de trabajo, no una parada para admirar las vistas en un *tour* turístico, Grace.

Ella se quedó boquiabierta.

—No puedo creérmelo —dijo, pero, al instante, se echó a reír—. Bueno, en realidad, sí. No sé por qué me resulta tan difícil de creer que una chica como tú piense que no pasa nada por llevar a cincuenta imbéciles a mi rancho y dejar que correteen por allí.

—¿Una chica como yo? ¿Qué significa eso?

—Que tú eres una de ellos. Es evidente. Tenía que haberme dado cuenta, y no pensar que eres diferente. Dios santo, ¡te he puesto el Easy Creek en bandeja de plata!

Grace se encaminó hacia la puerta.

–No sé cuál es tu problema, pero no soy yo. Te has pasado de la raya.

–¿No se te ocurrió pensar que tenías que haberme preguntado antes de llevar allí a medio Hollywood?

–No. De hecho... –dijo, y su voz se acalló un momento mientras se ponía la camisa por la cabeza.

Cole apartó la vista de sus pechos desnudos.

–De hecho, no se me ocurrió porque no es tu rancho. Ni siquiera vives allí. Así que no, no pensé que necesitara tu permiso. Imbécil.

Y, con esas palabras, salió del apartamento dando un portazo. Cole tuvo ganas de ir y abrir de nuevo, para poder dar otro portazo él mismo, pero se contuvo.

Había sido ella.

Ella.

Ella era la que le había hecho aquello.

Tenía la respiración tan agitada como si hubiera corrido un kilómetro y medio. Era un idiota. Enredarse con una mujer como ella... Tenía que haberse dado cuenta.

–¡Mierda! –rugió.

Tenía ganas de darle un puñetazo a algo, pero no quería romperse la mano, aparte de la pierna. Por una vez, no sentía dolor, porque estaba demasiado cabreado como para sentir nada, salvo rabia.

Fue caminando hasta la puerta y después se paseó por el salón. Giró los hombros, intentando liberarse del peso que había caído sobre ellos. Sin embargo, no lo consiguió. Era como si el aire, o las paredes, lo estuvieran empujando hacia abajo.

Se puso la camisa, tomó las llaves y salió. Por fin, pudo dar un portazo; pero ni siquiera así consiguió sentirse mejor.

Capítulo 11

Sobre la bañera, había una línea de lechada que era más blanca que las demás. Grace lo sabía porque llevaba quince minutos debajo de la ducha, mirándola. En el baño iba aumentando el vapor, pero esa línea cada vez tenía un brillo más blanco. Una reparación, tal vez. O, tal vez, un defecto.

Lo cual la llevó de nuevo a su vida.

–Dios –gruñó, frotándose la cara con las manos.

Se había dado una ducha al llegar a casa, la noche anterior, pero tenía la esperanza de que una ducha matinal le sirviera para deshacerse de la confusión que sentía. Sin embargo, no había sido así, y tenía que irse a trabajar.

Trabajar. Al mismo sitio en el que trabajaba Cole Rawlins.

–Estupendo. Otro movimiento superinteligente, Grace Barrett.

¿En qué estaba pensando para acostarse con un vaquero?

–Una chica como tú –murmuró. Eso era lo que él la había llamado. ¿Cómo se había atrevido a decirle algo así después de haberse acostado con ella?

Y lo peor era que lo sabía: sabía que él solo la deseaba porque era diferente y peligrosa, no porque ella le gustara.

Bien. No importaba. Ella también había tomado lo que quería de él, ¿no? Había tenido dos orgasmos, y eso era mucho mejor que la mayoría de sus aventuras de una noche. Y, por muy mal que hubiera terminado, no era la peor salida post-sexo que había hecho en su vida. Así que, al cuerno. Que Cole Rawlins se ocupara de sus propios problemas.

Salió de la ducha y dedicó diez minutos a maquillarse y otros diez a secarse el pelo y arreglárselo. Después, se vistió y salió de casa con diez minutos de sobra. Por suerte, no se cruzó con Cole en el rellano.

Por desgracia, Shane bajaba las escaleras cuando ella estaba cerrando la puerta.

—Buenos días, Grace —dijo él, saludándola con el sombrero.

—Shane —dijo ella, sin ningún tono en especial.

¿Se lo había dicho Cole? ¿Se habría jactado de haberse acostado con la nueva vecinita? No le importaba que lo hubiera hecho, pero no le gustaba no saberlo. Y Shane no le dio ninguna pista. Bajó la barbilla y salió por la puerta principal. Parecía un buen tipo, pero ella no sabía lo que estaba pensando, y eso la ponía nerviosa.

Por lo menos, parecía que Cole era sincero con sus sentimientos, fueran la lujuria o el desprecio. Aunque, en aquel momento, de camino al mismo lugar en el que iba a estar él, no le parecía tan estupendo.

Mientras esperaba a que llegara el autobús, su teléfono móvil sonó, y en la pantalla apareció el nombre de Merry. Grace sonrió.

—Hola, Merry —dijo con alivio.

—Hola, guapa. ¿Qué tal estás? ¿Ya te han coronado reina del rodeo de Wyoming?

—No, pero pronto. Lo presiento.

Merry se echó a reír.

—¿Qué haces ahora?

—Voy al trabajo. No te vas a creer lo que estoy haciendo. Estoy trabajando, buscando localizaciones para una película de Madeline Beckingham.

—¿De verdad? Oh, Dios mío. ¿Hay robots, explosiones y cosas de esas?

—No, esta es de monstruos. Y de vaqueros. De ahí las localizaciones. Pero es mucho más de lo que me esperaba. Un trabajo de la industria aquí, en Wyoming. Y el sueldo es bueno.

—Hablando de eso...

—¡No me voy a ir a vivir a Dallas!

—No, no es eso. Me ha llamado Scott.

A Grace se le cayó el alma a los pies, y tuvo que apoyarse en un semáforo para no caer al suelo.

—Merry...

—Me dejó un mensaje muy cabreado, preguntándome si sabía dónde estabas. Dice que, si no lo llamas, lo vas a lamentar.

—Yo...

—Qué gilipollas —gruñó Merry—. Oh, Dios mío, cuánto odio a ese tipo.

—Sí, ya lo sé —dijo Grace. Pero, al menos, no le había dicho nada a Merry. Su amiga no sabía lo que había sucedido.

—Tenías que haberle dejado hace mucho tiempo.

—Lo sé —repitió ella—. Mira, está a punto de llegar mi autobús.

—Está bien. Solo quería avisarte. Llámalo, si quieres, pero no creo que debas hacerlo. Yo he bloqueado su número, así que a mí no me importa. Pero me pareció que tenías que saber que me había llamado.

—Gracias.

—¿Quieres que le devuelva la llamada y le diga que se vaya al demonio?

—¡No!

Merry se echó a reír.

—¿Estás segura? Podría decirle que no es nada bueno en el sexo oral. ¿No es eso lo que me dijiste, que intentó el truco del alfabeto contigo una vez?

Grace sonrió de alivio.

—Sí, pero casi le había enseñado, al final. Casi.

—Bien hecho.

—Ya ha llegado el autobús —dijo Grace, aliviada porque era cierto, y no tenía que contarle más mentiras a su mejor amiga.

—Ah, de acuerdo. Que tengas un buen día. Saluda a Madeline Beckingham de mi parte.

—Claro, claro.

—Te quiero, Grace.

—Yo a ti también —respondió ella.

Era la única respuesta que le daba. Pero las palabras de Merry la llenaron de un sentimiento de calidez. Un sentimiento que, cuando subió al autobús, había conseguido que su pánico se desvaneciera casi por completo.

Después de todo, no tenía nada por lo que ser infeliz. Era un día precioso, ninguno de los pasajeros del autobús intentó entablar una conversación agradable con ella, tenía un techo sobre la cabeza y estaba ganando dinero. Además, se había liberado del estrés mediante el sexo de la noche anterior.

Así que, cuando bajó del autobús, caminó por la pasarela de madera de la acera con un balanceo exagerado.

—«Sigue siendo dorado, *Ponyboy*» —dijo, con una sonrisa, al abrir la puerta del estudio fotográfico.

—¿Eh? —preguntó Eve, que estaba detrás del mostrador, mirando unas copias—. ¿Qué es un *ponyboy*?

Grace se ruborizó. Parecía que Eve no había visto

Rebeldes. Merry la veía una vez al año, y la obligaba a ella a verla también.

—Nada, nada. Lo siento. Solo era una broma de una película.

Eve asintió y metió las fotografías en un sobre.

—Bueno, ¿preparada para un largo día?

—Sí, totalmente. ¿Vamos a volver al rancho?

—Sí, te voy a dejar allí. Yo voy a ir a trabajar al río.

—Estupendo —dijo Grace, aunque no era del todo sincera.

No le preocupaba demasiado volver a ver a Cole, pero no quería aguantar su mirada fulminante a primera hora de la mañana. Y, menos aún, sin cafeína. Todavía no tenía cafetera, y se le había olvidado pedir un vaso en la gasolinera.

Sin embargo, Eve la salvó. Cuando iban en coche, paró en el primer sitio donde daban café para llevar. Grace estuvo a punto de echarse a llorar de felicidad al olerlo. Un café con leche de verdad. Dios Santo, hacía semanas que no tomaba uno...

Cuando llegaron al rancho, Grace estaba preparada para enfrentarse con Cole, algo muy afortunado, porque, en cuanto bajó del coche de Eve, él le clavó la mirada.

Ella enarcó las cejas. Él frunció el ceño.

—Dios —murmuró—. Hombres.

—¿Ya tienes problemas de hombres? —le preguntó Eve, que estaba a su lado.

Grace se estremeció al darse cuenta de que había hablado en voz alta.

—Más o menos.

—¿Alguno de los chicos de producción te está fastidiando?

—No, no. No me está fastidiando nadie.

—Bueno, me alegro. ¿Conoces a alguien de aquí?

Ella miró a su alrededor.

—Seguramente, no. Son de preproducción. En esa fase no se hace maquillaje.
—De acuerdo. Si necesitas algo, llámame. Y, si no tengo cobertura, no te preocupes, porque estaré de vuelta dentro de dos horas. El catering ya está contratado, así que podemos comer algo aquí, cuando vuelva.

Y, así, tan fácilmente, Grace estaba de nuevo a cargo de la situación. Bueno, de su parte de la situación: resolver problemas, hacer llamadas de teléfono... Tal vez tuviera que comprar más minutos para su teléfono. Incluso hacerse un contrato.

No, no. Eso era demasiado permanente, y sabía que, cuando llegara a Vancouver, no iba a tener mucho dinero. Sin embargo, por primera vez, se le ocurrió que podía tener más opciones. Trabajar solo en el maquillaje era reducir mucho sus opciones. Pero... ¿trabajo de preproducción? ¿De localizaciones? Eso podía abrirle un nuevo mundo, al menos hasta que consiguiera establecerse.

Si Eve estaba dispuesta a darle una recomendación, tal vez pudiera empezar a trabajar para alguna empresa. Y parecía que ella le caía bien a Eve. De hecho, la trataba como a una igual, como si no fuera una desconocida. Quizá, el tiempo que pasara allí, en Wyoming, no fuera como estar en el limbo, sino más bien como una etapa de transición para dejar atrás su vida anterior.

Alzó la vista y se dio cuenta de que Cole la estaba mirando. Ella lo miró también, tratando de no transmitir ninguna emoción. Bueno, aquello no era tan diferente de su verdadera vida amorosa. Era tan estúpido y carente de sentido como siempre.

Cole apartó la vista primero. Bien. Ella no entendía por qué estaba tan enfadado. No le había arrebatado nada. Él todavía estaba en el rancho, caminando por ahí, con sus vaqueros ajustados y sucios, su camisa, sus botas de montar y su sombrero desgastado.

Al ver que ella seguía mirándolo, él se bajó el ala del sombrero aún más, y se dio la vuelta.

Grace sonrió y volvió a sus tareas.

Sin embargo, la sonrisa se le borró de la cara al ver a una mujer que le resultaba familiar. Era una mujer rubia que también la estaba observando, y a ella se le aceleró el corazón. La conocía, pero ¿de qué? Tenía una melena corta que enmarcaba una cara lozana. Ella entrecerró los ojos al mirarla, pero Grace no apartó la vista.

¿Quién era?

De repente, la situó. Recordó que una vez la había visto con un vestido de color escarlata, muy ajustado, y los labios pintados de rojo. La había conocido en una fiesta, pero ¿en cuál?

Aunque Grace volvió a mirar la hoja de cálculo que tenía abierta en el ordenador portátil, no veía nada. Estaba repasando sus recuerdos. Hacía un año ella no iba a tantas fiestas y, desde luego, no iba a casi ninguna a la que aquella mujer hubiera asistido también.

Sin embargo, Scott la había presionado para que cambiara su vida. Al principio, sus sugerencias acerca de su carrera profesional le habían parecido una ayuda. Ella era una gran maquilladora y tenía demanda entre los directores independientes y de cine de autor. Sin embargo, Scott la había convencido para que intentara tener más demanda.

Al principio le había parecido emocionante trabajar en películas de gran presupuesto, pero no había encajado bien. Y no se llevaba bien con la gente. Pero Scott era tan feliz... ella era su billete desde la televisión al cine. Presentaciones. Fiestas de la industria cinematográfica. Él estaba eufórico. Y ella era infeliz.

Habría dejado aquella vida en ese momento, pero el

productor la había despedido y había difundido rumores falsos sobre ella. Y Scott le había permitido que fuera a vivir a su casa. Un favor. Una bendición.

Sin embargo, después de un tiempo, ella se había convertido en algo superfluo, en una carga. Una chica antipática en un mundo de glamur. Una chica de aspecto duro que se veía obligada a codearse con bellezas como aquella rubia.

¿Quién era? Y, más importante aún, ¿conocía a Scott?

Grace volvió a mirar hacia arriba, intentando mantener una expresión tranquila, pero la mujer se había ido, y Grace suspiró de alivio.

No tenía nada de lo que preocuparse. Todo iba bien.

Estaba muy equivocada.

—Hola —dijo alguien con una voz glacial, a su espalda.

Grace se dio la vuelta y se encontró a la mujer rubia, que la miraba con una sonrisa poco amistosa.

—¿Eres parte del equipo de localizaciones?

—Sí. Hola —dijo Grace.

—Soy Willa —dijo la mujer, sin tenderle la mano—. Willa James.

—Yo soy Grace.

Su sonrisa, además de falsa, se volvió tensa.

—Grace —repitió—. Claro. Eres de Los Ángeles, ¿verdad? Nos conocemos.

A Grace se le aceleró el corazón, pero intentó convencerse de que no pasaba nada. Había conocido a miles de personas durante su carrera profesional.

—Sí —dijo, sin ofrecer más detalles.

Willa. Su mente empezó a trabajar frenéticamente. Willa. Willa, que era amiga de Malcolm. Que, a su vez, era un buen amigo de Diane. Que, tal vez, conociera a Scott de...

—¿Qué estás haciendo aquí en Wyoming?

—Trabajar.

Willa hizo un gesto despreciativo.

—¿No eras tú maquilladora? ¿Estás aquí para poner guapos a los del equipo?

Grace sintió una descarga de adrenalina, y le espetó:

—Sí, exacto. Voy a poner guapos a los técnicos de iluminación.

Sin embargo, se arrepintió al instante de haber respondido así. Aquella mujer la conocía de algo, y ella no podía permitirse seguir enfadando a la gente.

Willa se echó a reír, aunque su tono de voz no era de buen humor.

—Bueno, ha sido interesante verte por aquí.

La mujer se alejó, y Grace se quedó con un sudor frío en la frente. ¿Y si Willa conocía a Scott? ¿Y si había oído los rumores? ¿Y si...?

De repente, su mirada se cruzó con la de Cole. Willa pasó por delante de él, y él miró a la mujer y, después, a ella, como si sospechara que había tensión entre ellas. Grace enrojeció.

Sin embargo, no debía alarmarse. Era una conocida, nada más. A veces, Hollywood era como una enorme familia; una persona estaba emparentada con todo el mundo, incluso con aquellos que no conocía.

No pasaba nada.

Pero seguía ardiéndole la cara. Las orejas. El cuello. Quería que la tragara la tierra. Quería salir corriendo. De nuevo.

¿Intentaría Cole detenerla? Si lo intentaba, tendría una excusa para vengarse. Darle una bofetada, insultarlo, confirmar todo lo que parecía que él pensaba de ella.

Se habría sentido muy bien.

Pero lo único que hizo fue terminar de cargar las medidas del rancho para completar los archivos de las localizaciones, y les envió el documento a Eve y al coordinador de localizaciones por correo electrónico. Cuando Grace alzó la vista, Cole había desaparecido, y Willa, también. De hecho, todos los que antes pululaban por el patio se habían ido a la casa. Había un todoterreno grande, de color negro, con las ventanas tintadas, aparcado delante del edificio, y la gente se había acercado a él. Había llegado Madeline Beckingham.

A Cole se le había separado el cerebro en dos partes que se empeñaban en seguir dos caminos desagradables.

Por un lado, vio a su antigua amante, Madeline Beckingham, bajar de un todoterreno negro brillante. Estaba tan bella, que parecía que no habían pasado trece años desde que la había visto por última vez. No tenía sentido. Él había pasado de ser un chico de veintiún años a ser un vaquero curtido de treinta y cuatro, con muchas arrugas alrededor de los ojos, que daban testimonio del tiempo que había pasado.

Si Madeline había envejecido, él no lo veía. Estaba tan luminosa y resplandeciente como siempre. Su pelo era de color rojo, y lo llevaba liso como la seda. Su piel tenía un tono dorado, que debería parecer poco natural con aquel color de pelo; no obstante, en ella, parecía el tono de cutis con el que deberían nacer todas las pelirrojas. Aunque Madeline no había nacido con nada de aquello; había nacido con dinero. Y se había convertido exactamente en la belleza que quería ser.

Aquella belleza, su brillo, le había cegado a lo negativo que había debajo. Ella todavía era muy adepta en aquella farsa, por lo que parecía. Después de todo, durante los años que habían pasado, lo único que podía haber hecho era endurecerse aún más.

La otra mitad de su cerebro estaba concentrada en su nueva amante, aunque, seguramente, no podía llamar así a una mujer con la que se había acostado una sola vez y a la que después había echado de su casa.

Era extraño, pero parecía que Grace era la otra cara de la moneda en aquella situación. Tan peligrosa como Madeline. Con la misma dureza. Sin embargo, Grace no ocultaba aquella dureza, y reservaba su faceta más suave para la esfera privada.

Las dos mujeres hacían que se sintiera idiota.

Se caló el sombrero hasta los ojos y enganchó los pulgares en los bolsillos del pantalón mientras observaba al cortejo de Madeline, que la estaba rodeando. Él estaba a una distancia segura, a unos diez metros, y apoyado en una de las paredes del cobertizo de los arreos. No creía que ella lo viera y, al principio, no lo vio. Pero después hizo una señal a sus ayudantes para que se apartaran y caminó por el patio hasta que llegó a un lugar relativamente solitario, y giró sobre sí misma con una enorme sonrisa.

—Es perfecto —declaró—. ¡Perfecto! Oh, Dios mío, las fotos no le hacían justicia. Es exactamente lo que quería. Tendremos que hacer un montaje rápido aquí. Los colores del verano solo van a durar seis o siete semanas más. Yo...

De repente, se quedó inmóvil, mirándolo.

—Pero... ¿Cole? ¿Eres tú?

Él pensó en marcharse. Ni aquellas tierras, ni su relación con Easy, ni sus planes de futuro, valían lo suficiente como para que tuviera que enfrentarse de nuevo a aquella mujer. Sin embargo, ella corrió hacia él, y él no quiso salir corriendo como un cobarde.

—Oh, Dios mío —dijo ella casi sin aliento—. ¡Cole! No puedo creer que seas tú. ¿Estás aquí?

—¿Y dónde iba a estar?

Ella lo abrazó con fuerza. Él se sintió tan incómodo que solo pudo alzar los brazos y apartarlos de ella, pero

Madeline no debió de darse cuenta. Le dio un beso en la mejilla y soltó un gritito.

—¡No tenía ni idea! No me dejaste ni una nota cuando te fuiste. De hecho... —se apartó de él y se cruzó de brazos—. Se me había olvidado por completo que estoy furiosa contigo. Desapareciste como si nada.

—Volví a mi casa —dijo él con la voz ronca.

Ella olvidó su pose de furia y se echó a reír. Movió la mano con displicencia, como si nada tuviera importancia, ni siquiera él.

—Bueno, bueno, no pasa nada. ¿Este rancho es tuyo?

—Trabajo aquí.

—Perfecto —dijo ella.

Lo tomó del brazo y lo sacó de la sombra a pleno sol. Él se había pasado muchas horas preocupado por aquel momento en que iba a volver a verla, por cómo iba a reaccionar. Sin embargo, fue tan surrealista, que no sintió nada en absoluto. A pesar de que la hubiera conocido íntimamente, era como una extraña para él. Y él se sentía como un extraño con ella. Un extraño que no le gustaba nada.

—Este es mi vaquero —dijo Madeline, dirigiéndose a un grupo de gente que iba demasiado bien vestida como para ser trabajadores del equipo—. Procurad conseguirle a Cole cualquier cosa que necesite mientras estemos aquí.

—En realidad... —dijo él, zafándose de su brazo—, soy yo quien va a ocuparse de las cosas en el rancho durante el rodaje, por orden de Easy. Así que, avisadme si necesitáis cualquier cosa.

—Cualquier cosa, ¿eh? —dijo ella, y lo miró de arriba abajo, tan rápidamente, que él estaba casi seguro de que nadie se había dado cuenta. Casi. Miró a Grace, y ella también lo miró a él, pero estaba hablando con una mujer y, rápidamente, apartó la vista.

—Tengo que ir a ver qué tal están los caballos —dijo él, sin volver a mirar a Madeline.

—¿Sabes? —dijo ella, agarrándolo por la muñeca antes de que pudiera alejarse—. Vamos a empezar a rodar muy rápido. Dentro de cuatro semanas, para no entrar en el otoño. ¿No quieres otra ronda?

Antes, a él le había encantado la visión de sus uñas rojas y largas en su piel. Le había encantado que lo arañara. Alzó los ojos y se encontró con su mirada.

—¿Disculpa? —le preguntó con frialdad.

Ella sonrió como si acabara de comerse algo delicioso.

—Dios mío, Cole. Te has vuelto más guapo todavía. ¿Cómo es posible? Tienes que salir en la película. Por favor.

Así que le estaba pidiendo que actuara en la película. Él quiso sentirse aliviado, pero no era tan tonto. Eso era lo mismo que le había dicho la primera vez. «¿Por qué no trabajas de extra? Ayúdanos. Cuéntame todo lo que sabes acerca de la vida en un rancho».

Dios Santo, qué satisfacción había sentido al ser elegido por Madeline Beckingham, una mujer que era famosa desde que había dirigido su primera película, a los diecinueve años.

Al principio, él había pensado que lo que le interesaba era su destreza como jinete. Al darse cuenta de que ella se había fijado en algo más... Eso había sido mucho mejor.

Cole le quitó con cuidado la mano de su muñeca.

—Tengo que ir a ver qué tal están los caballos —repitió.

Sin embargo, ella no se quedó desanimada cuando él se dio la vuelta. Para Madeline Beckingham, «no» no significaba «no». Era solo el comienzo de un partido, y él nunca había conseguido ganar. Al final, los había perdido todos.

Capítulo 12

–Necesito que vayas al Ayuntamiento a solicitar los últimos permisos –le dijo Eve a Grace, entregándole la llave de su coche.

–Pero... –dijo Grace mientras la tomaba–. ¿No me necesitabas aquí?

–No. Esta mañana quiero que pongas al día el papeleo. Yo voy a pasarme la tarde haciendo fotos para los archivos de producción. Por fin.

¿Entonces, Eve, que era casi una desconocida, iba a dejar que se llevara su coche?

–De acuerdo. ¿Ahora mismo?

–¡Ahora! –exclamó Eve, haciendo un gesto para que se pusiera en marcha, mientras ella misma se alejaba.

–De acuerdo.

Grace miró el icono de Lexus de la llave. Era un coche muy bonito. No era llamativo, pero sí muy bonito. Ella no entendía a aquella gente. Eve sabía que ella no tenía nada, ni coche, ni familia, ni un teléfono medio decente. Podría subirse al coche y salir de Wyoming antes de que la echaran de menos. De hecho, cuando tenía dieciséis años, tal vez lo hubiera hecho.

Pero, seguramente, la gente buena no pensaba esas cosas.

—¡Grace! —le gritó Eve—. ¡Una cosa más!

Por un momento, pensó que Eve se lo había pensado mejor y había cambiado de opinión. Pero, entonces, vio que Eve caminaba hacia ella con Madeline Beckingham, así que se levantó de la mesa en la que había estado trabajando.

La gente que rodeaba a la directora se movió instintivamente detrás de ella, pero permanecieron un poco alejados. Eve hizo las presentaciones:

—Señorita Beckingham, le presento a Grace Barrett, la persona de la que le he hablado.

Grace le estrechó la mano a Madeline Beckingham, aunque se sentía desconcertada.

—Es un honor conocerla —dijo. Era su saludo estándar para los directores y productores. Si era algo sincero o no, dependía de la persona.

—¿Eres buena maquilladora? —preguntó la directora, sin responder a su saludo.

—Sí. He trabajado en el cine durante casi diez años.

La mujer observó a Grace con una mirada calculadora.

—Tú te maquillas muy bien, pero yo necesito algo más natural. ¿Puedes hacerlo?

—Um... —Grace miró a Eve, con la esperanza de que pudiera darle alguna pista—. Necesitaría mi maletín, por supuesto, pero puedo crear la imagen que usted quiera.

—Es muy buena —intervino Eve—. Su portafolios es magnífico.

Madeline asintió.

—De acuerdo. Ellos van a llegar dentro de dos horas.

Claramente, había algo que Grace no sabía.

—¿Quién?

—El equipo de documentales. Supongo que quieren grabarme improvisadamente. ¡Madeline Beckingham en el Salvaje Oeste! Y parece que los equipos de documentales no se preocupan por el maquillaje ni por el peinado. No tengo a nadie de maquillaje ni de peluquería aquí, así que supongo que tienes que ser tú.

—Muy bien. Por supuesto, lo haré encantada.

—Bien —dijo Madeline, que ya estaba pensando en otras cosas, y desvió la mirada—. ¡Cole! Gritó, y alzó la mano mientras sonreía.

Grace se giró para mirar, pensando que vería a otro hombre llamado Cole, pero vio al propio Cole Rawlins sacando a un caballo ensillado del establo. Él se quedó paralizado y miró a Grace durante un largo instante.

—¡Ven aquí! Tienes que hablar con Bill Seasons sobre cuántas reses pueden entrar en ese corral que hay al lado del establo.

Cole apretó la mandíbula, pero ató el caballo y se dirigió hacia ellos. Grace se dio cuenta de que no forzaba la pierna derecha. Nunca se había dado cuenta de que caminara así. Claramente, intentaba disimularlo.

—Yo me voy —dijo Grace, mostrándole a Eve la llave—. Vuelvo con tiempo suficiente.

Al darse la vuelta, Grace vio a Willa James, que se acercaba por el patio con sus botas de tacón. Se interpuso en su camino, y dijo en voz alta, con una sonrisa tensa:

—¡Ella, no!

Madeline Beckingham suspiró.

—Willa, ¿estás hablando conmigo?

—Sí, señora.

—Pues di lo que tengas que decir.

—Ella, no.

A Grace se le encogió el estómago.

—No deje que la toque.

—¿Estás hablando de la maquilladora?

—Sí.

—¿Es que tengo yo que resolver el misterio, Willa? A

ver, voy a adivinarlo. ¿Es la que maquilló a Felicia en los Globos de Oro de este año? –preguntó, y se rio de su propia broma.

–No. He reconocido a Grace. Es de Los Ángeles.

–Eso ya lo sé –dijo Madeline con cansancio.

–Pero seguro que no sabe que se fue de allí porque es una ladrona.

–¡Eso no es verdad! –exclamó Grace, que se sentía como si estuviera en la escena de una película. Aquello no podía estar sucediendo de verdad.

–Es cierto –dijo Willa con desprecio–. Acabo de hablar con su exnovio. Es una ladrona. Por no mencionar que corre el rumor de que tiene un problema con el abuso de sustancias tóxicas.

Eve y Madeline miraron a Willa y, después a Grace.

–Eso tampoco es verdad –dijo ella, con la voz temblorosa. ¿Parecería que estaba mintiendo?

Willa puso los ojos en blanco.

–Llame a Frank Edison y pregúntele por qué la despidió de su último trabajo, hace seis meses. Y nadie más ha vuelto a contratarla. Su exnovio la echó de casa después de que le robara ocho mil dólares.

Grace hizo un gesto negativo con la cabeza, sin dejar de mirar a Willa con espanto. Estaba formándose una defensa en su mente, pero todo sonaba muy estúpido. Eran las mismas cosas que diría si de verdad fuera una ladrona y una drogadicta. «No es verdad. Yo no lo hice. Es un malentendido».

Sin embargo, no tuvo que decir nada, porque otra persona salió en su defensa. Bueno, no exactamente en su defensa, pero...

–Por Dios, Willa –dijo Madeline Beckingham con desdén–. ¿Que tiene un problema de drogas? Entonces tendría que despedir a todo el elenco.

–Señorita Beck...

—Me importan un bledo cuáles sean sus problemas siempre y cuando me haga aparecer bien en una película de alta definición bajo la luz del sol. Por mí, puede bañarse en sangre de vírgenes –dijo Madeline, sonriendo–. Tal vez ese sea el motivo por el que está en Wyoming –añadió, y volvió a reírse de su propia broma. Nadie más se rio, pero no parecía que le importara mucho–. Cole, vamos a buscar a Bill.

Cole. Magnífico. Lo que faltaba. Grace ni siquiera se giró para mirarlo. Esperó a que sus pasos se alejaran. Esperó a que Willa soltara un resoplido y se marchara también. Y, entonces, miró a Eve.

—No es cierto –le dijo con la voz enronquecida–. Te lo juro. No es verdad. Bueno, sí es verdad que Frank Edison me despidió, pero no por mi trabajo, ni porque tenga un problema con las drogas o el alcohol. Fue por un desacuerdo personal. Y lo otro, lo del dinero, eso es un asunto con un exnovio. Rompimos, y...

—De acuerdo –dijo Eve–. Ya hablaremos más tarde, en privado.

—Claro. Entonces... vuelvo dentro de una hora.

Eve miró la llave que Grace tenía en la mano.

«Oh, Dios mío».

—Lo siento. Voy a ver si alguien puede llevarme. A lo mejor...

Sin embargo, no había nadie más. Tal vez, si se lo pedía a Cole...

—No te preocupes, vuelve a tiempo para maquillar a la directora. Y cobra a producción tu tarifa normal por trabajos de maquillaje, ¿de acuerdo?

—Sí, claro. Por supuesto.

Las dos se quedaron inmóviles un momento. Seguramente, Eve se estaba arrepintiendo de haberle ofrecido su coche, y Grace deseaba encontrar la manera de que no tuviera que prestárselo. Sin embargo, ella necesitaba ir al pueblo, y Eve no podía perder dos o tres horas de la jornada llevándola.

—Está bien —dijo al final—. Vuelvo lo antes posible. Sin superar el límite de velocidad, quiero decir.

—No te preocupes.

Mientras iba hacia el coche, pensó que ojalá se encontrara pronto a solas con Willa. Tenía ganas de darle una bofetada y hacerle daño, porque se encontraba tan mal, que tenía ganas de vomitar. Sin embargo, eso sería una forma muy efectiva de confirmar los rumores de que era una adicta. Menos mal que no había comido nada aquella mañana.

Con la cara ardiendo, subió al coche de Eve y lo sacó cuidadosamente de su sitio. Desapareció tan sigilosamente como pudo e intentó decidir si debía seguir conduciendo. Porque lo peor de las mentiras de Willa era que estaban muy cerca de la verdad.

Capítulo 13

—Tengo que responder esta llamada —le dijo Cole al ayudante de producción, que estaba intentando convencerlo de que el corral del establo podía trasladarse con facilidad a un lugar que tuviera mejor luz natural—. Disculpa.

Aunque vio en la pantalla de su teléfono móvil un número que no reconocía, suspiró de alivio. Fuera quien fuera, tenía que ser mejor que aquel chico que parecía de unos dieciocho años y que no tenía sentido común.

—¿Diga? —preguntó, y salió al corral desde el establo para dejar atrás el ruido de dos docenas de personas. Sin embargo, no oyó la respuesta—. ¿Diga?

—No sabía a quién llamar —dijo una mujer.

—De acuerdo. ¿Quién es?

—No hay rueda de repuesto en el coche.

—¿Grace? —preguntó. Se sintió estúpido al decirlo. Por supuesto que no era ella. Ella estaba... Miró alrededor y se dio cuenta de que llevaba sin verla desde...

—Cole, siento recurrir a ti, pero no tengo tarjeta de crédito para pagar la grúa, y en el maletero no hay rueda de repuesto, y no puedo llegar tarde, o pensarán que...

—¿Dónde estás?

—No lo sé. A medio camino hacia el rancho después de dejar la autopista.

—Bueno, estaré allí dentro de diez minutos.

—¿De verdad? ¿Vas a venir?

Cole miró a su alrededor, a toda la gente que pululaba por allí. Madeline seguía dirigiéndolos a todos desde el porche delantero de la casa.

—Sí. Te veo ahora.

Escapó tal y como llevaba queriendo hacer todo el día, aunque sabía que tendría que volver a la media hora, porque había trabajo que hacer. Los caballos estaban estresados por todo el tráfico y el alboroto, y había decidido que estarían mejor en el corral de la pradera que en el establo. Aquellos caballos eran del rancho, y podían dormir al raso unas cuantas noches durante el verano. No necesitaban mantas ni un techo sobre sus cabezas, y podían defenderse de los coyotes con una buena coz.

Sin embargo, como él mismo, no eran capaces de soportar a aquella gente con auriculares y cuadernos y gafas de sol, y que soltaban risotadas.

En cuanto salió del patio, bajó la ventanilla y apagó la radio. Quería paz y tranquilidad y, si yendo a rescatar a Grace podía conseguirlas, tal vez ella no fuera tan mala.

Pero esa idea era absurda. Parecía que era mucho peor de lo que él había pensado. Ladrona, ¿eh? Eso no se lo esperaba. Aunque no le había gustado verla antes. Parecía atormentada y humillada; resultaba irónico que fuera aquella gente que ella misma había llevado al rancho la que la había abofeteado en la cara.

Después de todo lo que le había dicho sobre que era una chica dura, él no pensaba que aguantara aquel trato. Sin embargo, era como todo el mundo de Hollywood. Estaba dispuesta a someterse con tal de llegar al sueño.

A ser una aduladora. A disculparse porque alguien la tratara como una mierda.

Cuando la vio, diez minutos más tarde, ella estaba a un lado de la carretera, cruzada de brazos, con la mandíbula apretada. Miró hacia su coche como si él tuviera la culpa de lo que había pasado. Él paró a su lado y la miró un instante. Era una figura muy pequeña sobre el fondo del inmenso paisaje.

Grace lo fulminó con la mirada y le hizo un gesto para que se diera prisa. Él se preguntó si iba a molestarse en darle las gracias.

—¡Date prisa! —cuando él abrió la puerta, le dijo, apresuradamente—: Tengo que volver lo antes posible.

No. Nada de amabilidad y gratitud. Sin embargo, al instante, su expresión se suavizó.

—Lo siento. Gracias por venir. Es que...

—¿Qué ha pasado?

—No sé si ha sido un clavo, o una grieta, o... El neumático se ha desinflado y no hay rueda de repuesto.

—¿No? —preguntó él y caminó hacia el coche—. Abre el maletero.

Ella puso los ojos en blanco con resignación, pero obedeció. El hueco donde debería haber estado la rueda de repuesto estaba vacío.

—¡Oh, vaya! —exclamó Grace—. ¡Parece que no soy una idiota redomada! ¡Milagro!

—He venido a ayudarte, ¿sabes?

—¡Pues entonces, ayúdame!

Él se sorprendió, porque tuvo que contener la sonrisa.

—De acuerdo. Tenemos que sacar la rueda y llevarla al pueblo para que la reparen.

—¡No! No puedo llegar tarde, Cole. Por favor. No puede ser, después de lo que ha pasado. Es el coche de Eve, y ella va a pensar que... No puedo llegar tarde.

Entonces, él se dio cuenta de que ella no estaba enfadada. En absoluto. Estaba asustada y ansiosa, y con un poco de pánico, también. Miró el coche, lo miró a él y miró su pickup.

—Bueno, vamos —dijo Cole—. Sube. Te llevo al rancho y después vuelvo por la rueda.

—¡Espera! —gritó ella y abrió la puerta trasera. Sacó algo que parecía una caja de herramientas, pero muy sofisticada—. De acuerdo. ¡Vamos!

—Sí, señora —murmuró él.

Sí que era mandona. Debería sentirse contento de verla así, metida en un problema que ella misma les había causado a los dos. Tan atormentada como estaba el resto de aquella gente. Ella los había llevado allí.

Cuando estaban los dos en el pickup, ella dijo:

—Pensaba que iba a venir una manada de antílopes a matarme —murmuró.

—¿Los antilocapras? Seguramente, habrías podido espantarlos.

—A uno, sí, pero ¿a un rebaño entero? Y aquí es donde los vimos.

—Bueno, estás sana y salva.

—Sí. Y, Cole, gracias por venir a salvarme, de verdad.

Se cruzó de brazos, y aquel movimiento hizo que Cole pensara en sus pechos. Desnudos. Pequeños, tensos y calientes bajo su boca.

Se movió en el asiento. No quería verla así, vulnerable y preocupada. Quería que volviera a ser una bruja. La mujer que le había destrozado la vida.

—Conoces a Madeline Beckingham —dijo ella de repente.

Eso sirvió perfectamente para enfadarlo de nuevo.

—¿Sí? ¿Y de qué voy a conocer yo a Madeline Beckingham?

—Dímelo tú, pero es evidente.

Muy bien. Ahora ya sabía qué sentir. Ira e incomodidad.

—Rodó una película aquí hace mucho tiempo. Yo trabajé de extra y enseñé a montar a algunos de los actores al estilo del Oeste.

—¿Y fue entonces cuando empezaste a odiar a las chicas como yo?

Él la miró. Tenía su mirada normal, oscura y burlona. Sin embargo, había algo distinto. Había cambiado su maquillaje y, en vez de ser negro puro, era más difuminado, con algunos matices grises y violetas. Era más suave. Tal vez fuera eso lo que le estaba ablandando a él. Eso, y el recuerdo de sus gemidos cuando había llegado al orgasmo.

Dios.

—Mira, Grace, siento lo de anoche. Ya estaba angustiado cuando entré en el bar. El rodaje de la película, para mí, es... Y, entonces, te vi, y...

—¿Y qué? A ti no te gustan las chicas como yo, eso me lo has dejado bien claro. Me viste y ¿qué?

Cole se encogió de hombros.

—Se me olvidó que estaba enfadado. Se me olvidó el rodaje. Se me olvidó la pierna, y mi futuro.

—¿Tu futuro?

—Bah, todo. Y no me esperaba que la persona que me había ayudado a olvidar fuera la misma que me había hecho una faena tan grande.

—¿Eso era lo que estaba haciendo yo? ¿Ayudarte a olvidar?

Él apartó un momento los ojos de la carretera para mirarla. No le sirvió de ayuda, porque ella no dejaba traslucir nada. Le volvía loco que ella fuera capaz de ser tan hermética.

—¿Y no era eso lo que yo también estaba haciendo por ti?

Ella se quedó mirándolo, y se echó a reír.

—Era sexo, Cole. Lo que tú estabas haciendo por mí era lo mismo que yo estaba haciendo por ti: ayudarte a tener un orgasmo.

—Yo puedo correrme solito —dijo él—. Y seguro que tú, también. Así que fuera lo que fuera para ti, no era solo sexo.

—Te equivocas —susurró ella.

—No, no me equivoco. Y me enfadé porque pensaba que tú eras una cosa para mí, y resultaste ser otra.

—¡Pues lo siento, Cole! —le espetó ella—. Supongo que no era la herramienta más idónea para el trabajo.

Él apretó los dientes, pero ella le estaba enseñando que las cosas no eran blancas o negras, como él quería que fueran. Grace no había hecho nada malo, desde su punto de vista. No podía saber que estaba pisoteando la parte más frágil de su vida, unas heridas que no se habían curado bien. Y, si ella no podía saberlo, si no había tenido ninguna malicia, entonces era él quien se estaba comportando como un idiota.

Ella se había acostado con él. Estaba feliz, celebrando su nuevo trabajo. Se había acostado con él como parte de esa celebración. Y él se lo había agradecido tratándola mal.

Si ella no era la mujer que él quería que fuera, no era su problema.

Cole se contuvo para no soltar una palabrota y se frotó el muslo con una mano.

—Lo siento. No debería haber hecho eso.

—¿El qué? ¿Acostarte conmigo? No te preocupes, Cole. Tuve un orgasmo, lo demás no importa.

—No lo dices en serio.

—¿Que no? —preguntó ella con una sonrisa tensa—. Por lo menos, has sido sincero. ¿Quieres que yo me sienta mal porque no me acompañaste a la puerta de mi apartamento y no me dijiste que era especial? Pues lo siento. Para que yo me sienta mal hace falta algo más que eso, vaquero.

—Lo siento, Grace. Aunque no haya herido tus sentimientos. Aunque no te importe nada, y yo no fuera más que una diversión para ti. Lo siento. Me gustas, y no debería haber...

—No sabes nada de mí —dijo ella con una voz suave que, sin embargo, cortó las palabras de Cole como un machete.

—Sé un poco. Ojalá supiera más.

—Ja. Lo que has conseguido es no saber nada más. ¿Las chicas como yo? Las chicas como yo no damos esa clase de información tan fácilmente. Y, si sabes algo sobre mí, es por accidente. No es ninguna información que yo quisiera darte.

—Sí. Eso ya lo entiendo.

Cole sabía que ella estaba intentando hacerse la dura, pero le estaba rompiendo el corazón. Grace no quería mostrarle nada de sí misma, y eso hacía que él quisiera verlo todo.

—Pero —dijo ella, cuidadosamente—, podemos volver a acostarnos, si quieres.

—¿Qué? —preguntó él estupefacto.

—Estuvo muy bien. Y habría estado aún mejor si hubieras tenido la boca cerrada al terminar.

Ya estaban casi en el rancho, y él no tenía ni idea de qué decir. Estaba medio horrorizado y medio excitado. La respuesta más obvia habría sido «Sí, claro que sí». Sin embargo, solo pudo preguntar:

—¿Por qué?

¿Por qué? ¿Qué le ocurría? ¿Se había vuelto loco?

—¿Y por qué no?

Él casi ni se dio cuenta de que había parado el coche, pero Grace ya estaba abriendo la puerta. Ella bajó al suelo de un salto y tomó su caja. Después, cerró la puerta y se alejó del pickup sin decir una palabra más.

¿Que si quería? Dios Santo. Ni siquiera podía salir del coche en aquel momento sin hacer el ridículo. Y, una vez más, Grace Barrett se las había arreglado para hacer que olvidara todas sus preocupaciones. Incluso la que lo estaba observando desde el otro lado del patio.

Por un momento, Eve se quedó verdaderamente preocupada. Grace lo vio en su cara cuando su jefa bajaba las escaleras del porche y se acercaba a ella.

–¿Dónde está mi coche?

–Se ha pinchado una rueda y no había ninguna de repuesto.

–Oh –dijo Eve, y la cara de preocupación se convirtió en un mohín–. Oh, Dios mío, nunca me acuerdo de reemplazarla. ¿Estás bien?

–Sí. Me ha traído Cole, y él va a volver a quitar el neumático para que lo arreglen.

–No tiene por qué hacer eso. Yo llamo a la grúa.

Grace señaló el coche de Cole, que ya se estaba alejando.

–Demasiado tarde –dijo y carraspeó–. Siento lo del coche.

–No pasa nada.

Pero, aunque no pasara nada, las dos se quedaron calladas durante unos segundos.

–No es cierto –dijo Grace–. Lo que Willa dijo sobre mí no es cierto. Sé que no tienes ningún motivo para creerme, Eve, pero yo no tomo drogas, y no tengo ningún problema con el alcohol. Y no soy una... ladrona – añadió, aunque aquellas últimas palabras le costaron un poco más. Se sentía avergonzada de tener que decirlo.

Era como si fuera de nuevo una adolescente que tenía que huir de todo el mundo, incluida la policía.

De adulta, trataba de separarse del resto de la gente por su apariencia. Lo hacía a propósito. Sin embargo, de niña no había tenido la posibilidad de elegir. Vivía en la calle. Si tenía el pelo enmarañado y salvaje, era porque necesitaba lavárselo y cortárselo. Y, si sus ojos eran oscuros y tenían una mirada de enfado, era porque así eran sus sentimientos. En cuanto a su ropa llena de enganchones y rotos, la había sacado de una caja que estaba a la salida de un comedor social. Había vivido así durante dos años, después de escapar de casa. Había robado, había mentido y había hecho lo que fuera necesario a cambio de comida. No había llegado a prostituirse, pero siempre había tenido eso en mente. Los hombres que le interesaban eran los que tenían casa, o coche, o dinero para pagarle una cena. Casi nunca se había acostado con un chico como ella, un chico de la calle.

Así que podía decir que nunca había sido prostituta. Eso sí podía decírselo, pero no podía pensar que no hubiera sido una ladrona. Tal vez, por eso le dolía tanto en aquel momento, porque, realmente, sí lo era.

Tragó saliva y continuó:

—Lo siento mucho, Eve. Y entendería si pensaras que es mejor que ya no trabaje para ti...

—Grace, llevo desde los veintidós años viviendo sola. Tengo mi propia empresa desde hace años. Nunca he tenido socios. Nunca me he casado. Todas las decisiones las tomo yo, y tengo que confiar en el instinto. Y el instinto me dice que me caes bien. También me dice que Willa es una bruja y una superficial. Vamos a dejarlo así, ¿de acuerdo?

—Pero debes de haberte preguntado...

—Bueno, sí, admito que, por un momento, pensé que era idiota por darle la llave de mi coche a una desconocida, como si nada. Pero aquí estás. Y, supuestamente, mi coche está intacto –dijo Eve. Sonrió y, no por primera vez, Grace notó una tristeza en sus ojos. Tal vez siempre estuviera allí, y solo se le notara cuando sonreía.

Pero, fuera como fuera, Eve había decidido darle una oportunidad.

–En Los Ángeles tengo mala reputación –reconoció Grace–. Puede que sea culpa mía. A veces tengo mal carácter. No me gusta adular a nadie, ni siquiera a mis jefes. Pero soy buena maquilladora, e intento no meterme en líos. Sin embargo, siempre surge alguna situación, ¿sabes? Una situación en la que tienes que decir que algo no está bien, aunque vayas a meterte en un lío. He cometido errores, pero no me retractaría de ninguno.

–Bien. Yo llevo un tiempo haciendo trabajos relacionados con la industria cinematográfica, y veo cómo es. Y… um… digamos que también veo ciertos rasgos de inflexibilidad en tu carácter.

–Ja. Es un buen modo de decirlo.

–Sea lo que sea, entiendo que a veces no encajes bien con ellos. Vamos a ver si tú y yo podemos trabajar juntas. Pero, por favor, recuerda que ahora me estás representando a mí, así que, si alguna vez te ves en una de esas situaciones, por favor, consúltalo conmigo.

Grace se emocionó. Eve no tenía ningún motivo para darle una oportunidad. Al contrario, tenía motivos para cortar la relación laboral con ella. Grace se sintió conmovida y agradecida, y eso le causó incomodidad. Era extraño, pero casi hubiera preferido que Eve la despidiera; así, podría haberse enfadado. Podría haberse marchado sin mirar atrás y haberse convencido a sí misma de que aquel no era el trabajo adecuado para ella.

Sabía cómo asimilar que la gente fuera mala con ella, pero ¿la bondad? Eso le caía encima como una pesada carga.

—Gracias —dijo, con la esperanza de que fuera suficiente.
—Será mejor que vayas a maquillar a Madeline. Los del documental van a llegar en cualquier momento.
—Claro. Por supuesto.
—Yo todavía estoy preparando las tomas y los ángulos de cámara para producción. Cuando terminemos con eso, será hora de volver a casa. Ah, y me gusta mucho tu maquillaje, a propósito. Buena idea.
—Gracias.

Grace se había retocado el maquillaje cuando había parado a buscar su kit. Lo había suavizado de una manera sutil para que resultara reconfortante para la clienta. Ella sabía utilizar sus conocimientos para transmitirle calma a la gente, del mismo modo que, generalmente, los utilizaba para mantenerla a raya. Estaba haciéndose una adulta. Podía conseguirlo.

De todos modos, se acercó con cautela a Madeline, porque estaba casi segura de que Willa habría insistido en aquellas últimas dos horas y le habría contado a la directora unas cuantas mentiras más.

Sin embargo, Willa estaba sentada a unos cuantos metros de distancia, con un mohín, navegando por internet con su teléfono móvil. Alzó la vista y, al verla pasar, le dijo:

—Zorra.

Grace puso los ojos en blanco con resignación.

—Me has hecho quedar como una idiota.

Grace no sabía qué decirle a una chica que había tirado a otra a las ruedas de un autobús y que, después, la acusaba de hacerla quedar mal ante los demás. En otras circunstancias, seguramente se habría acercado a ella y le habría cantado las cuarenta. Pero, aquel día, no. Allí, no. Siguió caminando y se tragó su ira.

Madeline Beckingham estaba en el porche, dirigiendo su pequeño reino, dando órdenes a los hombres que estaban a su alrededor.

–Oh, gracias a Dios –dijo al ver a Grace–. El equipo ya viene de camino desde el Aeropuerto de Jackson.

–No se preocupe. Soy rápida.

–Quiero una apariencia natural. Haz que parezca que mi cutis es impecable por naturaleza, incluso bajo el sol, ¿entendido?

–Por supuesto.

–Y, si te encuentras algunas cicatrices cerca de las orejas, cúbrelas. Son de una operación.

Madeline solo tenía cuarenta años, pero parecía que ya se había hecho la cirugía estética. Fueran cuales fueran los motivos, el estiramiento facial era muy bueno. Ella no se habría dado cuenta si no tuviera que maquillarla, pero las cicatrices nunca escapaban a la vista de los maquilladores ni de los peluqueros.

Cuando terminó de maquillar a Madeline Beckingham, se sintió mucho más calmada. Tal vez no estuviera lista para enfrentarse al mundo, pero sí estaba lista para enfrentarse a un exnovio idiota y a una ayudante de producción amargada. Quizá, incluso, a un vaquero irritable.

Capítulo 14

Cole estaba limpiando el estiércol del último de los boxes cuando oyó unos pasos que se acercaban.

—¿Estás ahí? —le preguntó Easy.

Cole no alzó la vista.

—Sí. Todavía me mantengo en pie, ¿no?

—Sí, sí. No parece que estés muy mal.

—Seguramente porque llevo varios días sin trabajar de verdad.

Easy soltó un resoplido.

—Ahora, sí.

—Estoy haciendo el trabajo de un niño de diez años. Así, tardaré veinte años en recuperar mi puesto de capataz. Treinta, si hago media jornada.

—Cole —le dijo Easy en un tono de reprimenda.

Cole percibió aquel tono y cabeceó. Se apoyó en el mango del rastrillo y miró a Easy. Vio al mismo hombre que conocía de toda la vida. Curtido, con el pelo canoso. Menudo, pero resistente como el acero. A Easy nadie le había regalado nada. Había conseguido todo lo que tenía con su trabajo. Llevaba trabajando desde los seis años, cuando se había quedado huérfano de padre, con una madre enferma.

Cole pensó en su padre. Era un buen hombre, pero

muy duro. Pero, a pesar de su dureza, la vida había podido con él. Easy, por el contrario, tenía una fuerza innata que nunca se había debilitado. Parecía que podía conseguir que sucedieran las cosas por pura fuerza de voluntad. Easy y su padre se habían conocido a los doce años y habían sido amigos toda la vida. Los dos eran buenos tipos, buenos vaqueros. Sin embargo, su padre solo había sido el trabajador de un rancho, un hombre amargado que no poseía más que sus botas y su montura, y que había muerto de un infarto a los cincuenta y dos años. Por el camino había perdido todo lo que tenía, incluyendo a su esposa. Ni siquiera su hijo se había quedado con él.

Cole tragó saliva al recordarlo. Todavía le hacía mucho daño. Cuando su padre había muerto, él estaba en Los Ángeles con gente que no lo conocía y a quien no le importaba nada. Su padre había muerto solo.

En cuanto a Easy, Cole siempre había pensado que lo conocía tan bien como conocía a su padre. Mejor, incluso. Sin embargo, ahora ya no tenía ni idea de lo que conocía y lo que no.

Se miraron el uno al otro.

—¿Qué? —preguntó Cole, por fin.

—¿No vas a decirme por qué estás tan enfadado?

Él se echó a reír, pero el tono de sus carcajadas era de pura furia.

—No sé si me estás tomando el pelo. Básicamente, me has dicho que soy una vaca asustada que se ha escondido en las montañas para no ver las cosas que más le asustan.

—Yo dije que temía que tú...

—Sí, ya lo he captado. Que temes que no sea el hombre que te esperabas. No estás seguro. Muy bien. Eso hace que me sienta mucho mejor, Easy.

—¡No es así, Cole!

–Entonces, dime tú cómo es. Porque, en este momento, a mí me parece que es una pila de mierda, y no me refiero al estiércol de este compartimento, Easy –gruñó él, y tiró el rastrillo al suelo–. Es como un examen para ver si soy un hombre de verdad y puedo ocupar tu sitio, ¿no? Deberías habértelo puesto más fácil a ti mismo. Deberías haberle hecho caso a mi padre desde el principio. Así no habrías tenido dudas.

Se hizo el silencio. Cole se ruborizó y apartó la mirada de la expresión calmada de Easy.

–De eso exactamente estoy hablando –dijo Easy, después de unos segundos–. Tu padre era un buen hombre.

–Ya lo sé –dijo Cole, frotándose el dolor que sentía en el pecho–. Eso ya lo sé.

–Pero se equivocaba contigo, Cole. Tú eras muy trabajador, pero solo eras un chaval. Te merecías pasar un poco de tiempo buscando tu camino en la vida.

–Yo le fallé, Easy. Y me fallé a mí mismo, así que no me digas que él no tenía por qué sentirse decepcionado. Era un buen hombre, y yo...

–Sí, era un buen hombre, pero estaba muy asustado. No le gustaba ver que este sitio se iba convirtiendo en el patio de recreo de los ricos. Veía que ellos cambiaban las cosas. Los veía ir y venir, y tenía miedo de que un día tú te fueras con ellos.

–Y eso es justo lo que hice.

–Solo estuviste fuera dos meses, Cole. Eso es como unas vacaciones de verano.

–Lo suficiente para romperle el corazón.

–Tú no...

Cole hizo un gesto para interrumpirlo.

–No quiero hablar de esto, Easy. Ya sé lo que pasó.

Easy lo fulminó con la mirada y apretó la mandíbula con terquedad. Sin embargo, él también podía ser terco cuando quería. Le sostuvo la mirada a Easy y, al final, el otro hombre suspiró y cabeceó.

–Muy bien. Ya hablaremos después. Lo más importante es que no quiero que desaproveches esta oportunidad.

–¿Qué oportunidad?

–La última vez te encantó trabajar en esa película.

Cole se quedó boquiabierto. Después, soltó una carcajada de incredulidad.

–¿Te has vuelto loco? ¿Qué oportunidad? ¿Trabajar en una película? ¿De qué estás hablando? ¡Yo soy vaquero, maldita sea!

–Sí, has sido un buen vaquero. Un trabajador del que enorgullecerse. Pero tienes que tener en cuenta lo que ha sucedido, Cole. Tu pierna...

–Mi pierna está perfectamente –dijo Cole.

–Cole.

–Está perfectamente –repitió él–. Dentro de dos semanas, habré vuelto al rancho.

A Cole no le gustó cómo lo estaba mirando Easy. Recogió el rastrillo y dijo:

–Vamos, Easy. Si es eso lo que te preocupa, olvídalo. Por Dios.

Se sintió extraño. No quería seguir hablando de eso, pero Easy seguía mirándolo fijamente.

Cole empezó a darse la vuelta para terminar su trabajo, pero se abrió una de las puertas del establo y entró Madeline Beckingham. Se detuvo en el vano, con las manos en las caderas.

Cole y Easy se quedaron inmóviles un momento, mirándola.

–Cole Rawlins, te he estado buscando por todas partes. ¿Te estás escondiendo de mí? –preguntó ella, y se echó a reír, como si aquella idea fuera absurda. Cole ni siquiera sonrió–. Vamos. Tengo que encontrar un caballo para cabalgar hasta ese puente que hay más allá de la línea de los árboles.

—Pensaba que los coches estaban para eso.

—Es para una de las tomas del documental —respondió Madeline—. Es mucho mejor un caballo que un todoterreno. Además, hace casi un año que no monto, y ya sabes que me encantan los caballos. ¡Vamos! —exclamó, moviendo los dos brazos.

Cole miró a Easy.

—¿Vas a dejar que utilice a los caballos?

—Si ella sabe montar, no veo cuál es el problema.

—Estupendo.

Aunque Cole solo quería mantenerse apartado de Madeline, tuvo que acercarse a ella.

—Ahora eres mucho más serio que antes —le dijo ella, tomándolo del brazo para hacer que girara hacia el corral, que estaba a cierta distancia. Parecía que iban a dar un paseo.

—Ya no soy un niño —replicó él.

—¿Lo dices de verdad? A mí me parecía que eras un adulto muy guapo ya entonces. Pero tengo que admitir que me gusta tu nueva faceta oscura y peligrosa.

Él apretó los dientes y siguió andando.

—Nunca llegamos a despedirnos.

—Bueno, no creí que tú fueras a darte cuenta.

—Oh, vamos, Cole —dijo ella, y le apretó el brazo contra su cuerpo, asegurándose de que los músculos tocaran su pecho—. Sabes que me gustabas mucho.

De hecho, sí lo sabía. Lo sabía porque ella se lo había dicho a su amiga durante unas relaciones sexuales. Con él. Con los dos.

Dios Santo, había pensado que estaba en el cielo cuando se enteró de qué era, exactamente, la cita especial que tenían. Una de las amigas de Madeline había ido a Los Ángeles, desde Londres, para hablar de la financiación de una película, y parecía que a las dos les gustaba divertirse juntas. Cole estaba más que dispuesto, pero también se había quedado sorprendido. Y se sintió raro. Hablaban de él como si no estuviera allí, aunque estuvieran usando su cuerpo. Comentaban cosas sobre él, hacían bromas privadas, le decían lo que querían y cuándo habían terminado.

Extraño o no, él había estado satisfecho de contribuir. Pero, cuando el entusiasmo se había terminado...

Ella le dio un codazo para recuperar su atención.

—Esta noche tengo una cena, pero ¿por qué no vienes a verme después? Podemos tomar unas copas y reencontrarnos.

—No —dijo él de inmediato.

—¿Estás saliendo con alguien?

Pensó en Grace.

—No.

—Entonces, ven a verme. Hace mucho tiempo. Demasiado.

Él no dijo nada. Ya le había contestado que no. Sin embargo, Madeline no recibía negativas muy a menudo.

—Fue muy bueno, Cole. Fue maravilloso. Te eché de menos cuando te fuiste. Así que, esta noche, cuando empieces a acordarte de lo bueno que fue... Ya sabes dónde estaré.

Él estuvo a punto de preguntarle cuánta gente más iba a haber allí. Sin embargo, eso sería revelar demasiado. Y ni loco pensaba darle ninguna información.

—¡Oh, quiero ese pinto! —exclamó ella de repente—. ¿Puedo montarlo?

—Claro. El pinto está bien. Es joven y, seguramente, agradecerá el ejercicio.

La broma pasó desapercibida para ella. O, tal vez, no había sido demasiado graciosa.

Capítulo 15

Grace sintió alivio al saber que no tenía que volver a casa a solas con Eve. Uno de los fotógrafos de preproducción reconoció a Eve de unos cursos de fotografía que habían hecho hacía unos años, y le preguntó si quería cenar con él, así que Grace había hecho el viaje de vuelta en el asiento trasero, feliz de poder acurrucarse y hacer como si no estuviera allí.

A pesar de lo que le había dicho Eve, Grace todavía se sentía azorada por la escena de aquel día. Había sido el momento más mortificante de su vida, porque, en aquella ocasión, había una parte de verdad en las acusaciones de Willa. Porque ella había cometido una estupidez.

No quería quitarle nada a Scott, solo lo que él le había prometido. Y, entonces... Dios. Siempre había podido ser arrogante con las cosas que la gente le restregaba por las narices, porque se aseguraba de que nadie supiera lo suficiente de ella como para hacerle daño. La gente podía decir lo que quisiera, porque nadie conocía a la verdadera Grace Barrett.

Sin embargo, ahora sí había gente que conocía algo de verdad con lo que poder hacerle daño. Mucha gente.

Cuando llegaron a la Granja de Sementales, Grace

dio las gracias y las buenas noches, y salió rápidamente del coche.

De todos modos, ¿qué importaba?

Aquel solo era un lugar de paso para ella. No conocía de verdad a aquellas personas, y no iba a llegar a conocerlas. Cuando se marchara, ellos solo la recordarían como la chica del pelo morado con una mala reputación y un mal carácter. Demonios... Hacía pocos años, la idea habría sido deliciosa para ella.

—Debo de estar haciéndome vieja —murmuró mientras recorría el camino hacia la casa.

—¡Grace! ¿Eres tú?

—¿Jenny?

Jenny salió de la sombra de un pino y la saludó.

—Eh, esta noche salgo antes, así que me alegro de haberte encontrado. Ya le he dejado un mensaje a Eve, pero no tengo tu número. ¿Quieres que quedemos para salir el domingo por la noche?

—¿A Eve? —le preguntó ella, nerviosamente.

—Sí, las dos cumplimos años la semana que viene, así que he pensado que podríamos celebrarlo juntas.

—¿Quedando conmigo? No, no creo.

—¡Me prometiste que me ibas a enseñar a maquillarme!

—Oh... Yo no... —Grace agarró con fuerza el asa del maletín de cosméticos. De repente, le sudaban tanto las manos que pensó que se le iba a resbalar y a caer al suelo—. Eve es mi jefa. No creo que quiera salir conmigo.

—Este es un pueblo muy pequeño —dijo Jenny, riéndose—. No hay mucho donde elegir amigas. Ni novios, tampoco. Si no confraternizáramos, nos quedaríamos todo el día en casa, y eso no es nada divertido.

—Oh. Yo...

Mierda. Eso iba a ser embarazoso. Aunque, seguramente, Eve habría dicho que sí el día anterior, no diría que sí aquel día. ¿Por qué iba a querer salir con alguien como ella? Había tenido que preocuparse por si le robaba el coche.

—Vamos, por favor. Me lo debes. Y me lo prometiste. Y el domingo es mi único día libre de esta semana.

Grace se dijo que todo iría bien. Eve diría que no. Claro que iba a decir que no.

—Está bien. Claro. Me parece divertido.

—¡Bien! Después te doy mi dirección, ¿de acuerdo? Estoy impaciente.

—Feliz cumpleaños —dijo Grace, mientras Jenny la saludaba y desaparecía hacia el salón—. Casi.

Oyó que Jenny le decía adiós a la gente que estaba en el porche del bar y, después, el sonido del motor de su coche viejo, deportivo y amarillo. Aquel era un tipo de coche que solían conducir los hombres, y a Grace le gustó eso de Jenny: que condujera un coche ruidoso y grande. Tal vez ella se comprara un coche así algún día. O una moto para ir adonde quisiera. De hecho, podría comprársela en cuanto terminara de devolverle el dinero a Scott. Podría comprarse una barata e ir a Chicago. Nueva York. Toronto.

A cualquier sitio.

La idea de volver a una gran ciudad la animó. Allí podría volver a perderse entre la multitud. Podría trabajar durante el día y, durante la noche, llevar una vida aparte, donde nunca viera a la misma gente y nunca conociera a nadie. Y nadie supiera nada de ella.

—Dios, sí —dijo, y suspiró. Eso era lo que necesitaba. Ser invisible.

Por el momento, solo quería entrar al apartamento, darse una ducha y caer en el saco de dormir. Mientras caminaba hacia su puerta, miró hacia la de Cole y pensó en llamar. Podía decirle que necesitaba aliviar un poco su estrés. Sin embargo, entró en su apartamento. Antes, tenía que hacer otra cosa.

Sacó el teléfono móvil y llamó a Scott.

—¿Sí? —dijo él con impaciencia.

—¿Qué estás intentando hacerme? —le espetó ella.

—Vaya, hola, Grace —dijo él—. Pensaba que tal vez decidieras llamarme, finalmente.

—¿Me estás tomando el pelo? ¿Todo esto ha sido por una llamada de teléfono?

—No. Es para recuperar mi dinero.

—Ya te he prometido que iba a devolvértelo. Tengo un plan, y...

—Como te fuiste de Los Ángeles sin decir una palabra, no sé si tus promesas son de fiar o no.

—Sí, lo son, te lo juro. Ya estoy trabajando.

—¿En Wyoming?

—Sí, en Wyoming. Y, si quieres que te devuelva el dinero, lo mejor es que no les digas a la gente que me da trabajo que soy una ladrona.

—Grace —dijo él, y suspiró. Parecía que estaba exhausto—. Te fuiste de la ciudad y no me has devuelto ni un céntimo. Y hace meses que no trabajas.

—Ahora estoy trabajando, y te he dicho que tengo otro trabajo para dentro de unas semanas. ¡Y no soy una ladrona!

—No sé lo que crees que eres, pero te has llevado ocho mil dólares míos.

Grace se frotó la frente.

—Ya te he dicho que no quería llevarme eso. Tú te ofreciste a prestarme mil dólares, y yo pensé que el sobre...

—Te ofrecí ese préstamo cuando estábamos juntos. No te hagas la tonta.

Ella tragó saliva. Scott podía tener muchos defectos, pero no era tonto. Cuando había tomado prestado ese dinero, ella sabía que, posiblemente, él había retirado la oferta. Por eso había tomado el sobre y se lo había metido al bolso sin mirar el contenido. No pensó que hubiera más que doscientos o trescientos dólares dentro. Era dinero para los asuntos domésticos, no una cuenta de ahorros.

—Te creí —dijo él—. No quería pensar que fueras capaz de robarme, pero, ahora, me he enterado de que estás de fiesta en un pueblo de esquí...

—¡Estamos a mediados de verano y estoy trabajando! Mi tía abuela vive aquí y me ofreció un sitio para quedarme.

—No sabía que tenías una tía abuela.

—Sí, no tenemos mucha relación. Tiene setenta años.

—Mira, Grace, lo siento, pero...

—Pero ¿qué? ¿Me has denunciado?

Él se quedó callado un instante tan largo, que a ella empezaron a temblarle las manos.

—No, pero lo haré si es necesario.

—Yo abandoné muchas cosas por ti —dijo ella con los labios entumecidos.

Scott se rio en un tono de desconcierto.

—Te quedaste sin trabajo y yo te ofrecí que vinieras a vivir aquí. ¿Qué es lo que tuviste que abandonar?

—No me refiero a eso —dijo ella. Sin embargo, las palabras le sonaron débiles incluso a ella. Él no podía saber lo que ella había dejado—. Te mandaré algo de dinero dentro de unos pocos días, ¿de acuerdo? Y te mandaré todo lo antes que pueda.

Entonces, colgó, antes de que él pudiera responder.

Ella había dado mucho por Scott. En primer lugar, estaba trabajando en aquel rodaje por él. Él quería que ella tuviera más éxito, y la había convencido de que ese era el siguiente paso en su carrera, lo más lógico que podía hacer.

Ella había conseguido dejar de vivir en la calle, había encontrado su don y había ido a la escuela. Poco a poco, había encontrado cierta seguridad en la vida. Sin embargo, nunca se había sentido segura del todo: había vivido en apartamentos malos, había tenido coches malos. Siempre había vivido de manera algo precaria.

Sin embargo, había vivido su vida. Y su vida era buena. Entonces, había conocido a Scott, y él había empezado a hacerle preguntas. «¿Por qué no te esfuerzas más? ¿Dónde vas a estar dentro de cinco años? ¿Es que no quieres superar retos?». Él era quien le había metido en la cabeza sus inseguridades acerca del dinero y la seguridad. La había convencido de que su vida no era suficiente. Y ella se lo había permitido.

Había cambiado por él, como esas chicas tontas a las que ella siempre criticaba. Como su madre. Ella había cambiado por un hombre y lo había perdido todo. Se lo merecía.

Nunca volvería a hacerlo. Nunca volvería a cambiar sus propias necesidades, nunca volvería a sentirse tan inferior como para tener miedo de enfadar a un tipo que pudiera echarla.

Su madre siempre había hecho eso. Y, que ella supiera, seguía haciéndolo. Era una compañera dócil para un hombre tras otro.

Grace estaba a punto de apagar el teléfono cuando sonó. Sin embargo, en la pantalla no apareció el nombre de Scott, sino el de Cole.

–¿Puedo conseguir que vengas a tomar una copa conmigo? –le preguntó él en cuanto ella respondió.

–Una copa –repitió ella, mirando hacia la puerta.

–Sí. Es un ofrecimiento de paz.

Parecía que estaba intentando ser encantador, pero ella percibió cierta tensión en su voz. Estaba muy estresado, como ella.

–Ya me has pedido disculpas –respondió Grace–. Y yo las he aceptado. Así que no necesito que me hagas un ofrecimiento de paz.

–Claro.

A ella todavía le temblaban las manos, y estaba muy tensa. Respiró profundamente.

–Pero, si para lo que me estás llamando es para aceptar mi oferta de acostarnos otra vez, entonces, sí. Hagámoslo.

Se oyó un silencio.

–¿Ahora? –preguntó él, por fin.

–Dentro de un rato, si quieres.

–Sí –dijo él.

–Bien. Voy a darme una ducha. Nos vemos ahora.

Colgó con una sonrisa. Los hombres eran muy raros. Nunca sabían cómo reaccionar cuando una mujer les proponía mantener relaciones sexuales. Pensaban que era un truco, o un espejismo. Como si ella no pudiera desearlo tanto como ellos. En aquel momento, necesitaba un desahogo, e iba a tomarlo.

Mientras se tomaba un sándwich de mantequilla de cacahuete, oyó el sonido del agua por las tuberías. Cole se estaba duchando. En aquella ocasión, ella quería verlo desnudo, no medio desvestido. Quería notar su cuerpo bajo las manos. Aquella idea la excitó rápidamente, completamente. Deseaba a Cole en aquel mismo instante.

Tiró lo que le quedaba de sándwich y se dio una ducha. Después, se aplicó su crema corporal favorita. Quería que él gimiera al tocarla, que se excitara con el más ligero roce de su piel.

Cuando estaba terminando de secarse el pelo, oyó que Cole llamaba a la puerta. Él tampoco podía esperar. Ella apagó la luz y caminó lentamente hacia la puerta.

–¿Querías algo? –le preguntó cuando abrió.

Y, entonces, él la tomó entre sus brazos y la besó. Sí, quería algo, casi con tanta vehemencia como ella. Justo cuando le estaba metiendo los dedos entre el pelo, oyó que otro hombre carraspeaba.

Grace abrió los ojos y vio a Shane en la entrada del edificio, cerrando la puerta.

—Disculpadme —dijo, levantándose el sombrero—. Os daré privacidad.

—Vete a la mierda, Shane —gruñó Cole, contra su boca. La hizo girar, la apoyó contra la pared y cerró la puerta de su apartamento con un pie—. Bueno, ¿dónde estábamos?

—Aquí mismo —dijo ella y deslizó las manos por su trasero para estrecharlo con fuerza contra su cuerpo.

—Perfecto —él bajó la boca hasta su cuello para provocarla.

Dios, pensó Grace. Podría hacerse adicta a aquello. Al hecho de sentir su boca en el cuello, succionando, arañando y mordiendo. Le hacía gemir y gimotear de una forma que ojalá pudiera ocultar. Sin embargo, no importaba; el placer físico era eso. Él hacía que se sintiera bien, y no tenía por qué avergonzarse. Era evidente que ella también excitaba a Cole, así que, buenos momentos para todos.

Él le subió la camiseta, y ella hizo lo mismo por él. No se había molestado en ponerse sujetador, así que sus pechos desnudos se tocaron, y ella sintió el calor abrasador de su piel, que la quemó hasta los huesos.

Le desabrochó el pantalón y se lo abrió, todo ello, en diez segundos.

—Quiero que te quites la ropa —le dijo.

—Por supuesto —respondió él, pero no iba a hacer lo que ella quería. Estaba ocupado acariciándole la espalda y besándole el hombro. A Grace le encantaba, pero necesitaba que él se desnudara.

—Quítate las botas —dijo con voz quejumbrosa—. Y los pantalones vaqueros.

—De acuerdo —respondió Cole, pero deslizó las manos hacia delante para tomarle los pechos. Ella gimió al sentir sus caricias, pero lo apartó de un empujón.

—Desnúdate. Ahora mismo.

Entonces, se bajó los pantalones vaqueros para animarlo, y pareció que eso funcionaba. Él se quitó las botas y se bajó los pantalones, sin apartar ni un segundo la mirada del cuerpo de Grace. Ella le devolvió el favor devorándolo con los ojos. Ya estaba completamente endurecido y preparado para ella.

En cuanto estuvo desnudo, intentó tocarla, pero ella lo empujó y le obligó a apoyar la espalda en la pared.

—Me encanta tu cuerpo —susurró contra su clavícula, mientras extendía los dedos sobre su pecho. Su vello era muy suave, y sonrió al palparlo de nuevo. Y el contacto de su miembro erecto contra el vientre, eso también le hizo sonreír.

Le pasó las manos por los costados y por el trasero, y lo estrechó con fuerza contra ella, y oyó que gemía. Quería que gimiera y que gruñera. Dios, quería que gritara de lujuria. Por ella.

Grace se puso de rodillas.

—Oh, Dios mío —susurró él.

Por un momento, ella se limitó a posar la mejilla en su abdomen. Lo sujetó por el trasero y giró la boca hacia su vientre. Le encantaban su sabor y el olor de su piel. El calor de su carne. Cole tenía algo. Había algún tipo de química entre ellos. Solo su olor conseguía que ella se sintiera excitada y húmeda.

Tomó su miembro con una mano y pasó la boca por aquella deliciosa línea de músculos que empezaba en su cadera.

Él jadeó, y Grace sonrió, intentando decidir si le tomaba el pelo o le daba lo que quería. Pero también era lo que quería ella. Y, si había algo que se le daba bien, era tomar lo que quería.

Le apretó el miembro y, lentamente, deslizó los labios abiertos por el extremo.

—Grace —gimió él, con la voz enronquecida.

Ella alzó la vista, y se encontró con que él la estaba observando con los ojos entrecerrados y la mandíbula apretada, como si fuera de granito y acero.

Grace también entornó los ojos.

—Dime lo que quieres —lo desafió, sabiendo que su respiración le rozaba la piel húmeda.

—Ya sabes lo que quiero.

—¿De verdad? —preguntó ella, y dejó que su labio inferior se deslizara sobre él. Lo saboreó. Era salado, y estaba resbaladizo contra su boca—. ¿Cómo voy a saber lo que quieres si no me lo dices?

—Grace —susurró él.

—¿Umm? —ella volvió a besarlo, con una presión ligera, cruel.

Cole se quedó callado, y ella tuvo que contenerse para no sonreír. Él no quería jugar a aquel juego. Ella, tampoco, pero era él quien la había persuadido. Y ella iba a persuadirlo a él. Lentamente, le acarició el miembro hacia arriba, y pasó la lengua para lamer la diminuta gota de líquido que ella misma había hecho brotar.

—Umm...

—Oh, Dios —gimió él—. Por favor.

—¿Por favor, qué?

El respiró profundamente y se estremeció.

—Por favor... tómame en tu boca.

Ella se echó a reír, pero en realidad sus palabras fueron como un golpe, como una descarga violenta de lujuria que casi la derribó allí mismo. Aquel era un secreto que ella no conocía. No era de extrañar que él la hubiera presionado tanto aquella noche. Era mágico, el hecho de tener el poder sobre el cuerpo de otra persona, sobre su voz, su voluntad y su orgullo.

Dios.

Grace separó los labios y apretó la boca abierta contra él. Dejó que su lengua lo tocara, y oyó que él inhalaba bruscamente una bocanada de aire.

Mientras su sabor se le extendía por la lengua, a ella se le aceleró el corazón, y la tensión que sentía entre las piernas se intensificó. Dejó que él se resbalara por su lengua hasta que sus labios estuvieron alrededor del extremo; entonces, succionó y oyó sus gemidos. De nuevo, tuvo ganas de echarse a reír de pura alegría, pero deslizó su miembro hacia fuera y volvió a tomarlo, en aquella ocasión más profundamente.

—Sí —susurró él, y movió las caderas un poco hacia delante.

Ella jugueteó con la lengua, frotándolo y succionando, y volvió a alzar los ojos hacia él, con una mirada de diversión. No parecía que a él le hiciera mucha gracia.

—Más —le ordenó.

Y ella sintió otra descarga de lujuria en las venas. Era un hombre grande. Grande y seguro de sí mismo, y abrumadoramente masculino. Y a ella le gustaba que le diera órdenes, le gustaba más de lo que hubiera imaginado.

Tomó más. Sus labios se extendieron a su alrededor, y a Cole se le entrecortó la respiración. Ella sabía que no iba a poder tomarlo por completo, así que apretó el puño alrededor de la base de su miembro y lo movió al mismo ritmo que la boca.

—Oh, sí —gimió él—. Así. Dios, así.

Ella siguió deslizándolo fuera y dentro de la boca. Tomando cada vez más, tal y como él le había ordenado.

—Grace. Dios mío… sí, así, por favor.

Él le tocó la cabeza con una mano, solo rozándole el pelo. Ella sabía que quería retorcer la mano en su cabello y hacer que lo tomara hasta el final. Era raro que pudiera sentirse tan poderosa así, de rodillas ante él. Era como si pudiera conseguir que aquel hombre adulto llorara por ella.

Estaba tan excitada, que casi sentía desesperación. Apartó la boca de él, lentamente, y se maravilló de lo mucho que había podido tomar.

Él estaba jadeando, mirándola, con los ojos brillantes y la mirada un poco perdida.

—Ven aquí —susurró Grace.

Él no entendió lo que le decía, porque estaba en blanco, desconcertado, pero, al final, se puso de rodillas y la besó, mientras su miembro le presionaba el vientre. Ella lo empujó hasta que estuvo incorporado, se sentó en sus muslos y lo empujó de nuevo para que se tendiera boca arriba.

—¿Condón?

—Sí, sí —dijo él, y miró sus pantalones vaqueros un momento, como si no estuviera seguro de sus movimientos. Por fin, pudo alcanzarlos, justo cuando ella lo tomaba en la mano.

—Dios —musitó Cole, y ella cerró los dedos alrededor de su miembro húmedo. Él se hizo un lío con el paquete del preservativo mientras ella lo acariciaba de arriba abajo.

—¿Te gusta? —le preguntó con picardía.

—Ya sabes que sí, demonios.

Por fin, el plástico cedió. Él lo rasgó, pero hizo una pausa para verla deslizando el puño hacia arriba y hacia abajo por su cuerpo.

—¿Qué quieres ahora? —preguntó Grace, elevándose sobre las rodillas para mirarlo.

—A ti. Por favor. Quiero que te pongas sobre mí.

—¿Sí? —ella volvió a acariciarlo y tomó el preservativo.

—Sí —dijo él con la voz quebrada.

Ella deslizó el preservativo y se colocó un poco más hacia arriba. Después, bajó el cuerpo hasta que su miembro le rozó el sexo hinchado. Mientras ella suspiraba de alivio, él la tomó de las caderas e hizo que siguieran acariciándose así, y ella fue la que empezó a jadear.

—Oh —suspiró, cuando el grosor de su miembro la presionó y empezó a penetrar en su cuerpo—. Sí.

Él tenía la mandíbula apretada y los músculos del cuello muy tensos.

—Sí —volvió a susurrar Grace.

Se sentía llena y tirante, y solo habían llegado a la mitad. Se elevó y se inclinó hacia atrás, y el placer que le proporcionó aquel movimiento la hizo jadear de nuevo. Él le apretó las caderas con los dedos, pero permitió que ella controlara las acciones, incluso cuando elevó tanto el cuerpo que su miembro salió completamente. Emitió un murmullo de irritación, o de desesperación, Grace no estaba segura, pero no la empujó hacia abajo.

Para recompensarlo, bajó de nuevo las caderas y volvió a tomarlo en su cuerpo, en aquella ocasión más profundamente. Después, se elevó solo un poco y, cuando volvió a bajar, lo tomó por completo.

Él cerró los ojos y frunció el ceño, como si estuviera concentrado.

A ella le gustaba aquello. Con él. Solo quería tomar algo de él, pero le gustaba la participación de Cole en aquello tanto como la suya.

—Cole —le dijo.

Él abrió los ojos, y ella empezó a moverse. Al principio, lentamente, notando el deslizamiento de cada centímetro de él dentro de su cuerpo. Él le clavó los dedos con tanta fuerza que la carne se le quedó entumecida, pero a ella no le importó. Le gustaba aquel recordatorio de su poder. Aunque no lo necesitara, en realidad. Veía su pecho ancho bajo ella, sus caderas estrechas y musculosas.

Deslizó una mano por su propio vientre y se acarició a sí misma y también a él, cada vez que el miembro húmedo y caliente salía de su cuerpo. Después, se tocó el clítoris.

Cole elevó la cabeza con los ojos muy brillantes.

–¿Quieres mirar? –preguntó ella con una sonrisa.

–Sí.

Entonces, él tomó el control de sus caderas, y ella se alegró, porque pudo concentrarse en acariciarse mientras él dirigía los movimientos, cada vez más rápidos.

–Dímelo –le ordenó ella–. Dímelo.

–Dios, eres deslumbrante. Perfecta. Y noto tu cuerpo tan caliente alrededor del mío... Dios...

Ella jadeó al oír sus palabras.

–¿Vas a correrte así? –le preguntó él.

–Sí –susurró ella–. Sí, sí, sí.

–Bien, pues quiero verte.

Cole empezó a embestir contra su cuerpo mientras le bajaba las caderas, y a Grace se le escapó un jadeo ante aquella brutal invasión.

–Quiero verte mientras te corres y sentir cómo te contraes a mi alrededor.

–Sí. Oh, Dios. Cole. Yo...

Grace se inclinó hacia delante y posó la mano libre en su pecho. Le clavó las uñas en la piel y cerró los ojos mientras se acercaba más y más al clímax.

–Oh, Dios.

Entonces, él dijo su nombre y la urgió a que continuara, le dijo exactamente lo que tenía que hacer y lo que tenía que sentir, y Grace notó aquellas sensaciones tensas enroscándose en su cuerpo, cada vez más, hasta que...

–¡Oh, Dios! –gritó, cuando su cuerpo se hizo mil pedazos con un espasmo violento. Él acometió con las caderas hacia arriba y se mantuvo en su interior mientras ella tenía el orgasmo. Después, cuando las oleadas de placer se desvanecieron, la bajó hasta su pecho y, lentamente, los hizo girar hasta que estuvo sobre ella, entre sus piernas.

–Grace.

Le apartó el pelo húmedo de la cara y la besó con una dulzura sorprendente para un hombre que aún no había llegado al clímax. Sin embargo, ella todavía estaba recuperando el aliento cuando él recuperó la urgencia.

Le tomó las manos y se las sujetó hacia abajo, como aquella primera noche, agarrándola por las muñecas.

Ella gimió, con sorpresa y lujuria, pero también negándose a disfrutar de aquello. Sin embargo, cuando Cole empezó a moverse de nuevo, ella no pudo negar que era increíblemente delicioso. Estar llena de él y estar sujeta por él al mismo tiempo. La sensación de ser tomada era mucho más intensa.

Él acometió lentamente, pero sin piedad, y se hundió en ella lo más profundamente que pudo. Sus manos le transmitían una conexión extra, pero, cuando él se estremeció y tuvo el orgasmo, Grace deseó que sus muñecas estuvieran libres. Deseó poder abrazarlo y sentir los músculos de su espalda. Y aquel pensamiento fugaz y extraño la asustó más de lo que nunca podría asustarla su brusquedad.

Capítulo 16

Cole frunció el ceño al salir del baño y mirar a su alrededor por el apartamento. No había ni un solo mueble.

—¿Dónde están tus cosas, Grace?

Ella se abrochó los pantalones vaqueros y no miró a Cole.

—Gracias por esto.

—¿Gracias por esto? ¿De verdad?

—Sí, de verdad. Era justo lo que necesitaba. He tenido un día muy malo, por si no te has dado cuenta de lo que ha pasado en el rancho.

Él quería saber más de eso. ¿Quién era esa mujer que se había puesto a decir cosas tan desagradables sobre ella? Y quería saber, también, si alguna de esas cosas era cierta.

—¿Quieres ir a tomar esa copa ahora? Tengo algo de cerveza en mi casa.

—No, gracias.

—¿Vas a quedarte aquí? —dijo él, mirando de manera elocuente su apartamento—. ¿A meditar? Este es un ambiente muy *feng shui*.

—Que te den, Cole —dijo ella. Abrió la puerta de par en par y enarcó las cejas. Cole se alegró de que ninguno de sus amigos estuviera en el descansillo en aquel momento, teniendo en cuenta que estaba completamente desnudo.

—Eh, por favor, Grace, cierra la puerta hasta que me ponga la ropa.

Ella lo miró con impaciencia, pero cerró.

—No te gusta mucho charlar después del sexo, ¿eh?

—No.

Cole tomó su ropa.

—Bueno, entonces, no tenías nada cuando te mudaste aquí, ¿no? —preguntó, intentando que la consternación que estaba sintiendo no se le notara en el tono de voz.

—Vine en autobús. No podía traer muebles.

—Lo dejaste todo en tu antigua casa.

—Algo así —dijo ella. Entonces, cuando él empezó a ponerse la ropa interior, ella bajó la mirada—. Esa cicatriz... ¿es de cuando te rompiste la pierna?

Él se miró la cicatriz.

—Ven a mi casa a tomar algo. Por favor.

—No me apetece tomar nada.

—Entonces, ven a mi casa.

¿Qué demonios hacía ella todas las noches en aquel apartamento? No era de extrañar que fuera tan silenciosa. No tenía televisión, ni equipo de música. Solo un montón de libros en la habitación junto a un saco de dormir.

Él se puso la camisa y las botas.

—Vamos, ven conmigo. ¿Has cenado? —le preguntó, mientras abría la puerta e intentaba que ella saliera.

—Sí —le espetó Grace—. No soy un gato callejero. No necesito que me des de comer.

—Muy bien. Entonces, vamos a desnudarnos y nos acostamos en mi cama. Lo demás no me importa un bledo.

Como de costumbre, eso hizo reír a Grace. Una pulla insensible. Ella sonrió, incluso, y lo siguió a su apartamento. Sin embargo, cuando estaban dentro, se quedó de pie con los brazos cruzados, como si se sintiera incómoda de nuevo.

Cole ladeó la cabeza hacia el dormitorio.

—Vamos. Ya sabes dónde está.

—Pensaba que me habías ofrecido tomar algo.

—Ah, te llevaré la cerveza cuando estés en la cama, pero antes, no.

Sorprendentemente, ella se fue hacia el dormitorio. Él solo estaba bromeando, pero ella puso los ojos en blanco, se echó a reír y se encaminó hacia la habitación. Él creyó que la veía empezar a desabrocharse el pantalón, y tragó saliva.

Mierda. No la comprendía. Era un misterio para él. Era como caminar por un campo de minas. En cualquier momento, todo podía explotar con violencia.

Él había pensado que era la típica chica de ciudad que quería mantenerse delgada y tener un apartamento minimalista. Había permitido que le cegaran los prejuicios. Lo que ocurría de verdad era que no tenía muebles. Ni comida. Ni dinero.

Por lo menos, ya sabía que no había robado los ocho mil dólares. Dudaba que tuviera ochenta dólares en total.

Tomó dos cervezas, las abrió y fue al dormitorio.

Ella se había quitado el pantalón, pero tenía la camiseta puesta, y unas bragas amarillas. Mejor, se dijo él, mientras le entregaba la cerveza. Quería hablar con ella y, si estaba desnuda, su trasero lo distraería. O sus pechos. O aquel tentador triángulo de vello perfecto que tenía entre las piernas.

Sí. Aquello estaba bien.

Pero, por si ella prefería ver un poco más de piel, se quitó la ropa y se quedó en calzoncillos. Mientras, Grace se tumbó sobre el colchón y apoyó la cabeza en el cabecero. Él se tendió a su lado y le hizo un brindis.

—Por una noche estupenda.

—Sí, claro que sí.

Estaba tomándose un trago cuando notó que ella le posaba una mano en el muslo. Lo tocó delicadamente.

—¿Te duele?

—Sí. Pero no cuando tú lo tocas. La incisión se curó hace mucho.

—¿Qué te pasó?

—Ya te lo había contado. Un caballo entró en pánico. Era un macho recién domado. Alguien arrancó un coche justo al lado del corral, y él se asustó, retrocedió y chocó con el caballo con el que yo estaba trabajando. El animal perdió el equilibrio y se me cayó encima.

—Sí, pero esto es la cicatriz de una operación.

—Se me fracturó el fémur. Tuvieron que ponerme placas y tornillos.

Ella trazó con el dedo la cicatriz más larga y, después, tocó cada uno de los puntos blancos, que parecían agujeros de bala.

—Pero ahora, ¿ya está bien?

—No del todo.

—Pero ¿lo estará?

—Hay muchas posibilidades.

Ella lo miró a los ojos mientras posaba de nuevo la palma de la mano en su muslo.

—Te vas a recuperar del todo.

Él sonrió. Estaba fascinado de verla ser tan dulce.

—¿Tú crees?

—Sí. Eres un vaquero fuerte y grande.

—No tan fuerte como era antes.

—Um... Pero sí tan grande —dijo ella, y jugueteó con los dedos por encima de su miembro, que ya estaba bastante erecto gracias a las atenciones y a la cercanía de Grace.

—Eres una aduladora.

—Puedo ser encantadora cuando es necesario.

Él se inclinó hacia ella y le besó el cuello.

—El encanto tiene muchas formas diferentes.

—No te hagas demasiadas ilusiones.

—De acuerdo –dijo Cole. Después, le subió el bajo de la camisa y pasó el dedo pulgar por las líneas negras de su tatuaje.

—Cuéntame lo del tatuaje.

—Ya te lo conté.

—No, no es verdad.

Ella ladeó un poco la cabeza, dándole a entender que quería otro beso. Así que él volvió a besarla y le mordisqueó un segundo el lóbulo de la oreja.

—Algún día me lo vas a contar, ¿sabes?

—No, no lo sé –dijo ella, pero su cuerpo se relajó contra el de él, y suspiró.

—Está bien. Pues cuéntame quién es esa mujer, la bruja que ha intentado causarte problemas.

Entonces, el suspiro de Grace fue de frustración.

—Oh, Dios. No sé nada de ella. Creo que la conocí en alguna fiesta de Los Ángeles. Es obvio que conoce a mi exnovio.

—¿Y crees que lo ha hecho por él? ¿Por tu ex?

Grace frunció el ceño.

—No, no creo. Creo que quería alardear delante de Madeline.

—Ah, claro. La gente dice mentiras por mucho menos.

Grace se incorporó y apoyó la espalda en el cabecero. Tomó un sorbo de cerveza.

—¿Y si no es mentira?

—¿Qué parte? Ya me has dicho que no tomas drogas, y sé que no bebes mucho. ¿Eres una ladrona?

—¿Y si lo fuera?

—No sé –dijo él con sinceridad–. De todos modos, sé que no te llevaste ocho mil dólares.

—¿Por qué?

—Porque duermes en un saco tirado en el suelo. O eres la ladrona más espartana que conozco, o no es verdad.

—Pero ¿y si lo fuera? ¿Y si yo fuera una ladrona?

—¿De qué estamos hablando? ¿De robar coches, o secretos de estado? ¿Del alijo de porno pervertido de tu exnovio?

Ella sonrió un poco.

—No. De todos modos, no importa. Fue un malentendido. Y, ahora, él se está comportando como un gilipollas.

—¿Por qué rompisteis?

A ella se le borró la sonrisa de los labios y se cruzó de brazos.

—No nos llevábamos muy bien. Eso es todo.

Siguieron tomando cerveza en silencio durante un rato. Finalmente, él se atrevió a seguir preguntándole.

—¿Y por qué no os llevabais bien?

Ella negó con la cabeza.

—Lo siento, pero ¿crees que te voy a contar mis secretos después de cómo me trataste anoche? ¿Es que piensas que soy tonta?

—Lo siento, de verdad. Todo esto del rodaje... es un tema delicado para mí.

—No pasa nada.

—No, sí pasa.

—No, de verdad. Has vuelto a acostarte conmigo, ¿no? Pues déjalo.

Sí, pero eso no era suficiente. Tenía la necesidad de que ella le dejara ver algo más que su cuerpo. No sabía por qué. Sus ojos oscuros le volvían loco, y sus sonrisas frías, también. Y el hecho de que ella no estuviera sorprendida por cómo la había tratado.

Le tenía fascinado y, al mismo tiempo, hacía que se sintiera como una porquería.

Tenía que saber más. Tal vez, si él le ofrecía algo de información, ella le correspondiera.

—Trabajé con Madeline Beckingham cuando ella estuvo rodando una película aquí, hace trece años. Me dejé conquistar por toda la atención. Pero no me gustó lo que me aportó.

—¿Trabajaste de actor?

—Al principio solo fui un extra. Después, ayudé en las clases de equitación. Trabajé con los dobles. E hice un pequeño papel.

—Pero nada de eso es una explicación para la ira que sientes.

Ahí estaba la parte delicada. Decir la verdad, sin acercarse al quid de la cuestión. Él también se apoyó en el cabecero de la cama, y suspiró.

—Me dejé cegar por todo ello. Me volví arrogante. Madeline me prometió muchas cosas, y yo me las creí. Fui tan tonto que dejé el puesto en el rancho, en el que llevaba cuatro años trabajando. Me alejé de mis amigos en el momento en el que había más trabajo de toda la temporada. Dejé a la chica de la que había estado enamorado durante dos años. Me comporté como si fuera mejor que mis amigos. En general, me comporté como un gilipollas engreído y muy satisfecho consigo mismo.

—¿Y qué tiene eso que ver con las chicas como yo?

Él se miró las manos.

—Tú no eres como esas otras mujeres. No tenía que haber dicho eso.

—Y ¿cómo puedes estar seguro?

—No eres tan refinada.

—No, yo soy un poco bruta, ¿eh?

Era más que un poco bruta, pero él no iba a decírselo. No, quiero decir que ellas son más refinadas de una manera falsa. Son suaves y bellas como el plástico.

Perfectas. Tacones altos en un suelo de tierra. Tú no te conviertes a ti misma en algo diseñado para atraer.

—Eh... ¿acabas de decir eso, de verdad?

—No hablo en el aspecto sexual. Es obvio que me siento atraído por ti.

—Eso es el antiguo atractivo del sexo gratis en la puerta de al lado.

—Vamos. Sabes que eso no es verdad.

Ella se rio de él, agitando la cabeza.

—Claro que lo sé.

—Quería decir que tú te presentas a ti misma con una advertencia. Eso es ser franco, ¿no? Quieres que la gente piense que no tienes nada de suave.

—Es que no lo tengo —dijo ella, rápidamente.

Él posó la mano en su muslo blanco, y se maravilló al ver el contraste de su propia piel, bronceada y llena de cicatrices, con la pierna perfecta de Grace.

—A mí me parece que eres muy suave.

—No te hagas ilusiones. No lo soy, y nunca lo he sido.

—¿Por qué? —le preguntó él, intentando que pareciera una pregunta intrascendente, como si no le importara en absoluto.

Y funcionó.

—Mi vida ha sido un poco difícil. Tuve que cuidarme yo solita.

—¿Siempre has vivido en Los Ángeles?

—No, no siempre, pero sí muy cerca. En Long Beach. En Riverside. En San Bernardino. Y en pueblos pequeños del desierto. Cuando yo era pequeña, nos mudábamos muy a menudo.

—¿Tu familia y tú?

—Mi madre y yo —dijo ella. Se terminó la cerveza, se levantó y fue a la cocina—. ¿Quieres más? —le preguntó. Llevó a la cama otras dos, y se tumbó de nuevo a su lado. Cuando se colocó de nuevo, se le subió la camisa un poco, y él pudo aprovechar la oportunidad para deslizar la mano hacia arriba, por su cadera.

Observó el tatuaje bajo sus dedos, con fascinación. Ella tenía la piel blanca e inmaculada salvo por aquellas líneas negras y, cubriendo ambas cosas, sus dedos morenos. Después de tantos años de golpes con el cuero, el acero, la madera y el alambre de espino, parecía que una máquina le había aplastado las manos. Sin embargo, ella tenía una piel impecable, como si nunca la hubieran tocado y, mucho menos, dañado.

Pero aquello era una suposición que solo servía para aumentar el misterio. Cole sabía que no debía intentar resolverlo, pero no podía contenerse.

—Debiste de ser muy pequeñita, de niña —murmuró él.

Ella intentó no sentir el contacto de su mano en el vientre. Intentó fingir que no se sentía pequeña, también en aquel momento.

—Sí —respondió ella—. No parecía muy dura, así que tuve que serlo.

—¿Malos barrios?

Ella se quedó callada mirando la cerveza y viendo, en su lugar, una docena de apartamentos diferentes, en una docena de sitios diferentes.

—Mi madre no estaba mucho conmigo. Eso es todo.

—¿Y tu padre?

Esa era una respuesta más fácil. Esa, ni siquiera le hacía daño.

—No lo conocí. ¿Y tus padres? ¿Te criaste en Bonanza? ¿O en...? ¿Cómo se llamaba esa otra? ¿Gunsmoke?

—¿Me estás preguntando si mi madre era una prostituta del Salvaje Oeste?

Ella se atragantó y se apretó la boca con la palma de la mano para mantener la cerveza dentro.

—Oh, Dios —jadeó, por fin—. No hagas eso cuando estoy bebiendo un trago.

—Tú eres la que lo ha dicho.

—Bueno, es que se me había olvidado la señorita Kitty. Lo siento. No quería dar a entender nada por el estilo.

—Por lo menos, ella tenía un corazón de oro. Pero, no. Mi padre fue trabajador de un rancho toda su vida. Mi madre nos dejó cuando yo tenía diez años. Ahora está casada con un comercial, y viven en Casper. Cuando era pequeño, me obligaban a ir a pasar los veranos con ellos, pero yo no dejaba de escaparme, así que se terminó. Era muy aburrido.

—En realidad, parece muy triste.

—No, no estaba mal. Cosas normales de los niños.

Ella lo miró a los ojos. Cole tenía unos ojos azules, claros y puros.

—¿Estás seguro?

—Todo el mundo tiene cosas de esas en su vida. Cosas que otra gente no ve.

—Puede ser —murmuró ella, bajando la mirada para que él no viera que le entristecía su historia—. La gente no se para a mirar ni a pensar demasiado.

—No. Pero a mí me gusta mirarte a ti, Grace. Yo no creo que seas tan dura como pareces.

Ella se echó a reír.

—Eso no es verdad. No pienses cosas así. Yo no puedo ser blanda ni suave, con nadie.

—¿No?

—No —susurró Grace.

Él la tomó de la mano y sus dedos se entrelazaron, y ella no supo si ese gesto la reconfortaba o la asustaba.

—¿Por qué? —le preguntó él.

—Esa es una pregunta muy tonta. ¿Por qué? Porque la gente es repugnante. ¿Es que no te habías dado cuenta?

—No todo el mundo.

—¿No? ¿Y tú, Cole? ¿Cómo crees que me habría sentido yo esa primera vez si fuera una chica suave y dulce? ¿Si te hubiera dejado que me inclinaras sobre tu sofá como si me hubieras pagado y, después, me lo hubieras echado todo en cara antes de que me pusiera la ropa?

Él se ruborizó tan rápidamente como si ella lo hubiera abofeteado.

Grace sonrió.

—Porque, si yo confiara en la gente, seguramente no se me habría pasado por la cabeza que tú fueras a hacer algo así. Pero yo no confío en nadie, así que no pasó nada. ¿Ves cómo funciona?

—Lo siento —dijo él—. Yo no... Tienes razón. Eso fue horrible.

—Claro que lo fue. Pero todos somos horribles, Cole. Yo, también. Lo mejor que podemos hacer es pasárnoslo bien.

—Tú no eres horrible.

—Oh, Dios —dijo ella y se echó a reír—. ¿De verdad? Lo que ha dicho esa bruja sobre mí, aunque no fuera cierto, sí lo ha sido en el pasado. Yo robaba cosas en las tiendas, por ejemplo. Me llevaba ropa, comida y zapatos porque pensaba que tenía derecho a hacerlo. Yo no tenía nada, y esa gente, sí, así que, ¿por qué no? Y tomé drogas cuando necesitaba olvidar cómo era mi vida. Cuando quería convencerme de que solo estaba con mis amigos haciendo el tonto en el parque, y de que, en realidad, no vivía allí.

—Eso es...

—Y les he dicho a los hombres que los quería porque era más fácil que no corresponderles. Porque, así, me ganaba unas semanas más sin tener que estar sola. Pero nunca he querido a nadie, Cole. No, del modo que se supone que tienes que querer.

—Pero esas cosas no son malas, Grace. Tú solo...

—Todo fue malo. Todo. Pero, sin embargo, siempre salgo escaldada cuando hago algo bueno. Valerme por mí misma. Decir las cosas alto y claro cuando pienso que están mal. Intentar mejorar mi vida. Así que quiero empezar de nuevo. Ir a un sitio donde nadie me conozca.

—¿Estás huyendo?

—Puede ser. ¿Qué importa? Solo es una cuestión de semántica. No me importa. No me siento avergonzada por ello. Tengo otras muchas cosas de las que avergonzarme.

—¿Como qué?

Pensó en Scott, y notó que se le formaba un nudo en la garganta. No porque lo hubiera querido, sino porque había renunciado a cosas muy importantes que creía sobre sí misma. Y a cambio de nada. Si hubiera estado enamorada de él, tal vez, al mirar atrás, habría tenido una excusa para justificar su comportamiento. Aunque, por otro lado, también se alegraba mucho de no haberle entregado su corazón.

No respondió a la pregunta de Cole.

—Tienes razón, ¿sabes? —dijo él.

—¿En qué?

—En que todos somos horribles. Si tú has cometido errores, no tienes por qué avergonzarte de ello. Y no tienes que avergonzarte de ser blanda, algunas veces.

—Yo no lo soy —insistió ella.

Pero, cuando él le apretó los dedos, ella tuvo que tragar saliva. Él le quitó la cerveza de la mano y la puso en la mesilla de noche. Después, posó los dedos en su mejilla y la hizo girar hacia él. Pero Grace no lo miró. Cerró los ojos y dejó que él le besara con delicadeza la mandíbula, la barbilla y, después, los labios.

—Grace —susurró él.

Ella quería decirle que se callara, que dejara de hablar. Que le permitiera pensar que él la estaba acariciando de aquel modo porque la conocía y le importaba.

Él le pasó los dedos por el cuello y por el hombro, hasta que la empujó suavemente hacia abajo para que se tendiera en la cama. Entonces, se inclinó sobre ella y le besó el mismo recorrido, y más abajo, hacia su pecho. Tomó su pezón entre los labios y humedeció la fina tela de la camisa hasta que ella pudo sentir su calor.

Se arqueó hacia aquel placer, mientras él succionaba con delicadeza. Después, él le dedicó las mismas atenciones a su otro pecho. Cuando él le apartó la camisa y la dejó desnuda ante su vista, ella ya estaba jadeando.

Él susurró unas palabras contra su pecho.

—Me encanta verte así. Como no te ve nadie más.

Ella cabeceó cuando él le daba otro suave beso en el pezón.

—Mucha gente me ha visto así —gruñó ella para intentar acallarlo.

—No, así, no —respondió él—. Ni aquí, ni ahora. En mi cama, no.

Oh, Dios. A ella se le hizo un nudo en la garganta. Él le pasó la lengua por la piel, con ligereza, y enfrió el rastro con la respiración, y ella tuvo ganas de gruñir de nuevo.

Cole deslizó la mano por su vientre, y ella se sintió aliviada. Así, podía abandonar la fantasía de que sus caricias lentas y ligeras tenían algo que ver con el hecho de adorarla. Sin embargo, él no metió la mano en sus bragas y la tocó. Simplemente, posó la palma de la mano sobre su calor y la presionó suavemente mientras succionaba uno de sus pezones.

—Más —dijo ella—. Más fuerte.

Él se detuvo. Grace notó que elevaba la cabeza y la miraba, pero ella mantuvo los ojos cerrados y la cabeza ladeada. Entonces, él apretó un poco con los dedos, pero, cuando volvió a bajar la cabeza, su boca fue igual de suave que antes. Estaba jugando con ella, intentando que sintiera algo más que necesidad sexual.

Deslizó los labios por sus costillas, hacia abajo, y se detuvo en el tatuaje, el tatuaje sobre el que no dejaba de hacerle preguntas. Era como si quisiera recabar detalles sobre ella para su propia diversión. ¿Por qué?

—Más fuerte —dijo ella, y lo agarró con la mano para apretarle más los dedos contra su sexo—. Cole.

—Sshh —susurró él contra su piel—. Así está bien.

Pero no estaba bien. Ella no quería desearlo así, aunque el algodón estuviera humedeciéndose bajo sus dedos. Aunque su piel estuviera calentándose más y más bajo su boca. Ella no quería aquello.

Le subió la mano y le obligó a deslizarla bajo sus bragas. Entonces, lo agarró del pelo con la mano libre y tiró con el puño.

—Más —le ordenó.

—No.

Él la tomó de la muñeca, pero ella le tiró más del pelo, hasta que él la empujó hacia el colchón.

Grace giró el cuerpo para alejarse de él, para obligarlo a que la tratara con dureza. Él tiró de ella hacia su cuerpo, y su trasero se estrechó contra su miembro.

No iba a ser suave con él, pensara lo que pensara Cole. Le pidiera lo que le pidiera.

Cuando él la tendió boca abajo y empezó a penetrar en su cuerpo, Grace estaba sonriendo. No necesitaba dulzura de nadie. Solo necesitaba aquello.

Capítulo 17

Grace estaba envuelta en una calidez celestial y esponjosa, y se abandonó a aquella sensación con un suspiro de placer. Flexionó las piernas y metió las manos debajo de la barbilla, y formó una cápsula perfecta de calor y suavidad en la que esconderse. Oh, Dios. Se sentía tan bien que, a pesar de aquel delicioso calor, se le puso la piel de gallina.

Se sentía segura. Se sentía cómoda.

Entonces, olió el beicon. Y las tostadas. Y el café.

Era casi demasiado bueno para ser cierto, y su cerebro medio comatoso emitió un sonido de alerta. Algo no iba bien.

Abrió los ojos de par en par y se despertó por completo. Se incorporó de un golpe, lista para luchar.

Sí, algo iba muy mal. Se había quedado dormida en la cama de Cole.

—Oh, mierda —susurró.

Entonces, se levantó de la cama y buscó la ropa frenéticamente a su alrededor. Tenía tanto pánico que no la encontraba. Recordó la noche anterior. Sí, llevaba ropa cuando había pasado a casa de Cole. Y, entonces...

Apartó la manta y las sábanas y vio sus bragas amarillas y su camisa azul. Gracias a Dios. Sin embargo, cuando se puso aquellas dos prendas, no encontró los pantalones vaqueros. Vigilando la esquina del corto pasillo que llevaba al salón, Grace buscó por el dormitorio. Oía a Cole moviéndose por la cocina. Oyó el tintineo de los platos.

¿Acaso iba a llevarle el desayuno a la cama? ¿Iba a decirle que era muy especial y a preguntarle qué quería hacer aquel día?

No sabía por qué, pero aquella idea le parecía una amenaza de muerte. Ella ya había tenido novios, así que, ¿por qué la aterrorizaba tanto la idea de haber dormido en la cama de Cole?

Se le llenaron los ojos de lágrimas de enfado. Se puso de rodillas, y encontró los pantalones debajo de la cama.

—¿Ya estás despierta, Grace? El desayuno está preparado. Sal a comer.

Grace se agachó y sacó los pantalones. Después, lanzó una mirada fulminante hacia el pasillo.

Lo recordó todo en aquel momento. Cuando se estaba quedando dormida, la noche anterior, entre los brazos de Cole, él le había susurrado que se quedara.

—No vuelvas a tu apartamento. Ni siquiera tienes cama. Quédate un rato conmigo.

«Quédate un rato conmigo».

Hacía unos años, o unas semanas, incluso, aquellas palabras le habrían causado un entusiasmo secreto. No por amor, ni por afecto, no por deseo, sino porque significarían unos días más de gracia. Otras cuantas semanas, o meses, durante las que iba a saber que estaba bien, que tenía comida, casa y ropa, que podía estar caliente y no estar sola.

Todos aquellos pensamientos la asustaban mucho. Se puso de pie y salió de la habitación con los vaqueros en la mano.

—Buenos días, guapa —dijo Cole con cara de felicidad.

Guapa. No necesitaba que le hicieran aquel cumplido falso. No sabía cómo era, pero sí sabía que no era guapa.

Siguió caminando hacia la puerta.

—No necesito que me cuiden, Cole —rugió.

Él se quedó anonadado.

—¿Eh?

—No necesito que me des de comer, ni que me ofrezcas un sitio para dormir.

—De acuerdo —dijo él, cautelosamente.

Grace puso la mano en el pomo, respiró profundamente y sonrió con tirantez.

—Gracias por la cerveza. Seguro que nos vemos luego. No puedo... quedarme.

Abrió la puerta y dio tres pasos hacia el pasillo, y estuvo a punto de chocarse con un desconocido que estaba hablando con la tía Rayleen.

La mujer se giró hacia ella con el ceño fruncido. El gesto se transformó en una expresión despreciativa mientras la miraba de arriba abajo. Después, miró de manera elocuente la puerta que Grace acababa de cerrar.

—Vaya, vaya, vaya.

Grace puso los ojos en blanco y rodeó al hombre y a su tía.

—No has podido tenerlo guardado en los pantalones, ¿eh? —le dijo Rayleen—. Eso es porque lo estás haciendo mal. Se supone que los pantalones tienes que llevarlos puestos, no arrastrándolos detrás del culo.

Grace estuvo a punto de decirle a su tía lo que podía hacer con sus opiniones.

El desconocido intentó apartarse de su camino al mismo tiempo que Grace trataba de rodearlo, y terminaron enfrentándose varias veces al intentar pasar.

Rayleen soltó un resoplido.

—Cole es muy popular, ¿sabes? Será mejor que tengas cuidado, o terminarás con la gonorrea.

Grace suspiró y se detuvo para fulminar a su tía abuela con la mirada.

—¿La gonorrea? ¿De verdad? ¿En qué década estamos?

El hombre también dio un resoplido, y Grace lo miró.

—¿Quién eres tú?

—Lewis.

—Es tu vecino del piso de arriba —dijo Rayleen—. ¿Me estás diciendo que hay alguna cama en la que no has intentado meterte? Aunque no creo que tuvieras mucho éxito con este. Ya sabía yo que dejar entrar a una mujer aquí no iba a traer más que problemas. Estás utilizando a todos los buenos.

Grace supuso que quería decir que Lewis no era bueno, aunque eso, obviamente, no tenía nada que ver con su aspecto. Era ancho de hombros y tenía el pelo oscuro, y una sonrisa de picardía pura.

—Bueno —dijo Grace—. Pues me alegro de conocerte.

Él le tendió la mano y frustró otro de sus intentos de escapar. Grace se cambió los pantalones vaqueros de mano y se la estrechó brevemente a Lewis.

—Bueno, quedaos aquí, y yo voy a... —mientras hablaba, consiguió mantener a Lewis quieto, sin soltarle la mano, y rodearlo para acercarse a la puerta de su apartamento—. Yo voy a irme con mis pantalones arrastrando detrás de una puerta cerrada. Adiós.

—Fresca —le dijo la tía Rayleen.

—Bruja —respondió Grace.

—Ya, pero ¿quién de las dos está haciendo el paseíllo de la vergüenza? Aunque tengo que admitir que sabes mantener la cabeza alta. Eso me gusta.

—Años de práctica —murmuró Grace.

La risotada de Rayleen la siguió a través de la puerta. Grace tiró los pantalones al suelo y fue directamente al baño para ducharse. Intentó no mirarse al espejo, no solo por el aspecto que podía tener, sino, también, por lo que podía ver reflejado en sus ojos.

Utilizaba a la gente, y reconocer eso de una misma era terrible: que la gente, algunas veces, solo era un refugio para ella, que no tenía más importancia que la de un tejado y paredes, y una cama caliente en la que despertar. No siempre, no, pero sí a menudo.

Y también se utilizaba a sí misma. Después de lo que había ocurrido con Scott, ya no podía seguir ignorándolo.

Se había dicho a sí misma que tenía una verdadera relación con él y, quizá, al principio, fuera cierto. Sin embargo, tres meses después de que se hubiera ido a vivir a su casa, empezó a sospechar que la engañaba con otras. Y, un mes después, lo sabía con certeza. Y, por muy dura y orgullosa que se hubiera considerado siempre, y por mucho respeto que pensara que se tenía a sí misma, no había dicho nada.

Y lo peor, la parte que no la permitía dormir por las noches, era que Scott lo sabía. La miraba como si fuera una porquería. Y, cuando se había cansado de aquel jueguecito horrible, la había echado de su casa.

Él lo sabía. Y ella lo había mirado a los ojos, llenos de disgusto, y le había rogado que no rompiera con ella. Sin embargo, él ya no la necesitaba. Ella misma había destruido la posibilidad de ayudarlo a medrar en su carrera profesional y, para él, eso era lo único importante.

Grace entró en la ducha y se frotó con tanta fuerza como pudo.

No iba a permitir que volviera a suceder nunca. Jamás volvería a depender de nadie. Ni tampoco iba a ser tan orgullosa como para volver a perder un trabajo a gritos. ¿De qué tenía que estar tan orgullosa? Iba a cumplir treinta años y no tenía nada, y no era capaz de mantenerse.

«Sí, Grace Barrett. Claramente, eres la más guay de todas las guais».

Empezaron a caérsele las lágrimas, y Grace dejó que el agua de la ducha se las llevara.

Ella no tenía planeado que las cosas sucedieran así. No había trabajado para eso. Después de pasarse un par de años furiosa, luchando contra el mundo, se había puesto a hacer algo que realmente le encantaba. En aquella época se había sentido orgullosa de sí misma. Era muy buena maquillando. Se consideraba una artista del maquillaje.

Sin embargo, entonces había descubierto que el lugar perfecto para ella no era tan perfecto. Y que el espacio que se había hecho a sí misma era demasiado pequeño. Y que la ira que ella creía que ya había superado seguía allí, y emergía en los peores momentos.

Durante un tiempo, había tenido éxito. Un éxito pequeño, tal vez, pero un éxito del que había podido enorgullecerse. Ahora, sin embargo, era una fracasada. Una persona débil que había pensado que era fuerte.

Sin embargo, aquel era el momento. Aquella era su oportunidad. Podía convertirse en alguien, o seguir teniendo una historia trágica. Podía dejar de ser la chica dura que, en realidad, estaba sangrando por dentro, que fingía que no necesitaba a nadie cuando, en realidad, quería estar protegida entre unos brazos fuertes.

–Puaj –murmuró, enjugándose los ojos.

Dios. Había ido hasta Wyoming desde Los Ángeles, que estaba en otro mundo, y seguía haciendo lo mismo. Pelearse con la gente, acostarse con un hombre y dejar que ese hombre la ayudara.

Iba a cambiar las cosas. Aquel día iba a ir al trabajo y lo iba a hacer muy bien. Y, si tenía que adular un poco, lo haría, porque era lo suficientemente fuerte para conseguirlo. Podía soportar a la gente que la trataba mal, porque ella no era ninguna mierda. Y podía alejarse de un hombre que le decía que era guapa y que intentaba cuidarla, porque ninguna de esas dos cosas eran amor ni seguridad. Solo era permitir que la trataran como a un pájaro herido.

No necesitaba eso. Ya, no. Le pagaría a Scott su dinero, de alguna manera, y ese sería el fin de su antigua vida. Iba a seguir adelante.

Cole no entendía qué había podido salir mal aquella mañana. Bueno, aparte de que se estuviera acostando con una mujer increíblemente peliaguda, que ni siquiera era capaz de acurrucarse un poco en la cama sin ponerse tensa después de mantener relaciones sexuales. Así que, después de quedarse en la cocina unos minutos, pasmado, lo había entendido. Grace se había despertado, había sentido pánico por el hecho de haber pasado la noche allí y había salido corriendo. En realidad, no era muy sorprendente. Grace era más vulnerable de lo que dejaba traslucir. Él ya lo sabía.

Sin embargo, cuando él había llamado a su puerta, al salir para el trabajo, no le había respondido. Y, después, ni Eve ni ella habían aparecido en el rancho, así que la había llamado, pero no le había respondido al teléfono.

Así pues, no solo había sido un momento de pánico, sino algo más profundo.

Pero ¿qué? La noche anterior, todo había ido bien. Había sido apasionado, dulce e intenso. Y, después, al final, ella se había relajado en sus brazos y se había quedado dormida. Por una vez, él se había alegrado de tener insomnio, porque había podido ver a Grace dormida, tranquila, con las pestañas negras descansando en sus mejillas pálidas y con su boca cálida y suave.

Parecía muy joven, y él se preguntó cómo habría sido

de adolescente. Por lo que le había contado, sospechó que había escapado de su casa y que, algunas veces, había vivido en la calle. Al imaginárselo, Cole se sintió extraño, incómodo. Era tan menuda... ¿cómo había podido salir bien de todo aquello?

Aunque, tal vez, no estuviera bien. En sus ojos había oscuridad.

No siempre. Cuando lo necesitaba a él, no. Cuando tenía un orgasmo, tampoco.

Al pensarlo, Cole se dijo a sí mismo que no podía permitirse el lujo de pensar eso, porque el más mínimo recuerdo le excitaba y...

—Cole —dijo una mujer y lo agarró del brazo.

Ojalá fuera Grace, pero, incluso antes de mirarla, supo que no era ella. Ella nunca lo tocaría así delante de otra gente; no se dignaría a agarrarlo de una forma tan posesiva, como si estuviera dejando claro que era suyo. Sin embargo, Madeline, sí.

—¿Me estás evitando? —le preguntó ella.

Sí. Cole miró su mano, pero ella no se dio por aludida.

—Anoche no viniste. Me sorprendió.

—Ya no soy tu novio, Madeline.

—Ya lo sé, pero... ¿por los viejos tiempos?

—Los viejos tiempos —murmuró él y se alejó de ella para zafarse de su mano—. Pero es que, entonces, yo tampoco era exactamente tu novio, ¿no?

—Ummm... ¿Estás seguro? A mí me parece que sí lo eras.

—Madeline —dijo él. Esperaba que ella captara su tono de advertencia y lo dejara en paz.

—Estamos en la hora de la comida —dijo ella—. Ven a dar una vuelta a caballo conmigo.

De repente, él se sintió muy tenso, y comenzó a dolerle la pierna.

—No puedo. Tengo trabajo.

—¿Qué trabajo? ¿Esperar aquí, en el establo? Ahora estamos en un descanso, Cole, y sé que Easy te ha pedido que me tengas contenta. ¿No es ese tu trabajo?

Al instante, él se alarmó y se puso furioso. Iba a decirle que su trabajo era el de un trabajador del rancho, pero no pudo. Hacía solo unos meses, era el capataz. No podía decirle que era un peón.

Si tenía que ver de nuevo a aquella mujer, quería ser un hombre fuerte, con éxito, tener el control de su vida. Y quería que ella lo supiera. Pero, allí estaba, haciendo de chico de los recados. Era su juguete, como lo fue en el pasado.

—¿Por favor? —dijo ella, presionándolo.

Entonces, él recordó algo. Estaba en su cama, desnudo, sudoroso y agotado. Estaba loco por ella, y flotaba en una nube de satisfacción. Y, entonces, ella le había pedido que fueran a pasar la noche al hotel de su amiga.

«Por favor, Cole. A ella le gustaste mucho. Y, obviamente, a ti también te gustó ella».

Al principio, él había dicho que no, pero Madeline había dejado de intentar convencerlo por las buenas y se había irritado de inmediato.

—¿Me estás tomando el pelo? Ya te la has tirado. ¿Qué diferencia hay?

—No me parece bien. Si tú estuvieras allí, bueno. Pero esto me parece una infidelidad.

—Es una mujer muy poderosa, Cole —le dijo Madeline. Se levantó, se puso una bata y se fue a encender un cigarrillo junto a la ventana.

Al final, él le había dicho que sí, y había subido a un coche que le estaba esperando.

El dolor de la pierna lo llevó de nuevo al presente.

—Solo es una vuelta rápida, Cole. ¿Por qué estás siendo tan desagradable?

Tenía pocas opciones. Una era explicarle que todavía no podía montar a caballo. La otra era decirle que la detestaba por lo que le había hecho. ¿Heridas físicas, o emocionales?

Se decidió por lo menos drástico.

–El año pasado me rompí la pierna. Todavía no la tengo curada del todo. No puedo montar por placer.

Entonces, la ira de Madeline desapareció, y le dijo con una sonrisa:

–Montar por placer, ¿eh? ¿Es por eso por lo que no viniste anoche a mi habitación?

Él no respondió, pero se alegraba de que ella hubiera cambiado de tema.

–Bueno, por lo menos, podrás ensillarme un caballo, ¿no?

–Claro.

Aliviado, él tomó una montura y se encaminó hacia el corral, haciendo todo lo posible por no cojear. Ella lo seguía de cerca. A medida que se alejaban del patio, el ruido de la gente se acalló y, de repente, solo se oyeron las hojas, la brisa y el sonido de sus botas contra el suelo. Para Cole, cada paso era como una cuchillada en la cadera.

–¿Sabes? –dijo Madeline–. Me sorprende un poco haberte encontrado aquí, trabajando de vaquero todavía, Cole.

–¿Disculpa?

–Suponía que todavía estabas en algún lugar de Los Ángeles. O, por lo menos, no aquí. Tenías muchos planes.

Él se echó a reír. Lo que acababa de decir Madeline era horrible.

–Madeline, ni siquiera sé qué responder. Sí, tenía muchos planes. Esa parte la has captado bien.

–Entonces, ¿qué ocurrió?

Él movió un poco la montura en su hombro, con la esperanza de quitarse algo de peso de la pierna herida.

—Fui a Los Ángeles por ti. ¿Es que se te ha olvidado?

Madeline se puso a caminar a su lado y se encogió de hombros.

—Todo se volvió complicado. Incluso tú lo dijiste.

—¡Se volvió complicado porque querías compartirme con tus amigas!

—Compartir. Exacto. Tú también estabas dispuesto.

—Yo no sabía en qué me estaba metiendo. Y no disfruté de ello.

—Pues es difícil creerlo, teniendo en cuenta cómo eras en la cama. Chelsea solo tuvo cosas buenas que decir de ti. Aunque yo no necesitaba que me las dijera. Tu cuerpo es una obra de arte, Cole Rawlins.

—¿Se supone que tengo que darte las gracias?

Ella agitó una mano.

—Mira, siento mucho cómo acabó todo. Después de aquella discusión, yo pensé que no querrías quedarte en Los Ángeles a trabajar para mí.

—Pero ¿me estás tomando el pelo? Me prohibiste el paso a tu finca. ¡Dejaste de responder a mis llamadas de teléfono!

Entonces, ella se detuvo en seco.

—Yo no hice tales cosas.

—Intenté hablar contigo aquella noche.

—Sí, lo recuerdo. Estaba ocupada.

—Ocupada con Chelsea —le espetó él.

Aquello había sido la gota que había colmado el vaso: que ella se enfadara porque él se negara a tomar parte en otro trío. Madeline le había dicho que era un pueblerino.

Ella se puso en jarras.

—Yo no te prohibí el paso a mi casa.

—Fui al día siguiente. Dios mío, incluso te llevé un

ramo de flores, como si fuera yo el que tenía que disculparme por algo.

—Me llamaste puta psicópata.

Él enarcó una ceja, como si la estuviera retando a que le negara aquello.

—Me dijeron que ya no era bienvenido. Cuando yo dije que necesitaba hablar contigo, Diane me respondió que no podía entrar y que, si me quedaba allí, iba a llamar a la policía.

Madeline frunció el ceño con desconcierto. Entonces, abrió mucho los ojos, como si acabara de comprender algo.

—Oh —dijo.

—¿Estás empezando a acordarte?

—Tal vez le dijera a Diane que no quería volver a verte. Era tarde, por la noche, y yo todavía estaba furiosa. Cuando tú te marchaste, Chelsea y yo también discutimos.

—Vaya, lo lamento.

—No creo que ella me deseara a mí ni lo más mínimo. Fue ella la que me preguntó si tú podías unirte a nosotras.

Cole inclinó la cabeza hacia atrás y miró al cielo. Había una sola nube solitaria que flotaba al borde de su visión.

—No tengo ni idea de por qué me estás contando esto.

—Para explicarte que yo no quería que desaparecieras de mi vida. Perdí los estribos. Me estaba quejando de ti, eso es todo.

—¿Y las llamadas de teléfono? ¿También era Diane la que tenía que ignorarlas?

Ella apartó la mirada y se encogió de hombros.

—Mira. Era obvio que lo nuestro no funcionaba, Cole. Tú eras un chico de un pueblo pequeño, con los ideales de un pueblo pequeño. Yo hice la carrera universitaria en Europa. Tengo ideas distintas sobre el sexo y el amor. No quería que tú estuvieras por allí y me hicieras sentir que yo tenía algo de malo.

—¿Ah, sí? ¿Y llegaste a esa conclusión después de estar un mes conmigo, justo después de que yo lo dejara todo y me fuera a vivir a California? ¿Por ti?

—Solo dejaste un trabajo con un sueldo mínimo.

—¡Dejé a una novia, dejé a mi familia y dejé una vida!

Ella enrojeció un poco, y empezó a caminar de nuevo hacia el corral.

—Tú eras el que quería ir. Dijiste que necesitabas un poco de emoción. ¿No es eso lo que dijiste?

Él la siguió.

—También dije que te quería. ¿De eso no te acuerdas?

—Cole, lo intentamos. Yo tenía una vida en Los Ángeles, y a ti no te gustó. Eso es todo.

—Sí, claro. Una vida. Y una imagen. Y otra gente con la que querías acostarte.

Madeline llegó al vallado, pero no podía entrar. Todavía había demasiados caballos en el corral y, aunque ella fuera una chica de Hollywood, sabía que no debía acercarse de repente a caballos que no la conocían.

Apoyó las manos en la valla de madera y observó a una de las yeguas, que se acercó a olisquearla.

—Mira, Cole, yo estoy viviendo en un mundo de hombres. Y, como tengo que hacer dos veces el trabajo de un hombre para que me tomen en serio, voy a jugar tan duro como ellos.

Cole exhaló un suspiro.

—Uau —murmuró.

—No te mentí. Quería que fueras conmigo. Pero, después de unas pocas semanas, supe que no iba a funcionar. Tú y yo no nos parecíamos. No queríamos las mismas cosas.

—¿Cómo a Chelsea, por ejemplo?

—Sí. Como a Chelsea, las películas de autor, y las fiestas a las que te llevaba, en las que no entendías ni la mitad de las cosas de las que se hablaba. Eras un vaquero, por el amor de Dios.

A Cole se le escapó una carcajada que sonó como si le hubieran dado un puñetazo en el estómago.

—¿Sabes una cosa? Eso podría herir mis sentimientos si pensara que es el verdadero motivo por el que me dejaste. Pero eres una mentirosa. Lo único que tú querías era que yo fuera tu juguete personal. Después de todo, no ibas a llevarme a Londres y presentarme a ese actor con el que estabas viviendo allí, ¿no?

—¿Y qué? —preguntó ella, sin el más mínimo asomo de culpabilidad—. Todo estuvo muy bien entre nosotros mientras duró. Había química y atracción. Nos hicimos felices durante unas semanas.

—Bueno. ¿Y por qué importa ahora eso?

—Ya sabes por qué. Quiero hacerlo otra vez.

Cole dejó la silla en la parte superior de la valla y giró los hombros.

—Es increíble. Ni siquiera puedo hablar contigo.

—¿Qué otra cosa tienes pendiente? De todos modos, tienes que estar conmigo. ¿Por qué no podemos disfrutar los dos plenamente?

—¿Que por qué? Porque me humillaste. Tuve que quedarme allí quieto, con las flores en la mano y rogarle a tu lacaya que me dejara verte, mientras ella sonreía con desprecio. Y, después, me quedé solo en Los Ángeles, sin trabajo. Y, después de eso, mi...

Entonces, Cole se contuvo. Ella no sabía nada de su padre, y no tenía la culpa de eso. Aquella parte era responsabilidad suya.

—Te pido perdón por haberte avergonzado, Cole. No quería hacerlo. Si ese es el problema, deja que te compense por ello.

—No —dijo él—. No se trata de eso, Madeline. Discúlpame.

Cole abrió la puerta del corral y ensilló al pinto que ella había elegido desde el principio.

Notaba que Madeline lo estaba mirando fijamente, en busca de alguna debilidad. Eso se le daba muy bien. Cuando era joven, no se había dado cuenta, pero ahora sabía que había sido muy fácil de manipular. Un chaval de veintiún años que creía que estaba mirando al sol cuando la veía. Solo tenía ego y testosterona, y deseo sexual. Un buen chico de pueblo, tal y como ella misma había dicho.

La detestaba, sí, pero no por lo que ella le había hecho, sino por lo que él se había hecho a sí mismo. Y lo que más odiaba de Madeline era que ella lo sabía todo. Sabía que había hablado mal de sus amigos. Que había despreciado la idea de ser vaquero toda la vida, como su padre. Que, en cuanto Madeline le había hecho una señal para que se acercara, él había dejado a una chica dulce y buena que lo quería.

—Dios, eres un festín delicioso —le había dicho Madeline, después de la primera noche.

Y él debería haberse dado cuenta: un festín. Ni siquiera una persona. Solo algo que podía consumirse.

Comprobó el buen estado de las cinchas de la silla y llevó al caballo hacia la puerta.

—¿Necesitas que te ayude a montar? —le preguntó, de mala gana.

—Claro —dijo ella. Su voz sonaba apagada, pero se puso las gafas de sol y él no pudo descifrar su mirada.

—Después, tráelo al establo.

—Entendido.

Cole la vio marcharse. Se dijo que todo iba a terminar dentro de pocos días. Después, claro, volverían, pero él ya podría montar y estaría dedicado a otras labores;

de ninguna manera iba a hacer ningún trabajo para el equipo de rodaje.

Y, si no podía montar...

—No. Eso no va a suceder —murmuró, mientras abría el teléfono móvil. No tenía cobertura allí, en el corral, pero no le sorprendía. En el patio tampoco había demasiada. Y, de todos modos, pensaba que Grace no iba a llamarlo.

Tal vez se hubiera cansado de él del mismo modo que Madeline. Tal vez él tuviera que encontrar a una chica que nunca hubiera conocido a otros tipos que no fueran vaqueros. Entonces, no resultaría tan decepcionante.

Capítulo 18

Aquel día, se las había arreglado para no pensar en Cole.

No. Eso era una gran mentira.

Grace hizo un mohín mientras le daba las gracias al encargado del catering, que la había llevado a casa. Se encaminó hacia la Granja de Sementales.

La verdad era que se las había arreglado para no pensar en él solo cuando estaba demasiado ocupada como para pensar, así que se había ofrecido voluntaria para todas las tareas que había mencionado Eve, aunque solo fueran una idea. Cada vez tenían menos trabajo que hacer en el rodaje, pero aún había que terminar papeleos y hacer copias y llevar artículos olvidados a las localizaciones.

Eve había estado haciendo fotos para el equipo de producción en el río, así que, por suerte, Grace había tenido que pasar la mayor parte de sus horas allí. Solo había tenido que pasar una vez por el rancho, y había tenido la suerte de que Cole se había alejado con Madeline caminando hacia los caballos.

Parecía que las cosas no habían mejorado entre aquellos dos. Su lenguaje corporal era muy tenso mientras hablaban.

Gracias a Dios que él estaba de espaldas, porque, al verlo, ella había estado a punto de pararse en seco. ¿Cómo era posible que ya reconociera su figura y su forma de mover las manos mientras hablaba? ¿Cómo era posible que ya supiera cómo colocaba la mandíbula, aunque su rostro estuviera oscurecido por el ala de su sombrero?

Y ¿por qué aquello le causaba una terrible resonancia dentro del pecho? Era una vibración terrible, sutil, que se le extendió por el vientre y la encendió como si fuera un interruptor.

–Maldita sea –murmuró, al entrar en su apartamento. No eran ni las seis. Eve la había mandado pronto a casa. Mejor, porque así podía relajarse un poco sin tener que preocuparse por si se encontraba con Cole.

Y lo que pensaba hacer era eso, exactamente: relajarse. Pero, antes, tenía que hacer algunos recados, empezando por ir al banco para ingresar su primer cheque. Una hora más tarde, era ya propietaria de un colchón de aire de segunda mano y de una silla plegable, de una cafetera para dos tazas, una sartén y diez paquetes de *noodles*. Parecía que el día de pago era el quince, y ella necesitaba utilizar un poco de ese dinero para cuidarse.

Se preparó un buen cuenco de *noodles* y se sentó delante de la ventana abierta, en su silla nueva, para ver pasar el mundo mientras comía.

Bueno, no pasó demasiado mundo, pero, por lo menos, pasaron seis coches y un montón de motos. Dos de ellas aparcaron delante del salón. Los miércoles era el día de las jarras a cinco dólares.

–Yo tengo cinco dólares –le dijo a su cuenco vacío. Sonrió, no por la cerveza, sino por el hecho de poder elegir. La música se deslizó al apartamento por la ventana, tentándola aún más.

—Oh, qué demonios.

Había comenzado el día en ropa interior en un pasillo. Le parecía que ese era el tipo de día que tenía que terminar con una cerveza.

Limpió la cocina y colocó la pequeña cafetera en un rincón de la encimera. Después, se puso una camiseta y las botas de tacón, y se retocó el maquillaje antes de salir hacia el Crooked R.

El bar estaba abarrotado.

Detrás de la barra había un camarero, pero Grace vio a Jenny moviéndose por entre las mesas llenas.

—¡Hola, guapa! —exclamó al ver a Grace—. ¡No veas cómo has enfadado hoy a Rayleen!

Grace gruñó y agitó la cabeza. Jenny no podía oírla, pero su expresión debió de ser bastante elocuente, porque Jenny se echó a reír con tantas ganas, que estuvo a punto de caérsele la bandeja.

Grace sonrió y buscó un sitio para sentarse, y vio a Shane, que estaba junto a la barra. Él tenía una jarra y la alzó para mostrársela, como preguntándole si quería compartirla. Ella estuvo a punto de decirle que no.

Sin embargo, no conocía a nadie más allí, así que asintió y comenzó a abrirse paso hacia él. Demasiado tarde, se dio cuenta de que la tía Rayleen estaba en su mesa de siempre. Y de que el hombre a quien Grace había conocido aquella mañana en ropa interior estaba justo detrás de Shane, al otro lado de la barra.

Shane debió de leerle los labios a Grace cuando ella pronunciaba una palabrota, y enarcó las cejas con curiosidad. Pues, bien, si él no se había enterado ya de la historia, no sería ella quien le informara.

Pero, por supuesto, eso no era cierto.

—Eh, Grace —le dijo—, ¿vas a ofrecer espectáculos diarios en el pasillo a partir de ahora? Tengo muchas ganas de ver la actuación de mañana.

—Qué gracioso —dijo ella, mientras tomaba la cerveza que él le ofrecía—. Gracias.

Rayleen estaba barajando unas cartas, pero alzó la vista.

—Vaya, aquí está miss América.

—Tía Rayleen —dijo Grace, y suspiró.

—Vaya, veo que no se te han subido tanto los humos, después de todo —dijo la anciana—. Supongo que esta mañana ha debido de haber una confusión.

—Eh, hola —dijo Lewis, que rodeó a Shane y le tendió la mano a Grace—. Permíteme que me presente de nuevo. Soy Lewis MacIntosh. Me alegro de conocerte, Grace. Otra vez.

Ella le estrechó la mano y dijo «hola».

—Siento que no nos hayamos conocido hasta hoy. He estado en Denver unos días. De hecho, voy a mudarme allí dentro de un mes.

—Me alegro —le interrumpió Rayleen—. Adelante. Vete a engañar a otra vieja.

Grace se inclinó hacia Lewis y le dijo al oído:

—Me parece que tú tampoco le caes muy bien.

Shane se echó a reír. Debía de haberlo oído todo.

—Eso es un eufemismo.

—¿Por qué?

Rayleen dio un resoplido.

—No te molestes en intentar ligar con él, lagarta.

—¿Por qué no? —le espetó Grace a su tía abuela—. Después de todo, soy una lagarta.

—No te va a servir de nada. Es gay.

—¿Quién? ¿Shane?

—No. Este es heterosexual, ¿verdad, Shane?

—Eso dicen —respondió él.

—Yo estoy hablando de Lewis. Toda una decepción.

—Pues creo que no lo es para sus novios —dijo Shane, en voz baja, haciéndole un brindis a Lewis.

Grace se atragantó con la cerveza y se pasó treinta segundos tosiendo. Tal vez, al final, sí le cayera bien Shane, solamente con ver la expresión agria de su tía abuela.

Lewis estaba sonriendo y se le habían puesto las mejillas muy rojas.

Shane guiñó un ojo.

—Su exnovio venía por aquí y se lamentaba de todas las cosas que echaba de menos de Lewis. Y no era, precisamente, lo bien que cocinaba. Bueno, por lo menos, después de unas cuantas copas.

—Por Dios, Shane —dijo Lewis, riéndose—. Cállate.

—Sí —gruñó Rayleen—. Suficiente para que una mujer se eche a llorar.

Grace le lanzó una mirada fulminante.

—Tía Rayleen, deja de ser tan mezquina.

—No pasa nada —le dijo Lewis—. Es mala con todo el mundo. Si fuera agradable conmigo, sabría que realmente tiene un problema con este tema.

—¡Pues claro que tengo un problema con este tema! —ladró Rayleen. Sin embargo, Lewis se limitó a poner los ojos en blanco.

—Yo también te quiero, Rayleen. Sé que me vas a echar de menos secretamente.

Ella hizo un mohín.

—Si eso fuera cierto, lo sería solo porque eres tan guapo como inútil.

Lewis se echó a reír con ganas detrás de la barra.

—No pongas esa cara. Vas a estar muy bien. Todavía te quedan Shane y Cole.

—Shane, puede ser. Pero yo no me conformo con ser el segundo plato —dijo Rayleen, y miró con cara de pocos amigos a Grace, que intentó no estremecerse.

—Oh, por el amor de Dios —dijo, intentando quitarse aquella imagen de la mente.

–¿Y cómo crees que me siento yo? –le dijo Shane, ofreciéndole más cerveza. Ella la aceptó con gratitud.

–Pero no se ha acostado con ninguno de sus inquilinos, ¿no?

Él habló en voz baja.

–No puedo hablar por nadie de este milenio, pero, que yo sepa, no. De hecho, nunca es irrespetuosa, a menos que esté haciendo teatro por aquí. Pero siempre hace una gran cena de Acción de Gracias y tiene un plato dispuesto por si alguno de los chicos se queda solo. Y, en Navidad, también.

Grace se quedó callada. Tal vez su tía abuela estuviera sola de verdad, y ese fuera el problema. Hacía mucho tiempo, había estado casada, pero su marido había muerto en un accidente de tráfico. Ella no siempre había sido así.

Con cautela, Grace se acercó a la mesa de Rayleen y se sentó. La mujer la miró fijamente.

–¿Qué hacías antes de esto, tía Rayleen? No siempre has tenido este edificio, ¿no?

Rayleen se encogió de hombros y se puso un cigarrillo nuevo entre los labios. Grace nunca la había visto fumar de verdad; de hecho, olía a suavizante de la ropa, y no a tabaco.

–Cuando mi marido vivía, criábamos caballos. También tuve una gasolinera en Alaska, durante un tiempo. Muchas cosas diferentes.

–¿Alaska? Vaya. ¿Y qué tal era?

–Muy fría –le espetó Rayleen.

–He oído decir que allí hay muchos hombres.

El cigarro se balanceó.

–Suficientes.

–Y ¿cómo terminaste aquí?

–Vendí el negocio de Alaska por una buena cantidad cuando llevaron el oleoducto. Después, empecé a conducir.

—Entiendo por qué recalaste aquí.

Rayleen miró a los vaqueros que había alrededor de las mesas de billar.

—El lugar tiene su encanto.

—Pues sí —reconoció Grace, casi en contra de su voluntad. Demasiado encanto. Ella no quería que le gustara tanto como le gustaba—. Bueno, pero ¿no crees que nunca te irás con la abuela Rose a Florida? Ella dice que siempre está intentando convencerte para que vayas.

—Oh, Dios. ¿Ese sitio al que van los viejos a morir? Por favor. El paisaje es mucho más bonito aquí —dijo, y volvió a mirar a los vaqueros para dejar claro que no estaba hablando de las montañas.

—Sí, por aquí se crían muy fuertes —dijo Grace, intentando imitar el acento de Wyoming.

—Sí. Y, ahora, vete.

Grace, que se estaba sintiendo bien por hablar con su tía abuela, frunció el ceño por aquella repentina despedida.

—¿Qué?

—Que te vayas. Estás sentada demasiado cerca, y me haces parecer vieja. La luz es tenue, pero no lo suficientemente tenue.

—¿Estás diciendo que no quieres que me siente a tu lado?

—Durante la noche de las jarras a cinco dólares, por lo menos, no. Las gafas cerveceras no son infalibles, niña.

Grace volvió a la barra, entre la exasperación y la diversión. Seguramente, si Rayleen supiera cómo ser un poco más agradable, tendría amigos de verdad. Pensando en que aquello también podía aplicársele a ella, tomó la cerveza. No; ella sí tenía amigos. Bueno, tenía a Merry, su única amiga de verdad. En aquel momento, tuvo muchas ganas de hablar con Merry. Solo para asegurarse de que no estaba tan alejada de todo el mundo como Rayleen. Todavía.

Terminó la cerveza de un trago y le dio un golpecito en el hombro a Shane.

—Vuelvo dentro de un rato, ¿de acuerdo? Y yo invito a la próxima ronda.

Al abrirse paso hacia la salida, pasó por delante de la jukebox. Adoraba aquellas máquinas desde que era pequeña. De niña se había pasado muchas horas en bares de mala muerte, y las jukeboxes eran como una fiesta de carnaval para ella. Luces brillantes, promesa de diversión, ruido.

No se sabía muchas canciones de *country*, pero conocía algunas antiguas. George Strait. Dolly Parton. Su madre había tenido un novio aficionado a aquella música, y siempre estaba puesta en el apartamento.

Intentó calcular si tenía algún dólar de sobra mientras salía al porche y se sentaba en un rincón con el teléfono.

—Hola, Merry.

—¡Sigues viva! Estaba preocupada por si te habían devorado los osos, o algo así.

—No, pero aquí hay unos antílopes muy raros que quieren cazarme.

—¿Estás borracha?

—No, lo de los antílopes es en serio. Se llaman antilocapras. Búscalos en internet. Tienen algo raro.

—No me refería a eso. Parece que estás muy relajada, y se oye música al fondo.

—Estoy en el salón —dijo Grace, y, al pensar en lo absurdo de la situación, se echó a reír.

—¡Yiijaa! —gritó Merry.

—A propósito, ¿te había contado que en el pueblo llaman la Granja de Sementales al edificio de apartamentos?

—¿Qué dices? ¿Seguro que no estás viviendo por accidente en el rodaje de una película porno ambientada en el Salvaje Oeste?

—No, no. Pero me estoy acostando con un vaquero.

—¿Qué? —gritó Merry y empezó a desternillarse. Le había hecho tanta gracia como se esperaba Grace—. ¿Desde cuándo?

—Desde hace un par de días.

—Debería colgarte el teléfono por no habérmelo contado antes, pero no puedo perderme esto. ¿De qué vaquero se trata?

—En realidad, solo ha ocurrido un par de veces.

—Ah, que ha ocurrido —dijo su amiga con ironía—. Algo como: «Lo siento, ¿era tu pene eso en lo que me he sentado varias veces en una sucesión muy rápida?».

—Algo parecido —dijo Grace, y se echó a reír. Tal vez sí estuviera borracha. Se sentía muy relajada y feliz. Se apoyó contra el poste de la esquina y dejó colgar las piernas por un lado del porche.

—Detalles —le ordenó Merry—. Dios sabe que yo no he estado cerca de un pene de verdad desde hace meses.

Grace miró a su alrededor para asegurarse de que nadie la oía.

—Mira, no es el hombre adecuado para mí. Eso es obvio. Es un vaquero de verdad. Trabaja en un rancho.

—No —susurró Merry—. ¡No! Es increíble. ¿Lleva sombrero de vaquero?

—Sí.

—¿Y agita la mano en el aire cuando está follando contigo como si fueras un caballo salvaje?

—Cállate.

—Oh, Dios mío, la agita, ¿a que sí? ¿Y te llama «mi potranca»?

—¿Quieres que te lo cuente, o no?

—Sí, sí. Lo siento. Adelante.

—Vive en la puerta de al lado de mi apartamento. Está como un cañón. Y es buenísimo en la cama.

—Oh, Dios mío —susurró Merry.

—Pero creo que ya hemos terminado.

—Pero ¿por qué? —gimoteó Merry.

—Es demasiado complicado. No puedo tener nada serio en este momento de mi vida. Un par de noches, sí, pero ¿todas las noches? Eso sería buscarme problemas. Y, en este momento, no puedo tener más problemas. No, no puedo hacerlo.

—Eh —le dijo Merry, suavemente—. ¿Estás bien?

—Sí, estoy bien.

—¿Seguro?

—Es solo que... —a Grace se le llenaron los ojos de lágrimas y respondió—: Estoy cansada, Merry. Nada más.

—Oh, Grace, no...

—No, de verdad, estoy bien. Solo necesito un descanso, ¿sabes?

—¿Un descanso de qué?

Grace se enjugó las lágrimas de las mejillas y alzó la vista hacia el cielo azul para impedir que siguieran derramándosele. Apoyó la cabeza en el poste.

—No lo sé. De la lucha contra todo. Solo quiero que las cosas sean más fáciles.

—Ven a Dallas —dijo Merry, con tal urgencia, que Grace se echó a reír.

—No, aquí estoy bien. Estoy trabajando, y puedo ahorrar. Dentro de pocas semanas me iré a Vancouver, y allí empezaré de cero. Tengo casi treinta años. No puedo estar enfadada y seguir siendo rebelde toda la vida. Eso no es tan glamuroso cuando los tatuajes empiezan a colgarte.

—A ti no te cuelga nada.

—No, pero sucederá. Y, para entonces, espero tener

algo más que mi kit de maquillaje y tres pares de botas. Bueno, ahora también tengo una cafetera pequeña –dijo.

–Estoy preocupada por ti –le dijo Merry con pesadumbre.

–No, no te preocupes. No hay nada que pueda conmigo, ya lo sabes. Y no lo va a haber, te lo prometo.

–Sé que tenías que haber dejado a Scott hace mucho tiempo. No puedo creerme que te echara de su casa. Y...

–Eso está bien, Merry. Ahora disfruto mucho con mi nuevo trabajo. Me da más opciones. Todo va bien.

–De acuerdo –dijo Merry con un suspiro–. Mientras estés en Wyoming, intenta más cosas nuevas. Vaquera. Chica de rodeo.

–¡O payaso de rodeo! –gritó Grace, y miró a su alrededor, asombrada con su propia salida.

–¡Sí, demonios! –gritó un vaquero, desde el otro lado del porche, pero ya tenía los ojos vidriosos por el alcohol, y sus amigos ni siquiera la miraron.

–Entonces, al final, ¿volverás a Los Ángeles?

–No lo sé. Pensaba que ya estaba harta, pero aquí me siento un poco mejor con respecto a la ciudad. Tal vez sea la distancia, y que no estoy dentro del tráiler de maquillaje. Aquí no me siento acorralada. Además, ninguno de ellos me dirige.

–¿No te gusta que te manden? ¿Se trata de eso?

–Puede ser.

–Vaya, sí que eres mala.

–Puede ser –dijo ella, riéndose.

–Pero te quiero.

Cada vez que Merry le decía eso, Grace se conmovía. Su amiga había tenido una vida casi tan inestable como la de ella, pero la gran diferencia era que la madre de Merry siempre había estado con ella. Incluso había intentado cuidar de Grace, cuando iba a visitarlas. Así que Merry estaba acostumbrada a decir eso. Ella, no.

—Yo, también —dijo.

—Gallina —le dijo Merry, con suavidad.

—Lo que sea. De todos modos, solo estás intentando distraerme. Tenemos que hablar de ese problema de los penes a los que no consigues acercarte.

Merry se echó a reír y todo volvió a la normalidad, gracias a Dios.

—Lo dices como si estuviera persiguiéndolos por todo el barrio.

—¿Y por qué no lo haces?

—No se me dan bien los tíos. No como a ti.

—Oh, Dios mío —dijo Grace con un suspiro—. Si piensas que a mí se me dan bien los hombres, estás peor de lo que yo pensaba.

—Ellos no ven sexy, Grace, como a ti.

—¡Pues claro que eres sexy! Y eres la persona más dulce que conozco. Cualquier hombre sería afortunado si tú te interesaras en él.

—Dulce —gruñó Merry—. Ese es el problema. Soy la hermana pequeña perpetua. La amiga. Cuando un tío te revuelve el pelo, tu vagina deja de existir para él. Y, a mí, hay muchos tíos que me revuelven el pelo.

Grace se echó a reír, a pesar de la frustración que sentía por su amiga.

—Algún día, vas a conocer a un chico que piense que eres dulce y que quiera ver tu vagina.

—¿Tú crees?

—Lo sé. Y, si no, siempre tienes un buen pecho al que recurrir.

—Eso sí es verdad —reconoció Merry de mala gana.

—De todos modos, ninguno de esos tíos es lo suficientemente bueno para ti.

—¿Qué tíos?

—Ninguno —dijo Grace.

Y hablaba en serio. Aunque Merry se había criado en la pobreza y sin padre, como ella, Merry había conseguido salir con un alma sensible e intacta. Y Grace mataría a cualquier hombre que cambiara eso.

—Bueno, tengo que colgar —dijo.

—Está bien, pero llámame pronto. Te echo de menos, Grace.

Colgó el teléfono, pero se quedó allí, en el porche. Era otro atardecer perfecto en Wyoming. Hacía fresco a la sombra. Los grillos estaban empezando a cantar y no había mosquitos. La brisa le acariciaba la piel. Respiró profundamente una vez. Y otra.

Entonces, Cole salió de su edificio, y, al verlo, la lujuria la invadió sin que pudiera evitarlo. Era imposible de ignorar.

Lo deseaba de nuevo, lo deseaba con todas sus fuerzas, y quería que él la deseara a ella. Aquella idea era dulce, pero Grace cerró los ojos y se dijo que no era real. Cole solo era un hombre, y aquello solo era una cuestión de sexo.

Se puso de pie y entró en el salón antes de que él pudiera verla sola. Era más seguro hablar con él rodeada de gente; de ese modo, podría desaparecer entre el resto de las personas, marcharse sin que hubiera una pelea. O lo que él quisiera. Aquel día la había llamado varias veces y, probablemente, pensaba que tenían que hablar, que él tenía que saber lo que ella sentía. Pero ella nunca le decía a nadie lo que estaba sintiendo. Nunca admitiría delante de un hombre que estaba asustada, preocupada o herida.

Al menos, entró en el momento oportuno. Shane acababa de pedir otra jarra de cerveza.

—Te dije que yo pagaba la siguiente ronda.

Él se encogió de hombros.

—La semana que viene.

—¿Y si no estoy aquí la semana que viene?

Shane se detuvo a medio camino de llenar uno de los vasos. Enarcó una ceja bajo el ala del sombrero, y le preguntó:

—¿Acaso es que tienes pensado marcharte pronto?

—Más pronto que tarde.

—¿Y lo sabe Cole?

—No tengo ni idea.

—Ah. Entiendo. Entonces, será mejor que pida otra jarra.

—Bueno, somos adultos, ¿no? —dijo ella, encogiéndose de hombros—. Las cosas son como son.

—Claro —respondió él, aunque su tono de voz era de duda.

Cuando Cole se unió a ellos, Shane alzó la barbilla a modo de saludo, y le ofreció una cerveza.

—¿Cómo te va?

Cole gruñó de aquel modo en el que gruñían los hombres cuando eran amigos, y miró a Grace.

—¿Podemos hablar?

—Sí, por supuesto —dijo ella, pero no se movió.

Cole apretó los labios y miró a Shane. Shane carraspeó y se giró.

—¿Qué ocurre?

—Nada. Me lo estoy pasando bien.

—¿Y qué pasó esta mañana?

—Que me marché.

—Enfurruñada.

—No, no estaba enfurruñada. Estaba verdaderamente enfadada. No quería quedarme a dormir.

—¿Por qué no?

Ella tomó un sorbo de cerveza y miró por todo el local.

—A pesar de lo que tú puedas creer, no necesito tu ayuda.

—Pero ¿qué demonios tiene que ver con mi ayuda? Nos acostamos, y tú te quedaste a dormir. Es lo que hace la gente.

—¿Ah, sí? ¿Tú pasas la noche con muchas de las chicas con las que ligas en los bares? ¿Les preparas el desayuno? ¿Les pides que se queden contigo?

—En primer lugar —dijo él con un gruñido—, yo no voy por ahí ligando en los bares. En segundo lugar, esto no es cosa de una noche, porque ya van dos noches. Y, en tercer lugar, te pedí que te quedaras porque me gusta tenerte en mi cama. Y parece que a ti también te gusta estar allí, teniendo en cuenta lo acurrucada que estabas contra mí esta mañana.

—Estabas calentito —le espetó ella.

—¿Que estaba calentito? —gritó él.

Shane se volvió a mirarlos al oír que Cole alzaba la voz, pero tenía una expresión absolutamente impertérrita.

Ella estaba empezando a sentirse un poco culpable, y no le gustaba. Era cierto que se había acurrucado contra él porque daba calor, pero esa no era la razón principal, y ella lo sabía. Le gustaban su piel, sus manos y su olor. Al pensarlo, empezó a sentir un dolor en el cuerpo. Era la necesidad. Era el deseo. Era el anhelo. Y ella odiaba todo eso. Le parecía una debilidad.

Miró a Cole a los ojos.

—Yo no necesito ayuda.

—Si piensas eso, tal vez deberías mirar por tu apartamento. Ni siquiera tienes cama. No tienes una mesa donde comer. No tienes dónde dormir. ¡Viniste a Wyoming buscando ayuda!

Dios, sí que había conseguido enfadarlo, y aquello que había empezado a extenderse por ella se desvaneció.

—Pero no de ti. No necesito ni quiero tu ayuda, ¿entendido? Tu pene no es un salvavidas para mí. Lo nuestro solo ha sido sexo. Acéptalo.

Entonces, Grace se alejó de él, pero no fue a la puerta del bar. No iba a retirarse como si él la molestara tanto que no era capaz de continuar en su presencia. No era cierto. Cole no era nadie para ella. Sin embargo, notó que la estaba mirando mientras ella se detenía delante de la jukebox y pasaba las canciones.

Se gastó dos dólares en tres canciones y pasó casi cinco minutos eligiéndolas. Después de ese tiempo, su ira se había calmado y ya no estaba fuera de control. Y ya no sentía la mirada de Cole en la nuca. Al darse la vuelta, descubrió que él ya no la estaba mirando; estaba mirando hacia la mesa de Rayleen. Y no era de extrañar. Easy, el jefe de Cole, se había sentado con su tía abuela. Cole no parecía muy contento de verlo. Por el contrario, Rayleen...

Bueno, no estaba haciendo nada más que sonreír a Easy, pero tenía los ojos brillantes y la espalda muy recta, y parecía que estaba preparada para la lucha. Tenía el mismo aspecto que cuando flirteaba con sus jóvenes sementales.

Interesante. ¿Acaso habían salido juntos a principios del siglo xx?

Grace fue hasta la barra del bar para preguntárselo a Jenny.

—Ah, Easy viene un par de veces al mes, la noche de las jarras de cerveza. Juegan a las cartas apostando dinero.

—¿Solo hacen eso?

—Que yo sepa, sí —respondió Jenny—. Y eso es todo lo que necesito saber al respecto.

Grace quería quedarse allí con ella, charlando y escondiéndose, pero el bar estaba abarrotado, y Jenny no podía entretenerse.

—¡El domingo! —le prometió mientras se alejaba.

—El domingo —susurró Grace, aunque hubiera necesitado la charla aquella noche.

Tenía tres opciones: salir corriendo, quedarse sentada allí sola o cambiarse al otro extremo del local. Quedarse allí sola era casi tan malo como salir corriendo. Prácticamente todo el mundo que conocía en aquel pueblo estaba sentado a pocos metros de allí. Quedarse sola era como estar en el limbo: demasiado temerosa como para enfrentarse a Cole, demasiado temerosa como para marcharse.

Además, su cerveza estaba al lado de Cole.

—A la mierda —murmuró, y se levantó del taburete para ir a enfrentarse a la tensión que ella misma había causado.

Aquel era el problema de los pueblos pequeños. Ella solo llevaba unos días en Jackson, y la gente ya la conocía. Y, como Jackson era un pueblo pequeño, allí estarían, aunque tratara de evitarlos. En Los Ángeles había mil barrios, mil bares.

Después de unos instantes, cuando hubo recuperado la calma, se detuvo junto a Cole y tomó su vaso de cerveza.

—¿Por qué odias tanto a tu jefe? —le preguntó.

Él la miró. Tenía una expresión tensa y parecía que estaba desconcertado. Pestañeó y agitó la cabeza.

—Siento lo que te he dicho.

—¿El qué?

—Lo de que has venido a Jackson en busca de ayuda. No tenía que habértelo dicho.

—Dices muchas cosas que no deberías decir, pero que piensas. Ya me estoy acostumbrando.

—Es solo contigo —dijo él, ruborizándose un poco.

—¿El qué?

—Solo pierdo los estribos contigo. No sé por qué. Lo siento.

Grace movió una mano para quitarle importancia y miró a Rayleen y a Easy. Ambos pusieron monedas sobre la mesa.

Cole sabía muy bien el motivo por el que Cole perdía los estribos con ella: porque ella tenía un don para enfadar a los demás. Todo el mundo perdía los estribos con ella. Era desagradable, irritante o áspera. Probablemente, las tres cosas a la vez.

–Lo siento mucho, de verdad.

–No pasa nada –respondió Grace.

Y no pasaba nada, porque ella no permitiría que fuera de otro modo. No iba a permitir que le hiciera daño el hecho de que él le dijera cosas que no les decía a otras personas. Ni que fuera más brusco con ella en la cama de lo que era con otras chicas. Quería que él pensara que era dura, que supiera que era dura, así que era feliz si él la trataba como si no fuera frágil. ¿No?

No pasaba nada. Grace carraspeó y dijo:

–Yo siento no haberte explicado esta mañana por qué me marchaba.

Él no respondió, así que Grace terminó su cerveza y le hizo un gesto a Jenny para que sustituyera la jarra que Shane acababa de apurar.

–¿Rayleen y Easy han salido alguna vez juntos?

–No, que yo sepa –dijo Cole.

–Creo que a ella le gusta él.

Rayleen soltó un grito de entusiasmo y recogió los dólares que había en la mesa.

–Vas a tener que encontrar otro modo de pagarte las pastillitas azules, viejo. Te voy a dejar seco.

–Sí, realmente sabes cómo chuparle la vida a un hombre –respondió él.

–Eso era lo que decía mi difunto marido.

A Shane se le escapó una carcajada, pero Easy se puso muy rojo. Cole no sonrió.

Sin embargo, Rayleen, sí.

–No me digas que nadie te ha hablado de lo que son las felaciones, Easy. Pues a mí, los jóvenes vaqueros me cuentan que está muy de moda.

–Eres incorregible, Rayleen.

–Eso va con la felación, so tonto.

Incluso Cole se rio al oír eso.

Easy se caló el sombrero y barajó las cartas. Aún estaba muy colorado.

–Has estado mucho tiempo con los vaqueros, Rayleen. Deberías pasar más tiempo con un hombre de verdad que te enseñe modales.

Grace le dio un codazo a Cole.

–¿Lo ves? –le susurró.

La sonrisa de Rayleen se convirtió de nuevo en un gesto desdeñoso.

–Si oyes hablar de algún hombre de verdad, por favor, avísame.

–Se atraen más moscas con miel, ¿sabes?

–Ese es el problema. ¿Quién diablos quiere a un montón de moscas revoloteando a su alrededor? Una molestia.

Easy gruñó y repartió las cartas.

–Hay algo entre ellos –le dijo Grace a Cole.

–Dios mío, espero que no.

–Tal vez se sientan solos. Los dos.

Miró a Rayleen. Su tía abuela estaba fingiendo que no le gustaba jugar a las cartas con Easy. Después, se comportó como si Shane la estuviera molestando con sus bromas. Rayleen se sentía sola. Estaba sola. Y le asustaba tanto reconocerlo, que se empeñaba en disimularlo haciéndose la mala. Sin embargo, aquel bar, el edificio de apartamentos, y todo lo demás, estaba diseñado para atraer gente a su vida. A obligar a la gente a que se acercara a ella siguiendo sus condiciones.

De repente, a Grace se le formó un nudo en la garganta. De repente, Rayleen no era una mujer mayor y solitaria. Era Grace dentro de treinta años. Grace, que atacaba a los demás cuando se sentía vulnerable. Grace, que no se permitía a sí misma necesitar a nadie, ni querer nada de nadie.

Se sirvió otra cerveza y se la bebió muy rápido.

Si no cambiaba su vida, algún día tendría que hacer lo mismo: encontrar la forma de obligar a la gente a que se acercara a ella. Y, para entonces, no sería tan fácil conseguir las pequeñas cosas que necesitaba. No podría utilizar su cuerpo como lo utilizaba ahora, ni podría conseguir a los hombres cuando ella quisiera y después desecharlos. Sería otra vieja loca y gruñona, demasiado mezquina como para tener amigos de verdad.

Tenía que salir de allí muy pronto, pagar su deuda y empezar su nueva vida. No quería terminar como Rayleen, del mismo modo que no quería terminar como su madre: débil, arruinada y utilizada, y preguntándose como una idiota por qué las cosas no le iban mejor.

«Porque tú nunca las mejoras», le había dicho ella la última vez que se habían visto, hacía tres años. «Porque tu única virtud en la vida es ser tan maleable que te doblas como si fueras masilla». Su madre se había quedado desconcertada y había derramado algunas lágrimas al oír las mezquindades de Grace. Esa mezquindad que había acumulado viendo a los novios maltratadores de su madre y, después, durante la vida de miedo y violencia que había llevado en las calles.

Sin embargo, en aquel momento, Grace se dio cuenta de lo que había hecho mal: había tenido tanto miedo de convertirse en su madre, que se había hecho demasiado fuerte. Ella no podía doblarse ni lo más mínimo. Solo podía caer y hacerse añicos, y herir a todo aquel que estuviera cerca.

Tenía que haber una forma mejor de hacer las cosas, y ella iba a encontrarla. Si tenía que quedarse sola, no quería que fuera de aquel modo.

–No lo odio, ¿sabes?

Grace salió de su ensimismamiento y miró a Cole, que estaba apoyado en la barra con la cabeza agachada.

–¿A quién? –le preguntó.

–A Easy. No es solo mi jefe. Era el mejor amigo de mi padre, y siempre ha sido como un tío para mí. Bueno, quizá como otro padre.

–Entonces, ¿qué es lo que ocurre?

–Es por todo esto del rodaje de la película.

–Ah. Estás enfadado porque aceptara la oferta. Pero era muy buen precio, ¿sabes? No puedes recriminárselo. El estudio estaba en un aprieto.

–Él no lo ha hecho por el dinero. Lo ha hecho para enseñarme algo.

–¿El qué?

–No tengo ni idea. Supongo que quiere enseñarme algo por mi propio bien.

–Pero tú debes saber qué es.

Él sonrió con tirantez y, por fin, la miró.

–Easy no tiene hijos. Se supone que yo voy a comprarle el rancho cuando se jubile. Soy lo más parecido a un hijo suyo y, de ese modo, al menos sabrá quién es el dueño de sus tierras. Pero, ahora ya, no está seguro.

–¿De qué?

–De que yo sea el hombre más adecuado para ese trabajo.

–Oh... ¿te lo ha dicho él?

–No, me ha dicho que quiere darme más oportunidades. Está preocupado por mi pierna –dijo Cole, suavemente.

–Pero la pierna se te va a curar.

—Sí —dijo él—. Probablemente.

Grace se quedó helada al darse cuenta de lo que él le estaba diciendo. Esperaba que no fuera cierto.

—Sí, se me curará —repitió Cole en voz baja.

—¿Y si no se te cura?

—Se me curará.

Ella captó el miedo que había detrás de aquellas palabras, y reconoció de inmediato el cansancio implacable. Era como si uno mirara hacia delante y hubiera un muro que no se podía rodear, y solo dejaba una salida: tumbarse y rendirse, y esperar que la vida terminara rápidamente.

Ella había estado en esa situación. Recientemente, sí, y otras muchas veces. Lo entendía.

Tuvo tantas ganas de acariciarlo, que se asustó. Quería acariciarlo y también sentir sus manos en ella. Una conexión. Algo que vinculara a dos personas perdidas.

Sus manos. Su boca. Eso era lo que haría que se sintiera real. Y ella también podía hacer eso por él.

Él alzó la vista y se quedó paralizado. Se le dilataron las pupilas, como si pudiera leer el deseo reflejado en su rostro. Ella tuvo que separar los labios para poder tomar aire.

Cole alzó la mano como si fuera a apartarle el pelo de la cara, pero, en vez de eso, le tocó la boca con el dedo pulgar. Grace cerró los ojos y se estremeció. Eso era lo único que le hacía falta: con una sola caricia, ella olvidó su determinación de permanecer alejada de él. De estar enfadada. De no querer nunca nada de él.

Él bajó la mano y la deslizó por su hombro, por su brazo, hasta que sus dedos se entrelazaron.

—Vamos.

«Vamos». Las únicas palabras para poder seducir a una chica como ella.

Salieron del bar y volvieron al apartamento de Cole.

Grace entró en su dormitorio incluso antes de que él hubiera cerrado la puerta.

Cole no sabía por qué se sentía tan desesperado. Estaba exhausto por aquel día de estrés y frustración, pero, con solo mirar a Grace, el corazón le latía con tanta necesidad que la sensación parecía de pánico.

Ella se sacó la camisa por la cabeza, y ambos cayeron en la cama, besándose. Él ya estaba endurecido como una roca, y jadeó de alivio cuando pudo frotar su miembro contra ella. Grace lo rodeó con las piernas y movió las caderas.

Él quería estar dentro de ella inmediatamente, pero no podía soltarla ni siquiera el tiempo suficiente para quitarle los pantalones. Así que se estrechó contra ella y la oyó gemir de aprobación. Le metió las manos bajo la camisa. Ella le clavó las uñas en la piel y le arañó.

Él quería embestirla hasta que gritara. Quería que se arrepintiera por haberse marchado de aquel modo aquella mañana. Que lamentara, incluso, haberse querido ir.

–Cole –gruñó ella–. Házmelo ya, por favor.

Él se echó a reír de enfado y de pasión. Lo haría cuando estuviera preparado y dispuesto, y ella iba a esperar, del mismo modo que le había hecho esperar a él una llamada suya durante todo el día.

Al ver que él no respondía, ella le clavó las uñas y le mordió con fuerza el cuello.

–Demonios –ladró él, asombrado por el dolor. Pero, más que eso, se asombró de lo mucho que le irritaba. Y de lo cerca que estaba del orgasmo mientras la rabia lo invadía.

–Ahora –le ordenó ella–. Ahora.

Cole se sentó y se quitó la camisa.

–Quítate los pantalones –le rugió.

Ella le lanzó una sonrisa de triunfo que convirtió los latidos de su corazón en truenos. Cole se desabrochó los pantalones vaqueros y se los bajó lo justo para poder liberar su miembro.

A Grace le brillaron los ojos, como si hubiera ganado.

Él le bajó los pantalones con brusquedad, y ella se echó a reír. Entonces, él se puso un preservativo y se inclinó sobre ella y, cuando él la sujetó por las muñecas y la apretó contra la cama, ella se rio de nuevo para provocarlo. Pensaba que estaba a punto de conseguir lo que quería.

Pero Cole tenía otras ideas. Apretó las caderas con fuerza contra las de ella, empujándola con el miembro, como antes, salvo que, en aquella ocasión, no había ropa entre ellos. Solo su pene, deslizándose contra su clítoris.

Ella lo envolvió entre sus piernas, y el calor de su sexo le abrazó. Sin embargo, él no movió las caderas para poder hundirse en ella. Siguió presionándole el clítoris y balanceándose hasta que ella gimió.

Cole estuvo a punto de olvidar por qué hacía aquello. Estaba obnubilado por el hecho de que, con bajar las caderas un par de centímetros, podría entrar en su cuerpo. Ella estaba muy húmeda. Sería muy fácil, y estaría rodeado por su estrechez y su calor, por su cuerpo.

—Házmelo —le rogó ella—. Vamos.

De repente, Cole se acordó de que quería vengarse.

—No —dijo.

Entonces, se incorporó entre sus piernas y se inclinó para tomar uno de sus pezones con los dientes.

—¡No! —jadeó ella, aunque su cuerpo se arqueó hacia la boca de Cole. Él apretó un poco con los dientes y ella gritó. Después, cuando él le lamió la piel para calmarle el dolor, ella gimoteó.

—Oh, Dios —gruñó Grace.

Intentó deslizarse hacia abajo, pero él le bloqueó el camino con el muslo. Apretó la pierna contra su cuerpo, y se deleitó al ver que ella se movía contra él desesperadamente. Grace tiró de las manos para zafarse las muñecas, pero él siguió sujetándola con facilidad.

—Pídeme que te suelte —le susurró él contra la piel.

—Hazlo —le ordenó ella.

—No —dijo él, y deslizó la boca hasta su clavícula—. Dime que quieres que te suelte, si eso es lo que quieres. Dime que te suelte y que me aparte de ti.

Ella dio una sacudida bajo él, y tensó los brazos.

—O... ruégame que te sujete y te lo haga. Ruégamelo.

—Y una mierda —gruñó Grace.

Él le besó el cuello y se tendió sobre ella, y su miembro volvió a tocarla en la parte más sensible del cuerpo. Quería gruñir como estaba gruñendo ella. Quería rogarle que se lo permitiera. Ella era tan fuerte, tan obstinada, tan valiente...

—Te lo voy a hacer, Grace. Lo único que necesitas es pedírmelo amablemente. Nada más. Pídeme lo que quieres, en vez de tomarlo. Yo te lo daré todo.

—Te odio —sollozó ella.

Alzó las caderas para frotar su sexo contra el extremo del miembro de Cole. Él sintió un calor líquido en las venas, que amenazó con debilitar su fuerza de voluntad.

Entonces, él le sujetó los brazos por encima de la cabeza, agarrándole las muñecas con una sola mano, y deslizó la otra entre sus cuerpos hasta que encontró su clítoris.

—¡Oh, Dios! —gritó Grace—. Oh, Dios, por favor. Por favor, Cole.

Él sonrió.

—Por favor, ¿qué?

—Por favor, por favor, házmelo. Ahora. Por favor...

Sujétame y házmelo. Fóllame con fuerza, por favor. Lo necesito.

Aquellas palabras transformaron el poder del cuerpo de Cole en una necesidad cegadora. En desesperación. Cualquier cosa que ella necesitara, él la necesitaba con doble intensidad.

—Por favor —susurró ella—. Por favor, por favor, por favor.

Él bajó las caderas lentamente y entró en su calor. Contuvo la respiración y se concentró en la dulce estrechez de su cuerpo.

—Sí —dijo ella, con urgencia, mientras él la llenaba—. Dios, sí. Cole...

Sus palabras se interrumpieron cuando él se hundió profundamente. La tomó despacio y con dureza. La sujetó y observó su rostro; a ella se le cerraron los ojos y se le separaron los labios, y una exhalación escapó de su boca. Con cada embestida, Grace dio un jadeo.

Él sintió la necesidad de acariciarla y le soltó las muñecas; entonces, ella se aferró a su trasero y le clavó las uñas.

—Sí —le urgió—. Sí, sí.

Él estuvo a punto de llegar al orgasmo en aquel mismo momento. Su cuerpo gritaba de necesidad. Sin embargo, tenía que hacer que ella se corriera. Lo necesitaba como el aire. Necesitaba sentir cómo se agitaba debajo de él, cómo gritaba. Ella odiaba darle cualquier cosa, así que conseguir que se pusiera tensa de placer era un triunfo muy dulce.

—Dios. Oh, Dios, Cole... ¡Ah! —gritó Grace, mientras su cuerpo le apretaba el miembro y ella le arañaba la espalda.

—Ah, mierda... —susurró él, al notar que el dolor se entremezclaba con el placer y él se perdía en su propio orgasmo. Embistió una y otra vez, con fuerza. Cuando recuperó la capacidad de pensar, solo oía los jadeos de

Grace al oído. Sonrió débilmente y se incorporó, apoyándose en los codos, para darle un beso.

—Lo siento —dijo ella—. ¿Te he hecho daño?

—Sí. ¿Y yo?

—No.

—Me alegro —dijo él; le besó la nariz y rodó hasta tenderse en la cama. Le ardía la espalda—. Me preocupa que una de estas noches me folles hasta la muerte.

—Es posible —ronroneó ella con una sonrisa.

—Me alegro —dijo él de nuevo. Se volvió a mirarla y la vio allí, sonriente, con los ojos cerrados y una expresión plácida. Entonces, le dio un beso en la mandíbula—. Eres tan guapa...

Ella abrió un ojo, pero volvió a cerrarlo.

—Buen intento. Ya me has dicho que no lo soy.

—Me equivoqué —murmuró él, mientras inhalaba el olor de su piel caliente—. Me equivoqué por completo.

—Eso lo dice un hombre que acaba de tener un orgasmo increíble.

—Cierto —respondió él.

Se levantó para ir al baño a limpiarse. Después, antes de volver a la cama, se quitó los pantalones vaqueros. Al sentir el contacto del cuerpo desnudo de Grace contra el suyo, Cole suspiró y cerró los ojos. Había algo en ella que le proporcionaba relajación. El sexo, por supuesto, pero no solo eso. Se sentía calmado a su lado, lo cual no tenía sentido, dado lo tensa, quisquillosa y combativa que era. Aunque, en aquel momento, no. En aquel momento su cuerpo se derritió contra el de él.

Ella le posó una mano en la cadera.

—¿Te duele?

—Ahora, no.

—Pero ¿normalmente?

—Depende. Algunas veces, no me doy cuenta. Pero, por las noches, me duele como una muela picada.

—Dios, debió de dolerte mucho cuando ocurrió. Yo solo me he roto la mano. Y un par de dedos de los pies.

—Creo que sé por qué. ¿Un puñetazo mal dado? Y, por supuesto, ¿patadas a las cosas que te cabrean?

—¡No! —exclamó ella, riéndose—. Bueno, lo de los pies sí tuvo algo que ver con mi mal humor. Pero lo de la mano no fue culpa mía. Me empujaron en una discoteca y apoyé la mano para amortiguar la caída. No sé si lo que me rompió la mano fue el aterrizaje o el pisotón que me dieron con una bota.

—Qué discoteca más estupenda.

—Podría contarte varias historias.

Él posó la mano en su cintura, y a ella se le entrecortó un poco la voz. Alzó la cabeza y la apoyó en una mano para poder verle la cara mientras extendía los dedos por su pie.

—Pero no me las vas a contar, ¿verdad?

—No —dijo ella con sinceridad.

Cole bajó los dedos por su cadera y le tapó medio tatuaje. Era un árbol desnudo, negro. Las ramas se le extendían por las costillas y terminaban justo bajo su corazón. Él le rozó un pecho con el dedo pulgar.

—¿Y no me vas a contar nada del tatuaje?

—¿Por qué iba a hacerlo?

—Porque quiero saberlo. Porque me importa su significado.

—Solo es un árbol.

—Es un árbol negro, sin hojas. Es de invierno. O está muerto. ¿Cuál de las dos cosas?

Ella suspiró, pero abrió los ojos y lo miró.

—No lo sé.

—Tienes que saberlo.

—No, no lo sé. Puede que esté muerto. O puede que se le hayan caído todas las hojas porque es invierno y esté esperando a despertar y volver a vivir. Pero... puede que no. Durante los cinco años que han pasado desde que me lo hice, las cosas no han cambiado mucho.

–Entonces, no está bien. Tú no eres así. No eres fría, ni estás muerta.

–Lo dices con mucha seguridad, para ser un hombre que casi no me conoce.

–Te conozco lo suficiente como para ver tu corazón. Estás viva, eres fuerte y luchas.

Grace tragó saliva y volvió la cara para alejarla de él. Después, agitó la cabeza.

–La ira no es fuerza. No es una forma de vivir. Es como las estrellas.

–¿Qué quieres decir?

–La gente mira las estrellas y ve algo bello, brillante, vivo. Pero solo es una luz vieja y muerta. Algunas de esas estrellas ya no existen, ¿lo sabías? Tú piensas que están vivas y brillan, pero murieron hace mucho tiempo. No son nada.

–Dios, Grace. Tú no eres así.

–Puede que sí, no lo sé. Pero tengo que averiguarlo. Cuando me escapé de casa, pensaba que era muy dura, que lo había visto todo y que podía enfrentarme a cualquier cosa. Pero tenía dieciséis años, y todavía estaba viva. Muy viva. Todavía podía sentirlo todo.

Cole se dio cuenta de que el corazón le latía ensordecedoramente.

–¿Qué dices? ¿Qué es lo que podías sentir?

Cuando, por fin, ella volvió a mirarlo, en la habitación ya no había mucha luz, pero a él le pareció ver que tenía los ojos llenos de lágrimas. Grace se echó a reír.

–Nada. Creo que estoy borracha.

–Grace, ¿qué es lo que podías sentir? ¿Te hicieron daño?

Ella negó con la cabeza. Él intentó acariciarle la mejilla, pero ella le apartó la mano.

—No importa.

—Pues claro que importa. Solo eras una niña. Si te pegaron, o te violaron, o...

—Vivía en la calle. Claro que pasaban cosas malas. Me pasaban a mí y a todos los demás. No podíamos cerrar ninguna puerta y, cuando eres un fugitivo, no puedes llamar a la policía. Pero, por lo menos, cuando estás borracho o drogado, todo desaparece. No importa. Y, al final, ya no sientes nada. Es la única forma de seguir adelante.

—Grace, yo...

—Por lo menos, salí viva. Algunos de los demás, no. Intento sentirme agradecida por eso, pero ahora... Ya ni siquiera sé lo que quiero sentir. Pero algo tiene que cambiar.

Volvió a girar la cabeza y se quedó callada. Cole notó un dolor en el pecho, como si se le hubiera quedado el aire atrapado en los pulmones. Sin embargo, respiraba perfectamente. Tomó aire profundamente, varias veces, para intentar calmar aquella tensión.

—No puedo seguir así —susurró Grace—, pero ¿y si solo soy una luz vieja y muerta? ¿Y si solo me queda ira y eso es lo que hace que parezca que estoy viva?

—Estás viva, Grace —le dijo él, y le besó la frente y la mejilla húmeda—. Tienes derecho a estar enfadada, pero eso no es lo único que hay. ¿Es que piensas que es la ira lo que me hace desear acariciarte así? —le preguntó. Le apartó el pelo hacia atrás y volvió a besarle la mejilla.

—Esta no es la única forma en que me acaricias.

—Oh. Eso no es...

—Sí, ya lo sé, ya lo sé. Y es bueno. Es lo que necesito. A eso me refiero.

—Lo siento. Normalmente, no soy así. Si no quieres que...

—Sí, quiero. Ya lo sabes.

—Pero, si te recuerda a algo malo, si...

—No —dijo ella, rápidamente—. Todo eso lo he dejado atrás. Y no puedo volverme blanda ni suave, pero tengo que encontrar la forma de aprender a ser flexible.

Cole no sabía qué decir. No sabía cómo deshacer algo que los dos habían deseado, pero se moría de pena al pensar en que podía haberle hecho daño sin darse cuenta.

—Ahora estás siendo muy suave —le susurró, mientras la habitación quedaba a oscuras por completo—. Lo más suave que he sentido en la vida.

Y lo era. Su piel caliente era como la seda.

—Eso es una luz vieja, Cole —murmuró ella.

—No, claro que no. Es nueva. Es para mí.

Dijera lo que dijera Grace, él sabía que era cierto. En público, ella siempre estaba en guardia, tensa, recelosa y con las zarpas afiladas. Pero después, en su cama, era pequeña, suave y cálida. Y tan vulnerable, que él sentía pena por ella. Aunque no iba a decírselo, claro.

—¿Cómo eras de niña? —le preguntó.

—¿Yo? No lo sé. Delgaducha, desconfiada y temeraria. ¿Y tú?

—Delgaducho, gritón y sucio.

Ella se echó a reír.

—Eso, seguro.

—Tú todavía eres delgaducha, desconfiada y temeraria. No has cambiado. No te has vuelto una supernova.

—Tú, por el contrario... ya no eres delgaducho ni gritón.

—Pero soy sucio.

—Sí, eso, sí.

Se quedaron en silencio durante un rato, a oscuras. Solo eran las diez, pero él ya estaba empezando a quedarse dormido cuando ella volvió a hablar.

—Estoy dispuesta a cambiar, a darme una oportunidad

a mí misma. Tengo que empezar de nuevo y construirme una vida. Tengo que echar raíces en algún sitio y dejar de huir, de vivir como si no tuviera nada valioso que perder.

La idea de que ella dejara de luchar contra él y los dos pudieran ver hasta dónde llegaban... Nunca iba a decírselo a Grace, ni a nadie más, pero le parecía algo a lo que aferrarse. Algo que podía ayudarle a sobrevivir durante las siguientes semanas.

Grace era muy fuerte. Había pasado por el infierno, mucho más que él, y seguía viviendo, luchando contra el mundo. Quizá pudiera ayudarla a dejar la batalla atrás. Por lo menos, a que no luchara contra él.

Le guardaría el secreto de que era suave. Incluso le permitiría que fingiera que no necesitaba nada aparte del sexo. Pero sabía que no era cierto, porque ella se acurrucó contra su cuerpo y suspiró cuando él la estrechó entre sus brazos.

Grace Barrett sí era suave con él. Más a cada minuto que pasaba. Cole no quería quedarse dormido y perdérselo.

—¿Quieres que veamos la tele? ¿Una película, o algo?

Ella abrió los ojos.

—¿Qué tienes?

—Cariño, he estado haciendo reposo por la cadera una buena temporada. Lo tengo todo. Televisión por cable, Netflix, streaming... Di algo, que lo tengo.

Entonces, Grace sonrió.

—¿Crees que podemos ver *Rebeldes*?

—¿Es una película?

—La mejor película de la historia. Suponiendo que te gusten las peleas y el pelo grasiento, claro. ¿No la has visto?

Él se encogió de hombros y tomó el mando a distancia.

—No.

Grace se irguió y se puso de rodillas, con una gran sonrisa.

—Muy bien, vaquero. Tú, encuentra la película. Y yo...

Antes de que él pudiera darse cuenta de lo que estaba haciendo ella, Grace alzó una mano y le dio un buen azote en el trasero. Con fuerza.

—Yo voy a buscar algo de comer. ¿Tienes palomitas?

—¡Dios Santo! —exclamó él, pasándose la mano por el escozor.

—¿Qué? Creía que en esta zona desmontabais así —dijo ella.

Después se fue hacia la cocina, desnuda, lanzándole una sonrisa por encima del hombro. Cole nunca iba a olvidar aquella sonrisa. Si podía conseguirlo, estaba dispuesto a hacerla sonreír de ese modo todos los días a partir de aquel momento.

Capítulo 19

Grace miró el cielo oscuro.

Por lo menos, estaba en su propia cama. Se había quedado dormida durante la película en casa de Cole, pero se había escabullido a las dos, cuando se había despertado sedienta y todavía un poco borracha.

No sabía cuántas cervezas se había tomado, pero, sumando las del bar y las de casa de Cole, debían de ser unas seis. Demasiadas, porque había hablado de su vida como si estuviera en la consulta de un psicólogo. Dios. Y eso, después de rogarle que se la follara.

Y por muy buenas que hubieran sido aquellas relaciones sexuales, enrojeció al acordarse. A él debía de haberle encantado. ¿Acaso ella le gustaba porque quería comprobar si era capaz de someterla de ese modo? ¿Porque era todo un reto conseguir que la chica dura gimoteara y gimiera?

Miró de nuevo el cielo gris. Podía verlo desde su colchón de aire, porque las cortinas de la habitación no eran lo suficientemente largas como para cubrir la ventana hasta abajo y, quien las hubiera colgado, Rayleen, seguramente, había decidido poner la barra unos doce centímetros por debajo del marco superior. Tenía privacidad, pero no demasiada protección de la luz del sol. No sabía si era ingenioso o cutre.

Después de unos minutos de reflexión, llegó a la conclusión de que le parecía ingenioso. La gente rica pagaba muchísimo dinero por unos estores de techo a suelo, y obtenía el mismo resultado. Aquello era como vivir en Beverly Hills.

A pesar de su malhumor, se echó a reír mientras se incorporaba del colchón. Por lo menos, había tenido el cerebro suficiente como para beberse un vaso de agua antes de volver a su apartamento. De lo contrario, en aquel momento tendría un buen dolor de cabeza, y no solo un grave caso de vergüenza.

—A partir de ahora, no vas a volver a repetirlo —se dijo—. Aunque sea el mejor sexo que has conocido.

Y lo era. Si Cole no le cayera bien, lo más probable era que siguiera acostándose con él hasta que se marchara a Vancouver. Pero le caía bien. Era un hombre bueno, fuerte y simpático. No le importaría salir con él si fuera a quedarse en Jackson una temporada. Y si él no fuera un vaquero. Y si tuvieran algo en común, aparte del sexo.

De todos modos, no iba a quedarse en Jackson. Además, no sabía si ella le caía bien a él. Claramente, le gustaba acostarse con ella; después de todo, era un hombre. Pero los hombres no follaban con las buenas chicas de esa manera.

Él la tomaba como ella se merecía que la tomaran: con brusquedad, con intensidad. Era bueno, pero no era dulce, gracias a Dios. Eso era lo que quería ella. Sin embargo, no era la forma en que uno hacía el amor con alguien que le gustase.

Cuando se arregló y salió de casa, había empezado a llover. El cielo estaba de un color gris verdoso que ella no había visto nunca en Los Ángeles. Quizá estuviera a punto de presenciar su primer tornado. Al pensarlo, sintió entusiasmo y terror a la vez, pero agachó la cabeza y esperó a que llegara el autobús. Cuando bajó en la parada del estudio fotográfico, echó a correr por la pasarela de madera de la acera. Tenía el vello de los brazos de punta.

—¡Eh! —saludó, en voz demasiado alta, al entrar por la puerta—. ¿Vamos a ir hoy a las localizaciones?

—Claro —dijo Eve, que estaba mirando la pantalla del ordenador portátil con el ceño fruncido—. ¿Por qué no?

—Va a haber una gran tormenta —respondió Grace, señalando hacia las ventanas.

—Bah, eso pasará en pocos minutos.

—¿Seguro?

—Sí. Mira qué rápido se mueven las nubes.

Grace se acercó a la ventana y miró hacia el cielo, por encima del edificio del restaurante que había en la acera de enfrente. Las nubes pasaban por encima rápidamente.

—No sé —murmuró.

—Vamos. Cuando lleguemos, el cielo ya estará azul. Primero hay que ir al río y, después, al rancho. Estoy encuadrando las imágenes. En circunstancias normales, esto lo harían los de preproducción, pero, con tanta imagen generada por ordenador, necesitan copias de seguridad. Es una cuestión de ciencia y de arte, a medias, y hay muchas imágenes panorámicas. Bueno, ¿lista para ser mi ayudante?

—Claro.

Eve tenía la costumbre de poner música cuando conducía, y aquel día no fue una excepción. Era callada, más callada que la mayoría de la gente, aunque canturreaba por encima de las canciones. Tenía una voz muy bonita, un poco ronca y calmante.

—El domingo no tienes por qué venir —le dijo Grace—. Si te sientes incómoda.

—¿Incómoda? ¿Por qué? —preguntó Eve, al tiempo que bajaba la música.

—Después de lo que pasó. Seguro que no querías decirle nada a Jenny.

—Grace, yo no conozco de nada a esa chica de producción.

—A mí, tampoco.

—No, pero tú nunca me has dado un motivo para no confiar en ti.

De repente, Grace se sintió muy culpable. O, tal vez, solo quisiera empezar a cortar lazos.

—La verdad es que no tengo intención de quedarme en Jackson más que unas cuantas semanas. A lo mejor, menos.

—Ah. Bueno, no me sorprende. Pero mucha gente dice eso cuando viene aquí. Yo también lo dije.

—¿Tú no eres de aquí?

—No. Vine desde Oklahoma, cuando tenía veintiocho años. Creía que me quedaría solo durante la temporada de esquí y que después me iría a buscar una vida de verdad a cualquier otro sitio. Que echaría raíces.

—Pero, al final, no lo hiciste, ¿no? Quiero decir, tú no tienes niños, ¿verdad? ¿No estás casada?

—No —respondió Eve—. Nunca me he casado. Pero supongo que, al final, sí eché raíces aquí.

Grace se dio cuenta de que había una historia detrás de todo aquello. Sin embargo, Eve no dijo nada; siguió mirando la carretera, y sus manos siguieron relajadas sobre el volante. Eve no tenía la urgencia de compartir la historia de su vida. No necesitaba desahogarse. Mantenía la reserva a propósito.

Había dicho que tenía la intención de irse y que no lo había hecho, y que se había establecido allí por defecto. Ella no iba a cometer el mismo error.

—Yo tengo un trabajo de maquillaje esperándome en Vancouver —dijo—. Empieza dentro de cinco semanas. Allí, la industria cinematográfica es muy efervescente.

—¿Conoces a alguien?

—No, a nadie. Alguien llamó a un amigo y me consiguió el trabajo. En realidad, yo no tengo a nadie allí —dijo. Así era como quería que fueran las cosas—. Había pensado que, si todo iba bien mientras esté aquí, tal vez podría utilizar tu nombre como referencia... ¿Te importaría? Tal vez busque trabajo con algún técnico de localizaciones, porque me ha parecido muy interesante. Creo que estar en el tráiler de maquillaje todo el día me pone de mal humor.

Eve se echó a reír.

—Ya me lo imagino. Eres muy rápida. Creo que te va mejor la acción.

—Puede ser.

Grace sabía que tenía un don para el maquillaje. Era muy buena. Pero, tal vez, eso no fuera lo único importante.

—Para mí, está claro —le dijo Eve—. Yo preferiría estar encerrada en mi despacho, trabajando con las copias.

—Ah.

¿Cómo no lo había pensado antes? Tal vez, en realidad, su don fuera una maldición para ella, porque la obligaba a estar encerrada en un tráiler durante semanas en el trabajo, siempre muy cerca del tipo exacto de gente que menos le gustaba. El equipo de producción era una cosa. A veces, era difícil tratar con algunos de los ayudantes y de los creativos, pero el personal era tan variado como la población. Sin embargo, en el tráiler y en los camerinos estaban el talento y los peces gordos, y la gente chismosa que los embellecía. Algunas veces, ella tenía la sensación de que iba a explotar. Algunas veces, explotaba.

Sin embargo, aquel otro trabajo, estar al aire libre, trabajar con gente local y con la gente que hacía el trabajo duro en el set, era algo mucho más natural. Tal vez tuviera que usar su don para maquillar con los amigos y los extras.

—¿Crees que yo podría hacer esto todos los días? —le preguntó a Eve.

—Por supuesto que sí. Pareces muy segura de ti misma, y a la gente le gusta eso. Claro que, si vas a Vancouver, tendrás que empezar desde muy abajo. Va a ser difícil durante los dos primeros años.

—Creo que podría arreglármelas con eso.

—Seguro que sí.

—¿Tú siempre quisiste ser fotógrafa?

Eve sonrió y negó con la cabeza.

—No. Fue una afición durante una temporada, pero yo estudié Empresariales en la universidad. Pensaba que la fotografía no era un trabajo de verdad. Sin embargo, cuando terminé de estudiar, no me sentía muy inspirada en la vida. Trabajé en el ámbito inmobiliario y, después, en un banco. Cuando lo compraron, me despidieron, y aproveché para pasar un tiempo reflexionando sobre lo que quería hacer.

—¿Y terminaste aquí? Siempre pensé que la gente se iba a Los Ángeles, pero tal vez Jackson es un segundo destino en importancia en el camino de la confusión.

Eve se echó a reír.

—Puede ser.

—Entonces, ¿qué pasó?

—Conseguí un trabajo en una galería de arte del pueblo. Ahora ya no existe. Los dueños se fueron. Pero uno de ellos era fotógrafo, y me convenció de que tenía un don y de que me merecía intentar vivir de algo que me apasionaba.

—Y lo conseguiste. Es asombroso.

—Sí, lo conseguí.

—Entonces, ¿estás contenta de haberte quedado?

—Sí —dijo Eve—. Estoy contenta.

Sin embargo, su tono de voz era de lógica, no de felicidad. ¿Acaso lamentaba no haberse marchado? ¿Era también una maldición para ella su don para la fotografía?

Grace estaba pensando en hacerle más preguntas, pero Eve subió de nuevo el volumen de la música, aunque sonreía, como si quisiera demostrar que no estaba evitando aquella conversación. No tenía que haberse molestado. Ella sentía respeto por una mujer que prefería guardarse sus problemas. Nunca había entendido a la gente que exhibía su dolor como si fuera una medalla.

Así pues, Grace dejó que la música llenara el coche y vio pasar las montañas mientras recorrían el camino de tierra que las llevaba al río. Observó el cielo y, como por arte de magia, las nubes fueron desapareciendo una tras otra, después de dejar algunos chubascos. El cielo se quedó de un azul impresionante, rodeado por el oscuro horizonte de la tormenta.

Dios... Aquel lugar era realmente bello. El valle de Jackson Hole ofrecía una vista asombrosa tras otra, y Grace se preguntó cómo sería aquel lugar en invierno, cubierto de nieve. Se imaginaba que muy severo y bello. Ella había visto la nieve, pero no había convivido con ella. Debía de ser muy extraño tener que abrigarse y enfrentarse al hielo todos los días.

Seguramente, iba a experimentarlo en Vancouver, pero no sería como aquel paisaje aislado y brutal. A lo mejor podría volver de visita en invierno. A ver a las personas que podrían haberse convertido en amigos si se hubiera quedado el tiempo suficiente. Tal vez, incluso, podría darse un revolcón con Cole, si los dos seguían solteros y sin compromiso.

Se le hinchó el corazón al pensar en volver a verlo dentro de dos años. Sería muy dulce. Sin embargo, la idea también le hizo daño, no sabía por qué. Le dolía pensar en el paso de esos años.

Frunció el ceño y siguió observando los campos dorados que estaban atravesando. Quería ver a los alces, pensó, cuando bajaran de las montañas en invierno. Quería saber cómo era aquello.

Pero aquel año, eso no iba a suceder. En otro momento, cuando las cosas fueran mejor.

Grace había salido huyendo otra vez, pero no tenía importancia. Si eso era lo que ella necesitaba para sentirse segura, él podía aceptarlo. Simplemente, todo sería mucho mejor cuando, por fin, ella se despertase y se girara hacia él, en vez de intentar escapar. Y lo haría. Lo haría pronto; estaba muy seguro de ello.

Sin embargo, aquella mañana, Cole estuvo esperando a que apareciera el coche de Eve. La noche anterior, cuando él había herido los sentimientos de Grace, ella le había insultado. Sin embargo, después, cuando le había hablado de lo inseguro que se sentía sobre su pierna, ella le había consolado. Claro, decía que solo era sexo, pero había sido consuelo. Por muy dura que fuera, a Grace no le gustaba que los demás sufrieran.

¿Cuál era su opinión sobre Rayleen y Easy? Le había parecido bien ver juntas a dos personas solitarias, pero no podía admitir que ella también lo estuviera.

Dios, quería cuidar de ella.

Pero no debería pensar así, porque, en aquel momento, casi no podía cuidar de sí mismo. Ni del rancho. Ni ocuparse de sus responsabilidades.

Jeremy, uno de los jóvenes que trabajaba en el rancho, volvió del corral con el caballo asignado a Madeline, y él lo ensilló. Ella quería dar otra vuelta para encontrar el sitio perfecto para rodar unas escenas con cielo nocturno. Parecía que uno de los monstruos volaba.

—Es buena amazona —le explicó a Jeremy—, pero intenta controlarla. Se arriesga más de lo que debería.

—Entendido —respondió Jeremy. Se sacudió los pantalones y se metió el bajo de la camisa por la cintura del pantalón. Aquel chico debía de ser su nuevo vaquero de juguete. Era joven, de unos diecinueve o veinte años. Agradable y entusiasta. Justo como le gustaban a Madeline.

Cole no sintió ni una punzada de celos, pero sí amargura, al recordar que él había sido igual. Tonto y despreocupado. Invencible.

Vio un vehículo que bajaba por el camino y le entregó las riendas del pinto a Jeremy. Sin embargo, no era el coche de Eve. Era una camioneta grande, plateada, con un logotipo en uno de los laterales. Era el adiestrador de animales de Idaho al que estaban esperando desde el día anterior. Llevaba caballos para el rodaje, unos ponis entrenados que harían exactamente lo que quería Madeline.

Cole sonrió sin ganas mientras se dirigía hacia el adiestrador. Como parte de su trabajo, tenía que enseñarle el rancho al tipo y proporcionarle lo que pudiera necesitar para la grabación.

Dos horas más tarde ya había terminado de ayudar al adiestrador, había dado el visto bueno a la ubicación de un vallado falso que no interfiriera con el trabajo diario del rancho y había rescatado a un ayudante de producción del ataque de un gallo furioso.

Si no hubiera entrado en el patio y hubiera visto a Grace, se habría vuelto loco. Sonrió sin poder contenerse. Los mechones morados de su pelo brillaban bajo la luz del sol, en absoluto contraste con la escena pastoral que había tras ella, la vista de las montañas con algunos neveros en los picos más altos, aunque estuvieran en julio, la hierba del campo, dorada y ondulante como las olas del mar. Y, justo detrás de Grace, aparecía la casa de la fuente. Su estructura de madera oscura seguía peligrosamente inclinada hacia el sur, tal y como había estado durante los últimos veinte años. En primer plano, Grace lo ocupaba todo con sus ajustados vaqueros negros y una especie de túnica con una chica desnuda pintada en un costado. Por supuesto, Grace tenía el ceño fruncido y parecía que estaba descontenta por algo, pero sus pestañas negras se curvaban con una alegre sensualidad sobre la sombra de ojos rosa, y se le veían los labios muy exuberantes y rosados en contraste con su pálida piel.

Estaba tan fuera de lugar y, al mismo tiempo, exactamente donde debía estar.

—¿Señor Rawlins? —le preguntó un joven. Llevaba una tablilla con papeles y parecía que tenía diecisiete años.

—Un segundo —respondió Cole, distraídamente—. Ahora mismo vuelvo.

Empezó a caminar por el patio, directamente hacia Grace. Ella estaba hablando con Eve en aquel momento, asintiendo, pero con una expresión seria.

—¿Estás segura? —le preguntó Grace a su jefa.

—Por supuesto. Te lo habría dicho antes, pero se me había olvidado que Michael se había ido a vivir a Vancouver. Lo voy a llamar esta noche, cuando vuelva al estudio, si crees que puede interesarte.

—Sí, sí, claro que me interesa. Muchísimas gracias.

—¿Cuándo tienes pensado marcharte?

Cole se detuvo a unos metros de distancia.

Grace estaba de espaldas a él, pero podía oírla perfectamente.

—Si consigo algún trabajo antes de lo que tenía pensado, me iré dentro de una o dos semanas. Claro, si tú no me necesitas aquí. No te haría eso.

—No, no. Cuando la preproducción haya terminado, yo voy a... —Eve se quedó callada al ver a Cole—. Hola. ¿Va todo bien?

No. Nada iba bien. Él notaba un estruendo ensordecedor en los oídos, algo que no tenía nada que ver con la brisa que le levantaba la melena de los hombros a Grace.

—Hola, Cole —dijo ella con despreocupación.

¿Qué era lo que estaba diciendo? ¿Que se marchaba? «Claro, si tú no me necesitas aquí». ¿Ella? ¿Eve?

—¿Qué demonios pasa aquí, Grace?

—Eh... —murmuró Eve—. Bueno, os dejo a solas. Si quieres, Grace.

Grace asintió, aunque no apartó la mirada de Cole mientras Eve se alejaba.

—Estaba en medio de una conversación de trabajo, Cole. ¿Qué te pasa?

—¿Que qué me pasa? ¿Te vas?

—¿Qué quieres decir?

—Te vas de Jackson —dijo él, más seguro de lo que acababa de oír—. Después de lo que dijiste anoche, estás hablando de marcharte.

—¿Qué dije anoche?

Él no podía creérselo. Sucedía de nuevo: promesas y mentiras y, después, un adiós superficial, como si él apenas tuviera derecho a una despedida.

—Cole...

—Dijiste que ibas a quedarte.

—No es verdad. No dije nada de eso.

—¿Acaso no te acuerdas de nada de lo que hablamos anoche?

—Claro que sí. Me quejé de mi vida y dije que iba a cambiarla. ¡No dije que fuera a quedarme en Wyoming!

—Quedarte en Wyoming —murmuró él. Grace lo había dicho como si fuera lo más absurdo del mundo. Quedarse en Wyoming. Con él—. Claro. ¿Por qué ibas tú a quedarte aquí? A menos, claro, que Eve Hill te necesite. Entonces, sí podrías quedarte un poco más. O si tu tía abuela te ofrece un sitio para vivir. O si no tienes ningún sitio al que ir. Aparte de eso, ¿por qué ibas a pensar en quedarte, Grace?

Ella movió la cabeza.

—No sé por qué estás tan enfadado. Me voy a Vancouver. Ya te lo había dicho.

—Sí, me lo dijiste. Pero, anoche, yo creí que... Dios mío, ¿y qué importa? Te vas, ¿no?

Ella encogió un hombro.

—Eve cree que puede encontrarme un trabajo.

—Bueno, pues, entonces, sal corriendo, Grace. Ya tienes un trabajo esperándote. ¿Y qué más? ¿Nada más importante que eso? Como un apartamento vacío en este pueblucho, que solo es otra parada en tu camino. Otra conexión física con la tierra, sin ninguna importancia, porque no hay nada más que te retenga.

Ella exhaló un suspiro.

—Siento que me hayas malinterpretado.

—No he malinterpretado nada. Te veo, Grace. Te veo, y creía que me gustaba tu verdadera persona. Anoche fuiste sincera, por una vez, y yo creí que me gustabas. Pero ahora, vuelves a mentir y a huir. Has vuelto al miedo.

—No, Cole. No tengo miedo. Estoy buscando algo de verdad.

—¿Un trabajo?

—¡Sí, un trabajo! Y esperanza. Un futuro. Eve piensa que tal vez tenga un contacto en una empresa de técnicos de localizaciones, y allí podría trabajar en lo mismo que he hecho para ella.

—Escucha lo que estás diciendo. Vas a irte hasta Vancouver con la esperanza de que haya un trabajo que ya tienes aquí.

—Este sitio no es para mí —dijo ella, susurrando furiosamente.

—¿Por qué?

—Tú mismo lo dijiste. Este no es mi sitio. Yo no encajo aquí.

—Tú no encajas en ningún sitio —le espetó él.

Grace emitió un jadeo, y retrocedió, tambaleándose, para alejarse de él.

—No quieres encajar. No tienes ni idea de quién serías si encajaras en un sitio. Aquí, la gente te acepta, Grace. Quieres hablar de Wyoming como si fuera un lugar atrasado, pero a la gente de aquí le caes bien. Así que, si no encajas, es porque te pones a gritar que no vas a permitir que nadie te obligue. Deja de fingir que son los demás. Eres tú.

—Ya sé que soy yo, idiota —le rugió ella—. Diciéndome eso no me vas a hacer daño.

Él cabeceó.

—Lo que dijiste anoche... No soy yo el que lo ha entendido mal. Has sido tú.

—¡Yo sé lo que dije!

—¿De verdad? Porque dijiste que ya estabas dispuesta a dejar de huir, y a dejar de vivir como si no tuvieras nada valioso que perder.

—No estoy huyendo.

—Y supongo que tampoco estás perdiendo nada.

Ella alzó la barbilla y lo fulminó con los ojos. Él le sostuvo la mirada, intentando obligarla a que le mostrara algo. Cualquier cosa. Pero sus ojos eran negros e insondables.

Él sintió un nuevo dolor en el cuerpo, y no tenía nada que ver con la pierna.

—De acuerdo. Supongo que tenías razón. Vete y constrúyete una vida de verdad en algún sitio, porque aquí no lo has conseguido.

Cuando él se dio la vuelta y se alejó, sonó un trueno hacia el este. Ella no trató de detenerlo. No emitió ni el más mínimo sonido.

Algo valioso. Claro. Y no era él. No era valioso de joven, cuando estaba sano, y no lo era en aquel momento, cuando ya era un vaquero viejo e inválido. Ella se lo había dejado bien claro desde el principio. Grace tenía razón. Era él quien lo había malinterpretado todo.

Dios Santo, no había aprendido nada.

Pasó por delante del chico que llevaba la tablilla de madera e ignoró su mano extendida.

—¡Señor Rawlins!

—Me llamo Cole —gruñó él, sin dejar de caminar hacia la casa principal. Estaba harto de aquella idiotez. No iba a aguantar más a Easy, ni su sádica manipulación. O valía para dirigir aquel rancho, o no. O era un hombre, un vaquero y un jefe, o no.

—¡Don Cole!

—Dios Santo —murmuró. Se detuvo en el porche, con una mano en el pomo de la puerta—. ¿Qué demonios pasa? ¿Es que necesitas que te lleve al baño y te limpie el culo?

El chico pestañeó y abrió unos ojos como platos.

Cole suspiró.

—Lo siento. ¿Qué pasa?

—La señorita Beckingham... Se supone que tenía que haber vuelto hace una hora, pero no ha venido.

Estupendo. Justo lo que él necesitaba. La directora, perdida en una aventura.

—Seguro que Jeremy y ella han perdido la noción del tiempo. ¿No puedes llamarla por teléfono?

Sin embargo, él ya conocía la respuesta a aquella

pregunta. Si allí había muy poca cobertura, al alejarse de la casa y pasar la línea de los árboles, se perdía completamente.

—Vamos a darles otros quince minutos...

Se oyó otro trueno desde el este, que retumbó como una avalancha de rocas. Cole alzó la vista y vio un rayo en la siguiente colina. Eso no era buena noticia. Parecía que estaba atardeciendo, y solo eran las tres de la tarde.

—Deberías hablar con los de seguridad.

—Ya lo he hecho. Han ido en una camioneta en la dirección que tomaron ellos, pero termina en un sendero.

—De acuerdo. Voy a hablar con...

En aquella ocasión, no fue un trueno lo que le interrumpió, sino un rayo que cayó muy cerca de ellos. Varios de los miembros del equipo gritaron asustados, y todo el mundo se puso en acción para recoger el equipo y cubrir su trabajo con lonas. El viento cambió y, de repente, empezó a hacer frío.

Cole entró rápidamente en la casa y encontró a Easy en su despacho.

—¿Has visto a alguno de los chicos por aquí?

—La mayoría de los hombres están cambiando al ganado de un pasto a otro.

—De acuerdo —dijo él. Entonces, salió corriendo e hizo una comprobación en el establo, solo para asegurarse. Después, tomó su montura y sus chaparreras.

El chico del equipo lo siguió.

—¿Estás seguro de que hace tanto tiempo que tenían que haber vuelto? —le preguntó Cole.

—Sí. La señorita Beckingham tenía que haber vuelto a las dos. Íbamos a ir al río por última vez. Su avión sale a las cinco y media.

—De acuerdo. Voy a ir a buscarlos.

Cayó otro rayo, y fue seguido de un trueno ensordecedor. Aunque el cielo todavía estaba de color azul, las nubes que avanzaban desde el este eran casi negras.

Cole se echó la silla al hombro y se encaminó hacia el corral. Su yegua lo miró con cautela al ver que se acercaba, pero se estremeció de satisfacción cuando le puso la manta sobre el lomo. Cole también se habría estremecido, pero por otros motivos. Sin embargo, tenía tanta adrenalina en la sangre, que no pensaba mucho en lo que hacía.

—¿Lista, bonita? —le preguntó, mientras iba colocando la silla y abrochando las correas. Cuando terminó, le dio una palmada en la grupa—. Sé buena, ¿de acuerdo?

La yegua movió la cabeza hacia él y, después, la apartó. Él estaba metiendo el pie en el estribo cuando cayó otro rayo, y la yegua hizo un movimiento brusco y dio un resoplido. A él se le soltó el pie. Entonces, se le aceleró el pulso. Solo un poco; lo suficiente para que se pusiera nervioso.

—Está bien —murmuró—. No es nada que no hayamos hecho antes.

Los vaqueros no se ponían a resguardo cada vez que llovía. En cuanto pensó aquello, le cayó una gota en la mano. Después, otra, tan gruesa, que parecía un granizo. Volvió a poner la bota en el estribo y montó en su yegua. Al principio se sintió bien; solo notó un estiramiento en la cadera. Nada más. Sintió alivio y pensó que todos se habían confundido: los médicos, su fisioterapeuta y los especialistas. Lo habían estado torturando para nada. Se habían equivocado y él tenía razón.

Sin embargo, cuando salió del área llana de tierra que rodeaba al corral y comenzó a subir por el sendero, empezó a notar un pinchazo intenso en la cadera.

Cambió de postura en la silla y se relajó, pero el movimiento empeoró el dolor.

Respiró profundamente y apretó los muslos para

trasladar el peso del cuerpo hacia delante. Eso le ayudó un poco. Sin embargo, cuando llegó a los árboles, sentía cada movimiento que hacía la yegua debajo de él, cada terrible golpe de sus cascos en el suelo. El dolor se extendió por toda su pelvis y llegó a la espina dorsal.

No debería haber hecho aquello. Podía empeorarlo todo.

Sin embargo, pensó también que, si no estaba curado ya, nunca iba a recuperarse. Lo sabía. Lo veía en los ojos de todos los que le preguntaban. «¿Qué tal tienes la pierna, Cole? ¿Y la cadera?». Él fingía que no veía aquella preocupación, ni la tristeza que intentaban disimular.

A medida que el camino iba ascendiendo y la pendiente aumentaba, dejó que su cuerpo se relajara hasta que se apoyó en la silla mucho más de lo que hubiera hecho normalmente. En realidad, así no estaba tan mal. El peso de su cuerpo descansaba mucho más en su rabadilla que en las caderas. De hecho, aparte de la tensión de los músculos que llevaba tanto tiempo sin utilizar, se sentía casi bien. Hasta que hubo otro trueno y su yegua dio un traspiés. Ella recuperó el paso rápidamente, pero la sacudida prendió fuego a sus huesos.

Cole soltó una maldición y apretó los dientes. El miedo empezó a vencer a la adrenalina y, entre eso y el dolor, comenzó a sudar. El viento convirtió el sudor en hielo. Sin embargo, nada de aquello tuvo importancia cuando se oyó el chasquido de un rayo y comenzó a llover. Los árboles le protegían ligeramente de la lluvia, pero las ramas comenzaron a golpearlo, a engancharsele en las chaparreras y a tratar de arrancarle el sombrero.

En un momento dado, la yegua se sobresaltó y se tambaleó hacia adelante, pero, como era tan buena, incluso aunque él llevara el peso del cuerpo colocado de una forma tan extraña sobre ella, solo corrió unos pocos metros antes de calmarse de nuevo.

Después, caminó con confianza sobre las rocas y ni siquiera vaciló cuando el sendero empezó a bordear un precipicio. Cole no se sentía tan seguro como ella y, a pesar del dolor, se sentó erguido. No quería desestabilizarla de ninguna manera, y tenía que ir mirando el borde del precipicio. Lo más seguro era que a Madeline y a Jeremy les hubiera sorprendido la tormenta y hubieran tenido que refugiarse en algún sitio, pero, por si acaso, él mantuvo la vista en las rocas que había unos quince metros más abajo.

El sendero continuaba más de cinco kilómetros, pero Cole sabía hacia dónde se dirigía Madeline, y no veía ninguna razón por la que ella hubiera pensado en bajar por el otro lado de aquella bifurcación del risco. Por otra parte, sabía que sus mentes no funcionaban igual y, tal vez, las vistas no fueran de su entera satisfacción. Tal vez hubiera decidido que necesitaba ir al siguiente valle para ver cómo era la panorámica desde el otro lado.

Y Jeremy no habría tenido el valor suficiente como para decirle que no a una mujer como Madeline.

Por primera vez, se le ocurrió que podía haber otros motivos para su retraso. Le tembló un ojo. Se movió de nuevo en la silla. Ya no encontraba una posición en la que no se sintiera como si le estuvieran clavando un hierro al rojo vivo en la cadera.

Madeline Beckingham era una mujer muy apasionada, y no solo con respecto a su trabajo. Incluso cuando él tenía veintiún años y ella, treinta y dos, necesitaba el sexo con más frecuencia que él, y era casi demasiado. En paseos como aquel, a veces se sentía tan abrumada por la belleza del paisaje, y las ideas se arremolinaban con tanta violencia en su mente, que casi se convertía en una maníaca en cuanto a su necesidad.

—Jesús —musitó Cole. Esperaba no encontrársela al doblar una esquina, montando a Jeremy como una especie de pagana enloquecida, desnuda bajo la lluvia y el viento.

De joven, él había pensado que Madeline era una leyenda. Una artista. Una fuerza de la naturaleza. Y la verdad era que, por mucho que le hubiera herido, era todas esas cosas. Él había sido un idiota al pensar que una mujer así se conformaría con un hombre como él.

Y lo mismo podía decirse de Grace. Si quería a una mujer salvaje e indomable, entonces tendría que aprender a vivir con el hecho de que lo dejaran plantado, rasguñado, magullado y solo.

A mil doscientos metros de altura, tenía la sensación de que se le iba a desintegrar la cadera. Era como si cada paso lo dividiera lentamente en dos. El viento se calmó de repente, y el sendero siguió el contorno de una peña. Llovía sin parar; Cole tomó una bocanada de aire húmedo e intentó ignorar el dolor, pero en aquel momento, mirando hacia la caída de veinte metros, lo supo. Se había terminado. A pesar de sus valientes palabras, a pesar de su negación, su vida de jinete había terminado.

Llevaba media hora en la silla de montar y tenía que esforzarse para no gritar de dolor a cada paso. Nunca podría trabajar durante ocho horas seguidas y, mucho menos, hacer jornadas de dieciséis horas durante las temporadas de reunión del ganado, o durante un traslado.

Era el final. Tenía el dinero para comprar el rancho, sí, pero ¿de qué le serviría? Todos sus planes habían perdido la razón de ser hacía nueve meses, pero él no se había dado cuenta hasta aquel momento, aunque todos los demás sí lo hubieran hecho.

Mantuvo la mirada atentamente en la caída del precipicio, pero se le hundieron los hombros. Podría encontrar trabajo por la zona. Conocía a mucha gente, y no se quedaría desempleado, pero ¿en qué iba a trabajar?

¿Qué iba a hacer? ¿Manejar la cuerda en un rancho hotel? ¿Cocinar en algún antro turístico? Tal vez pudiera trabajar en un bar y beber todas las noches, como su padre.

Su padre no era un mal hombre. No podía avergonzarse de él, porque ni siquiera era un borracho. Abría una cerveza cuando entraba en casa, por la noche, y bebía varias hasta la hora de acostarse. Se quedaba... entumecido.

A él no le importaría estar un poco entumecido en aquel momento.

Con un estremecimiento de dolor, tomó la última y larga curva que quedaba antes de que el sendero ascendiera hacia la parte más alta de la peña. Todavía no había encontrado ni rastro de Jeremy ni de Madeline, ni de los caballos.

Un trueno retumbó y, después de la violencia de los rayos, el sonido fue casi tranquilizador. Sin embargo, a medida que subía más y más hacia la cima del sendero, empezó a preocuparse de nuevo. Pensaba que iba a encontrarlos justo en aquel punto, resguardados debajo de los salientes de la roca.

Un relámpago restalló de nuevo, aunque más alejado, y él urgió a la yegua para que subiera hasta la grieta por la que el sendero atravesaba la roca.

Tuvo la necesidad de cerrar los ojos a causa del dolor de la cadera. Cada paso de la yegua era un brutal recordatorio de que se estaba lesionando más. Llegó a la grieta de la roca y apretó ligeramente los dedos. La yegua todavía lo conocía, y él estaba recuperando su percepción de ella. Le dio una palmada en el cuello y se sentó tan erguido como pudo.

Más abajo se extendía un pequeño valle. Lo usaban como pastos a comienzos de primavera, pero, en aquel momento, el ganado estaba en un terreno más alto, comiendo la hierba que no se había puesto verde hasta finales de junio. Había ráfagas de viento y lluvia, pero ya no caía tanta agua como para no haber visto a dos jinetes. Allí no había nadie. ¿Dónde demonios estaban?

En el valle solo había un bosque de álamos temblones y el viejo remolque de un campamento. El viento dirigió la lluvia hacia él durante un momento. Agachó la cabeza y dejó que le cayera en el sombrero; después, volvió a intentarlo. A pesar de que seguía haciendo viento, estaba dejando de llover. Observó el valle con los ojos entrecerrados y captó un movimiento. Miró hacia el viejo remolque y vio que algo se movía debajo.

No, no debajo, sino detrás. Un caballo asomó la cabeza por una de las esquinas.

–Bingo –dijo, con un suspiro, y guio a la yegua más allá de la roca, por el sendero. Había recorrido un cuarto de la bajada, cuando se dio cuenta de que, tal vez, aquello no era asunto suyo. Si ellos dos querían acurrucarse en un remolque, eran libres de hacerlo. Pero Jeremy debería haber tenido más sentido común. Estaba en horario de trabajo, y él no iba a permitir que pagaran al chico a cambio de sexo.

Cuando llegó al final del camino, estuvo a punto de pasar de largo. Había un riachuelo en la boca de aquel valle, y podía seguir su curso hasta que se cruzara con un camino de tierra, a un kilómetro y medio de allí, y dar la vuelta para regresar al rancho. Sin embargo, solo había visto un caballo, y cabía la posibilidad de que hubiera algún problema.

Apretó la mandíbula y atravesó la pradera. El agudo dolor se había convertido en un extraño entumecimiento. Probablemente, no era una buena señal, pero sí un alivio.

Cuando se acercaron, la yegua resopló y relinchó al caballo que estaba detrás del remolque del campamento.

Unos segundos más tarde, la puerta de estaño del vehículo se abrió.

−¡Cole! −exclamó Jeremy. Parecía que estaba completamente vestido, pero tenía la camisa arrugada y pegada al cuerpo.

−¿Está aquí Madeline?

−Sí, pero tiene muy hinchado el tobillo. Su caballo se asustó en la tormenta y salió corriendo. Por suerte, ella ya había desmontado y estaba sujetando las riendas. El animal le dio un tirón y la tiró al suelo. Está bien, pero no quería arriesgarme a cabalgar durante la tormenta.

Cole miró al cielo.

−Creo que ya está levantando.

Madeline salió a la puerta cuando Jeremy saltó a la hierba.

−Tengo que volver, Cole. ¿Es seguro?

Aparte del pie, que no apoyaba en el suelo, y de algunas manchas de humedad de su ropa, parecía que la aventura no la había afectado en absoluto. Salía humo de la pequeña chimenea de la estufa que calentaba el remolque. Parecía que Jeremy había sido todo un caballero.

−¡Eh! −dijo Jeremy−. ¡Estás montando!

−Sí.

−¿Quieres llevar tú a la señorita Beckingham al rancho mientras yo busco al caballo?

−Yo...

Cole se quedó callado. No, no quería llevar a Madeline a la espalda, pero no podía seguir montando durante una o dos horas en busca de un caballo perdido. Miró a los ojos a Madeline. No sabía lo que habían estado haciendo Jeremy y ella delante de aquella estufa, pero la buena noticia era que no le importaba.

−Ayúdala a montar −le dijo al chico con tirantez.

Madeline tomó el chaleco que llevaba de abrigo y se lo puso. Después, Jeremy la montó detrás de la silla de

Cole. Ella se agarró a su cintura y apoyó la barbilla en su hombro.

—Gracias, Cole —le dijo, suavemente. No se despidió de Jeremy.

—Vuelve por el arroyo —le dijo él al chico, y tomó aquella dirección.

Durante un rato, sintió tan intensamente el contacto de aquella mujer contra él, que se olvidó de la cadera. Era extraño que ella lo tocara. Había sido su amante una vez y, después, la había odiado. En aquel momento solo se sentía como si lo estuviera abrazando una desconocida. Se movió en la silla y carraspeó.

—¿Estás bien? —le preguntó ella.

—Sí, ¿y tú?

—Yo estoy bien. ¿Fue muy grave tu lesión, Cole?

Él tuvo la esperanza de que ella no notara que se le contraían los músculos. Aquella mujer era demasiado rápida. No le dio ninguna respuesta.

—Dijiste que te habías hecho daño en la pierna, pero la cojera, el hecho de que intentes no forzar ese lado... A Jeremy le ha sorprendido verte cabalgar, y eso ha hecho que me diera cuenta de que no te he visto a caballo desde que llegué. En aquel primer plató, estabas pegado a uno.

—El rancho no es un plató. Es mi vida y mi trabajo.

—Razón de más para que estuvieras a caballo, entonces. ¿Qué pasa, Cole?

Aquello no era asunto suyo, y él se sentía muy tenso con sus preguntas. No quería que lo supiera. Nunca había creído que volvería a verla, pero, si tenía que elegir, no habría permitido que lo viera así, en el momento más bajo de su vida. Madeline lo había dejado tirado como a una basura, y allí estaba él de nuevo, como si ella lo hubiera echado a perder. Como si él nunca hubiera podido recuperarse y seguir adelante.

Se imaginó a Grace volviendo dentro de diez años. Se imaginó a sí mismo como si fuera su padre, hundido y amargado.

Dios Santo. Eso no podía ocurrir. No podía dejar que aquella gente determinara lo que era y lo que no. Madeline, Grace, Easy, los médicos. No podía medirse a sí mismo por sus palabras, verse a través de sus ojos.

—Me destrocé el fémur —dijo por fin—. Me rompí la pelvis. No había vuelto a montar desde hace nueve meses.

—Oh, Dios, Cole. Lo siento. Pero ¿estás mejor ahora?

—Tal vez.

—Bueno, pues gracias por venir a rescatarme. Creo que ese chico estaba asustado de mí.

Él gruñó y guio a la yegua por un terraplén empinado. Se movió de nuevo en la silla e intentó hallar la forma de contener el dolor un momento.

—Podemos ir andando, si quieres —le dijo Madeline, en voz baja.

Cole miró hacia delante.

—No sé si eso serviría de algo a estas alturas.

Ella le tocó la cadera y deslizó la mano sobre él con la facilidad de una propietaria. Él miró hacia abajo y vio la mano en su muslo; ella estaba metiendo las puntas de los dedos bajo el borde de sus chaparreras. Le recordó a las caricias de Grace, así que se lo permitió. De todos modos, ya no tenía importancia.

—¿Necesitas ayuda, Cole?

—¿A qué te refieres?

—No creo que los vaqueros tengan el mejor seguro de salud que hay, ¿no?

—Yo tengo seguro. Estoy cubierto.

Ella siguió acariciándole el muslo y, aunque él lo detestara, tuvo que reconocer que se sentía mejor.

—Ahora has vuelto a montar. ¿Vas a volver también a ser vaquero?

—Sí. Este rancho será mío muy pronto —dijo él; sin embargo, no sabía si seguía siendo cierto.

—Por eso has sido tan posesivo con él.

Él permaneció en silencio, mirando al arroyo.

—¿Por qué no me dejas que te ayude?

Madeline deslizó la mano por la parte interior de su muslo. Cole apretó los dientes para contenerse, pero su miembro empezó a hincharse.

—¿De qué estás hablando?

Ella deslizó la mano hacia arriba. Se echó a reír y pasó las uñas por la tela que cubría su erección. Él quería decirle que no tenía nada que ver con ella, que era una respuesta automática a una caricia. Sin embargo, sonaría patético, así que se limitó a ponerle la mano de nuevo en su muslo.

—Sé lo que debes de pensar de mí, Cole. Pero yo sé lo que quiero y voy por ello. Y te deseo a ti, otra vez, como era antes. Entonces eras muy bueno, y sé que ahora serás mejor aún. Más maduro. Serían las caricias de un hombre. El conocimiento de un hombre.

—Y que lo digas —gruñó él.

—Me marcho hoy. Voy a estar en Los Ángeles unas semanas antes de volver para el rodaje. ¿Por qué no te vienes conmigo? Como en los viejos tiempos. Allí puedes recuperarte, relajarte. Tengo una masajista personal. Será bueno para ti. Te convertirás en un hombre nuevo.

Un hombre nuevo. Después de su último viaje a Los Ángeles, también se había convertido en otro hombre. Había ido allí siendo un chico arrogante y había vuelto siendo un hombre, aunque no por las razones que ella creía. Cuando ella lo había echado de su casa, no había vuelto a Jackson con el rabo entre las piernas. Había fanfarroneado demasiado, y había perdido a sus amigos. Le había roto el corazón a su novia, cuya familia lo había aceptado como uno de los suyos. Y lo que menos quería era enfrentarse a su padre.

Su padre estaba muy disgustado con él por haberse puesto a trabajar en el rodaje. Y, cuando él había decidido marcharse, su padre le había dicho que era un desgraciado, un mal hijo.

—Eres tonto si crees que esa gente te va a querer —le dijo—. Y eres tonto si crees que yo te voy a aceptar cuando ellos acaben contigo.

Así que Cole no había vuelto. Su orgullo no se lo había permitido. Se había quedado en Los Ángeles con todo el dinero que le había dado Madeline. Había ido a fiestas y se había acostado con mujeres, con la esperanza de que ella se enterara de todo, de hacerle daño. Se había emborrachado y había tomado pastillas, para no tener que ver lo que se estaba haciendo a sí mismo.

Y, unas semanas más tarde, su padre había muerto. Solo. Había sufrido un infarto del que él podía culparse fácilmente. Entonces, su orgullo ya no valía nada. Había vuelto a casa para intentar convertirse en un hombre del que su padre hubiera podido estar orgulloso. Le debía eso, por lo menos.

Movió la cabeza pensativamente.

Madeline emitió un sonido conciliador y volvió a poner la mano sobre su miembro.

—Tú no me querías, ¿sabes?

En aquella ocasión, él dejó que lo tocara, porque quería que se diera cuenta de que sus caricias ya no funcionaban. Sin embargo, tenía que haber sabido que ella era más lista. Madeline lo acarició y apretó sus pechos contra su espalda.

—No me querías —repitió—. Adorabas la emoción, la novedad, las aventuras, el sexo. No me conocías lo suficiente como para quererme. Así que, cuando me susurrabas eso al oído, yo sabía que no era cierto, y eso era con lo que yo tenía que vivir. Siempre he tenido que vivir con eso, fueras tú o cualquier otro. La gente quiere cosas de mí, Cole. Incluso cuando era pequeña, mis amigas sabían quién era mi padre. Y sus padres lo sabían.

Mientras hablaba, no dejó de acariciarlo. Y, cuando él se hinchó contra su mano, ella hizo un sonido de aprobación.

—La gente siempre quiere cosas de mí. Sexo, emociones, dinero, poder, fama, glamur. Y tú no eras distinto de los demás. Pero, por lo menos, eras muy dulce. Eso nunca lo he olvidado.

—Yo no te estaba usando —dijo él. Sin embargo, lo que acababa de decirle Madeline había cambiado lo que pensaba. Ya no estaba tan seguro.

—Sí —dijo ella, suavemente—. Pero me gustabas. Y tengo que admitir que casi esperaba que rechazaras mi oferta de venir a Los Ángeles. Quería que dijeras que no, que me dijeras que no se trataba de eso, que no era eso lo que querías de mí. Pero viniste. Y fue divertido. Pero no era amor.

Cole no estaba dispuesto a reconocerlo. Siempre había creído que la quería, pero, cuando ella lo explicaba así... ¿Qué sabía él, a los veintiún años, de aquella mujer?

—Si lo nuestro no significó nada, ¿qué es lo que quieres de mí ahora? ¿Solo sexo?

—Bueno, el sexo fue estupendo, no te equivoques. Pero no es solo eso. Te conozco. El dinero puede comprar muchas cosas. Puede comprar el sexo. Pero no puede conseguir que sea bueno. Y no puede conseguir que sea dulce. Tú eras dulce, Cole. Y yo quiero eso otra vez, unas semanas. Nada más.

—Ya no soy así, Madeline.

—Sí, claro que sí. Mira cómo has venido a rescatarme, a pesar de que tienes muchos motivos para odiarme.

Eres dulce –repitió ella y le besó un hombro–. Y fuerte –añadió y le besó el cuello–. Y grande.

En aquella ocasión, ella le agarró el miembro, y Cole cerró los ojos e intentó imaginarse cómo sería acostarse con Madeline otra vez. Podía hacerlo, pero ¿quería? Después de lo que había tenido con Grace... Dios, por muy breve que hubiera sido, esa aventura había alterado para siempre su idea de lo que era la intensidad.

Con Madeline, no tendría las mejores relaciones sexuales de su vida, pero el sexo era sexo, y no siempre podía ser lo mejor. Sabía que no iba a estar mal. Sin embargo, el problema llegaría después. No podría soportarse a sí mismo.

En realidad, no estaría traicionando a nadie, pero pensó en Grace de inmediato. Vio su cara, sus ojos oscuros y su cuerpo, derritiéndose contra él. Salvo que ya no habría nada más de eso, porque ella se iba a Vancouver. Al menos, con él, no.

Y ese era el verdadero motivo por el que no dijo que no al instante. Porque Grace se marchaba y lo dejaba. Dentro de unas cuantas semanas, ella se iría ante sus ojos, pero su recuerdo permanecería allí. Dejaría allí a su fantasma, pegado a él como una sombra.

Sin embargo, en Los Ángeles podría olvidarla, aunque solo fuera un tiempo. El tiempo suficiente para mitigar lo mucho que la necesitaba.

Madeline deslizó la mano hacia arriba, por su vientre, y volvió a besarle la nuca.

–Piénsalo –murmuró ella.

Y eso era lo más terrible: que ya lo había pensado.

Capítulo 20

Cole tenía una aventura con Madeline Beckingham.

Grace vio a Madeline bajar del caballo, y la directora, rápidamente, se volvió a sonreírle. Posó la mano en su rodilla y, después, la subió un poco. Lo acarició como si lo hubiera acariciado ya antes. Como si eso fuera lo mínimo que habían hecho.

Grace no podía ver la expresión de Cole bajo su sombrero, pero él no hizo que el caballo se alejara ni le apartó la mano a la mujer. De hecho, asintió a lo que ella le estaba diciendo, y Madeline se echó a reír.

Grace sintió una quemazón en el pecho. Pensaba que sus relaciones sexuales con Cole habían sido sinceras. Tal vez, no muy trascendentales, ni tiernas, pero sí sinceras. Ella lo había entendido y había confiado en ello.

Pero no.

No. Por supuesto que no. Era de esperar que no hubieran sido más sinceras que el resto de aquel podrido mundo. Él también se acostaba con Madeline. Seguramente, la abrazaba como si fuera una valiosa figura de porcelana, como había hecho con ella.

Grace notó que se le formaba un gesto de desprecio en los labios, y los relajó. No le importaba lo suficiente como para demostrarle nada a Cole.

Solo había sido sexo. Se lo repitió varias veces. Él no le debía nada antes y, mucho menos, ahora.

Sin embargo, Cole había intentado que fuera algo más, el muy desgraciado. Lo había intentado y, si ella lo hubiese creído, le habría hecho daño.

Lo último en lo que podía confiar era en su instinto, y también había perdido eso. Primero había perdido el orgullo que sentía por su propia fuerza y, después, el instinto animal. Ya no tenía nada.

Observó a Cole mientras devolvía el caballo al corral. Parecía que podía montar otra vez, que estaba bien. ¿Había sido eso otra mentira?

Pese a su determinación de comenzar una nueva vida, Grace tuvo ganas de darle una patada a algo. Quería gritar, rabiar y despotricar.

No podía hacerlo allí. Miró a su alrededor y se sintió aliviada, porque nadie la estaba mirando; la violencia que sentía debía de reflejársele en la cara. Vio a Cole desaparecer por detrás del establo y se encaminó hacia allí.

Le costaba respirar. Era como si en aquel maldito lugar no hubiera suficiente oxígeno. El aire era demasiado escaso. Aunque estaba mareada, llegó hasta el establo y, cuando torció la esquina, lo vio junto a su caballo, de espaldas a ella. Tenía la camisa húmeda y pegada a los músculos. Llevaba unas chaparreras de cuero oscuro. Parecía invencible.

La rabia de Grace era tan intensa que le saturó la piel y la traspasó. Formó un escudo de protección a su alrededor.

—¿Cuánto tiempo llevas acostándote con ella? —le preguntó con un gruñido.

Cole alzó la cabeza y la giró, y miró a Grace por encima de su hombro. No se molestó en darse la vuelta. De hecho, se giró de nuevo hacia delante y apoyó la frente en el cuero de la silla.

—Vete, Grace.
—¿Cuánto?
—No es asunto tuyo.
—Desgraciado.
—¿Y a ti qué te importa? —preguntó él con la voz ahogada.
—No me importa, Cole, nunca me ha importado. Pero no me gusta que me mientan. No quiero ser otra de tus estúpidas chicas, ¿sabes? Tú eras el que estabas intentando que se convirtiera en algo más. ¿Y si yo lo hubiera aceptado? ¿Y si me hubiera creído todas tus mentiras?
—Bueno, pero no lo hiciste, así que no importa, ¿no?
—¿Cuánto? —gritó ella, apretando los puños—. ¡Dímelo!
Él alzó la cabeza, pero no la miró.
—Trece años, supongo.
—¿Trece años? —preguntó ella, sin entenderlo. Ni siquiera...—. Oh —musitó, por fin, entendiéndolo todo. Trece años.
Ese era el motivo de que aquella situación fuera tan delicada para él. Porque Madeline era su amante, y Grace había hecho que todos sus caminos se cruzaran. Él se había acostado con ella y había tenido que estar respondiendo ante Madeline en un lugar que consideraba suyo. Y, además, mantener todas las mentiras en secreto.
—Entiendo. Entonces, la intrusa aquí soy yo.
—No —dijo él—. No ha sido así —añadió, y a ella le pareció oír una risa llena de dolor—. No ha sido así en absoluto.
—¿No? Si ni siquiera puedes mirarme.
—Sí, en eso tienes razón.
—Demonios, Cole, ¿por qué has hecho esto?
Él suspiró.
—Pero... ¿por qué te molestas tú en preguntarlo? Ni siquiera querías que lo nuestro tuviera algún significado.

—Pero eso no quiere decir que...
—¿No puedes dejarlo ya? Por favor. No puedo hablar de esto ahora. Déjalo.

Grace soltó un resoplido de incredulidad.

—Ah. Claro. Siento haberte molestado.
—Grace...
—No, no te preocupes. Tienes razón. Esto no tiene ninguna importancia. Adiós.

Ella se dio la vuelta y se alejó, tragando saliva para intentar deshacerse el nudo que tenía en la garganta. Le ardían las mejillas y le picaban los ojos. Necesitaba llorar. Llevaba años sin llorar delante de nadie, pero, en aquel momento, necesitaba sollozar. Y no podía hacerlo, ni allí, ni en ningún sitio. Nunca.

Ni siquiera tenía un motivo de peso para llorar. Después de todo lo que le había ocurrido, después de cómo había sido su vida, ¿iba a llorar por eso? ¿Por una aventura pasajera y breve con un desconocido?

Era hilarante. Sin embargo, no tenía ganas de llorar, y estaba a punto de sollozar. Tomó aire para contenerse.

Oh, Dios. Oh, Dios.

Se alejó de los grupos de gente que había en el patio y se dirigió, ciegamente, hacia la casa. No sabía por qué; eligió aquel camino por pánico, y no sabía qué hacer. Si se daba la vuelta e iba en dirección contraria, llamaría la atención de los demás, y no podía soportarlo. Así pues, continuó hacia la casa, rodeó una esquina y fue al patio trasero.

Cuando estuvo escondida, se apoyó en un muro e inclinó la cabeza hacia atrás. Había leído en algún sitio que mirando hacia arriba podían pararse las lágrimas. Ese truco le había funcionado más veces, pero, en aquella ocasión, no le sirvió. Aquello era algo más que lágrimas. Era como si tuviera a otra persona dentro que quería salírsele por la garganta, liberarse del tremendo caos en el que había convertido su vida.

Se tapó la boca con las manos para contenerlo todo. Miró al cielo. ¿Por qué no podía llover en aquel momento? ¿Por qué no se abría el cielo y la enterraba en agua?

Era horrible, fuera lo que fuera. No quería sentirlo. ¿Por qué le dolía tanto?

—¿Señorita?

Grace se apartó del muro y bajó las manos.

—¿Está bien? —le preguntó Easy, desde las escaleras de la entrada trasera de su casa.

—Sí, gracias —dijo ella, con la voz quebrada, como si una persona que estuviera bien fuera a esconderse detrás de una casa, apretándose la boca con las manos para contener los sollozos.

—Está muy pálida, señorita... ¿Grace, verdad?

—Sí. Es solo un pequeño drama profesional, señor, Easy. Estoy bien, gracias.

—Entre a tomar un poco de limonada.

—No, muchas gracias, de verdad.

La presión iba disminuyendo, gracias a Dios. Casi podía hablar con normalidad.

—Entonces, una cerveza.

Ella forzó una sonrisa.

—No, de veras. Estoy bien.

—¿Quiere que vaya a buscar a Cole?

—¿Qué? ¡No!

—Lo siento. Lo vi con usted anoche.

Por un momento, recordó lo que había estado haciendo con Cole la noche anterior, y se dio cuenta de que Easy hablaba del salón.

—No, no lo avise. Estoy bien.

—Si Cole y usted...

—¿Sabía que Rayleen es mi tía abuela? —le preguntó, con desesperación, para poder cambiar de tema.

—Vaya. No, no lo sabía. No sabía que tuviera ningún familiar.

—Bueno, parece que ha salido de lo más profundo del Hades, pero tiene familia. Su hermana, mi abuela, vive en Florida.

—Vaya —dijo él, y se meció un poco sobre los talones.

—De todos modos, es más buena de lo que parece. Pensé que debería usted saberlo.

En realidad, no tenía pruebas de que Rayleen fuera buena, pero necesitaba decir algo.

—Ahora tengo que volver al trabajo. Gracias.

Por lo menos, había conseguido contener las lágrimas. No se había desmoronado. Iba a salir de aquello siendo la misma persona que era cuando había llegado.

Aunque, verdaderamente, eso no le servía de consuelo.

Cole tardó veinte minutos en poder volver a andar. Estuvo veinte minutos respirando profundamente y convenciéndose para dar el primer paso.

La pierna le había fallado al desmontar, se le había doblado con una descarga de dolor. Afortunadamente, había podido agarrarse a la silla y evitar una caída, porque Grace había aparecido treinta segundos después.

¿Qué quería de él? ¿Estaba loca? Tenía demasiados dolores como para ponerse a analizar a una mujer cuya alma era como un laberinto. Si acaso tenía alma, que, probablemente, no era cierto.

La tensión y la ira que había sentido al hablar con ella no le habían ayudado a que su pierna mejorara, pero, después de un rato, había podido relajarse lo suficiente como para estirar los músculos, y el dolor se le había mitigado un poco.

Había mantenido la mano izquierda sobre la perilla de la silla de montar mientras daba los primeros pasos. La pierna le había aguantado, a pesar de que estaba muy rígida. Estiró la pierna y llevó a la yegua hasta la puerta del corral pequeño. Se movió lentamente, hasta que estuvo seguro de que podía poner peso sobre la pierna. Pero lo consiguió.

Soltó a la yegua en el corral, hasta que tuviera fuerzas para poder ocuparse de ella, y caminó con cuidado hacia la casa principal. Cuando llegó a los tres escalones del porche, se quedó mirándolos antes de empezar a subir.

—¿Easy? —llamó cuando entró.

—Sí.

Cole siguió el sonido de su voz hasta la cocina. Easy estaba en la puerta trasera, con una taza de café en la mano.

—Necesito saber si tienes algo pensado para el rancho, algún plan en el que yo no voy a tomar parte.

De inmediato, Easy se impacientó y frunció el ceño.

—Ya te he dicho que no estaba pensando en vendérselo a nadie más.

—No quiero decir eso. Me refiero a que si has pensado en lo que vas a hacer si yo no puedo volver a montar.

Entonces, Easy se quedó consternado. Abrió mucho los ojos azules, hasta que recordó que tenía que disimular su tristeza.

—Cole, ¿por qué no dejamos esta conversación para cuando sepamos lo que dice el médico? Hay muchas posibilidades de que...

—Hoy he montado.

—¿Qué? ¿Por qué? —inquirió Easy, y se fijó en las chaparreras que Cole todavía no se había quitado.

—Jeremy se quedó en el pasto de primavera con Madeline Beckingham cuando los sorprendió la tormenta. No sabíamos lo que había pasado, y yo era el único que estaba por aquí para ir a buscarlos.

—¡Tenías que habérmelo dicho! ¡Este es mi rancho y tú eres mi empleado! Podía haber llamado a...

—No importa, Easy. Lo cierto es que he montado. Y no ha sido... no creo que...

—Cole —dijo Easy con la voz llena de emoción.

—No sé si voy a poder volver a montar. Y sé que tú has intentado decírmelo durante todo este tiempo, y yo no he querido escucharte.

—Mira —dijo Easy—, todavía no sabes nada. Hablé con Farrah después de esa cena que nos preparó hace un mes. Ella no podía darme detalles sobre ti, claro, pero me dijo que hay otras posibilidades quirúrgicas. Si la cadera no se te cura, pueden ponerte placas, como en la pierna.

—Sí, puede que sea posible, pero, entonces, tendría que pasar otro año de reposo, más la rehabilitación. Y no tendría garantías, porque, poniendo tanta presión sobre el hueso, tal vez causara más problemas en el futuro. Ya he oído todo esto. Lo que pasa es que no estaba escuchando, porque no quería que fuera cierto.

—Mira, no hablemos de ello todavía. Hemos esperado mucho. Vamos a ver lo que dicen.

—No, necesito saber que tú vas a estar bien, sea cual sea el resultado.

—¿Yo? —gritó Easy. Se puso muy rojo, hasta las orejas, debido al enfado—. ¿Estás preocupado por mí? Demonios, chico.

—Sé que no quieres venderle el rancho a cualquiera. Has trabajado demasiado duro como para...

—No voy a hablar de esto contigo.

—¡Pero si antes solo querías hablar de ello!

—Si no puedes volver a montar... Si sucede eso... ya pensaremos una solución. Yo casi tampoco monto ya. No hay motivo por el que no puedas...

—Easy —dijo Cole en voz baja—. Yo no podría quedarme aquí si no puedo montar a caballo. No puedo pasarme cincuenta años viendo a los hombres cabalgando para hacer cosas que yo no puedo hacer. Cuando tenga setenta años, sí, claro. Me habría ganado mi sitio en ese porche. Pero ahora no.

—Demonios, Cole —susurró Easy.

—¿No era eso lo que querías que viera?

Easy tenía los ojos llenos de lágrimas. Pestañeó y se aclaró la garganta.

—Eso no significa que me guste.

—A mí, tampoco, pero tengo que pensarlo. Quizá, lejos de aquí. Porque, cuando estoy aquí, solo puedo ver este lugar, esta tierra, lo que he querido ser toda mi vida. Mi padre y...

—Tu padre estaba equivocado. Esta no es la única vida para ti.

—Espero que no lo sea.

—Esa mujer, por ejemplo. Con ella podrías tener otra vida.

—¿Qué? —exclamó Cole.

Easy no podía saber su historia con Madeline...

—La chavala del pelo morado.

—¿Qué? —repitió Cole, como si fuera tonto.

—Grace. Hace unos minutos me la he encontrado escondida en el patio trasero, con un disgusto enorme.

—¿Grace, escondida? Debes de haberte equivocado.

—¿Le has hecho algo malo a esa chavalita?

—¿Malo? ¿Yo? No sabes lo que dices, Easy. Esa chavalita tiene el corazón de una mangosta.

—Pues a mí no me ha parecido tan feroz.

—Porque ha gastado toda su ferocidad en arrancarme la piel a tiras.

Easy lo miró con reprobación.

—¡Lo digo en serio!

—Es que a ninguna mujer le gusta que liguen con ella en un bar y la utilicen como a una fulana de tres al cuarto. Ya eres lo suficientemente mayor como para saberlo.

Parecía que era más maduro que Easy, porque Easy se estaba comportando como un ingenuo. Al que habían utilizado era a él.

—Olvídate de Grace —murmuró. Se quitó el sombrero y se frotó la frente, porque le dolía, y volvió a ponérselo—. Ella no tiene nada que ver con mi futuro.

—De acuerdo —respondió Easy—. Si tú lo dices.

—Puedo ayudar a limpiar después de que se vaya esta gente, hoy, pero, mañana...

—Tómate el tiempo que necesites. Pero tu padre estaba equivocado. Esto no es lo que te convierte en un hombre, Cole. Ni este rancho, ni este trabajo.

—No. Tenía razón. Tenía razón en todo lo que me dijo aquella noche.

—Estaba confundido —gruñó Easy—. Y no lo decía de verdad.

—Pues yo creo que sí. Me echó de casa y me dijo que no me molestara en volver, porque ya no era hijo suyo.

—Tenía miedo de perderte para siempre, Cole, y se enfureció.

Cole cabeceó.

—Le rompí el corazón. Por eso murió. Estaba bien. Nunca había estado enfermo, jamás. Y, de repente...

—¡El corazón se lo rompió él mismo por comportarse como un terco y un idiota!

—No es verdad, pero no importa. Si no puedo hacer que se sienta orgulloso siendo un vaquero, tendré que encontrar otra forma.

—Ya lo pensaremos, Cole.

Sí, tendría que hacerlo, porque no le quedaba más remedio. Encontraría la solución, pero allí, no. Aquel rancho eran Easy, su padre y él contenidos en un espacio muy pequeño. Se había dejado engañar por el cielo interminable y los senderos solitarios, pero, en aquel momento, veía perfectamente lo que había tratado de decirle Easy. Se había encajonado allí, como si fuera un niño construyendo un fuerte de arena.

Tenía que alejarse. Tenía que pensar. Y, tal vez, California fuera el lugar más adecuado para hacerlo. O quizá tuviera que enfrentarse al pasado y liberarse de él. Marcharse de allí otra vez, pero por su propia voluntad, a su manera.

Sin embargo, por encima de todo, lo que necesitaba era no estar allí.

Capítulo 21

Había terminado. Madeline Beckingham y su gente se habían marchado. El estudio de Eve había recuperado la normalidad. Y Grace no tenía nada que hacer. Nada. Durante días.

Había terminado de leer todos los libros de Cole, pero no era capaz de llamar a su puerta para devolvérselos. Y no podía dejárselos en el felpudo. Parecería que le estaba tirando sus cosas al suelo en un ataque de rabia.

Así que volvió a leérselos, y dio paseos, e intentó evitar las situaciones en las que podría cruzarse con él.

El domingo sonó el teléfono y, al ver que era Scott, lo bloqueó. Le había enviado una parte del dinero el viernes anterior y, tal vez, él ya lo había recibido. Tal vez la llamaba para decirle que no era suficiente.

Que se fuera a la mierda.

Todos podían irse a la mierda. La próxima vez que tuviera un deseo incontenible, utilizaría un vibrador. Por lo menos, cuando tuviera dinero para comprárselo. Hasta entonces, utilizaría la mano. No era su método preferido, pero, en momentos de desesperación...

Sin embargo, se dijo que no estaba desesperada. Estaba bien. Perfectamente bien. Las cosas iban mejorando. Eve había tenido noticias de su amigo de Vancouver, y él le había dicho que Grace podía pasar por su oficina cuando llegara a la ciudad. Además, ella tenía trabajo por lo menos para una semana más con Eve, que necesitaba ayuda para poner su oficina en orden después de la locura de la semana anterior.

Las cosas iban bien. De hecho, aquella noche iba a salir con sus amigas. Con gente a la que le caía bien. Entonces... ¿por qué le dolía el pecho cuando se le olvidaba mantener alta la guardia? ¿Por qué deseaba tanto a Cole?

El mero hecho de admitirlo la ponía furiosa. Tenía ganas de abofetearlo, de arañarlo, de empujarlo hasta que él la tomara en el suelo y le hiciera sentir placer, en vez de aquel horrible dolor.

Dejó el libro, porque no podía leer, y se acurrucó en el colchón. Se puso el brazo sobre los ojos para tapar la luz matinal y respiró con lentitud.

No le dolía. No tenía ningún motivo para que le doliera. Así que no le dolía. No iba a permitirlo.

Pero ¿por qué él le había pedido tanto? ¿Por qué le había dicho que quería más? Le había acariciado la espalda como si fuera algo frágil. Le había pasado la boca por la tinta de su piel, preguntándole qué significaba el tatuaje.

Qué desgraciado.

No tenía importancia. En realidad, algunas veces la había tocado con más verdad que en esas otras ocasiones. Había sido brusco y cruel. Eso era lo que Cole quería de verdad. Eso era la realidad, y no lo otro.

Su teléfono volvió a sonar. En aquella ocasión era un número desconocido.

—Hola, chica —le dijo una mujer—. Soy Jenny. ¿Lista para la fiesta de cambio de imagen?

—¡Sí, claro! Pero ¿qué vamos a hacer? ¿Cambio de imagen significa algo más que maquillaje?

—Bueno, siempre me compro tintes del pelo que no uso, así que esperaba que me ayudaras a elegir un color. Se te darán muy bien los colores, aunque sean para el pelo, ¿no?

—No se me dan mal.

Las sesiones de peluquería eran muy caras, así que llevaba años tiñéndose el pelo en casa.

—Gracias a Dios. Necesito ayuda. He pensado en quedar a las seis, si no es demasiado pronto para ti.

—Perfecto. ¿Llevo algo?

—No. Voy a hacer lasaña, y Eve va a traer el vino, así que creo que lo tenemos todo. Tú solo trae el maquillaje y tus increíbles habilidades.

—Claro —dijo Grace. Sin embargo, iba a comprar una tarta, de todos modos. No conseguía hacer amigas muy a menudo, y quería hacerlo todo bien.

Estaba muy nerviosa cuando entró en la ducha para prepararse. Con los hombres tenía seguridad en sí misma, sabía cómo comportarse, sabía lo que querían. Pero ¿con las mujeres? Bueno, suponiendo que fueran heterosexuales, ella nunca estaba segura de lo que buscaban.

Se maquilló cuidadosamente, utilizando tonos claros de morado y gris oscuro. Se puso los pantalones vaqueros negros y un jersey azul claro que dejaba un hombro desnudo. Seguramente, era la prenda más femenina que tenía, y eso haría que Jenny y Eve se sintieran relajadas.

Miró furtivamente por la ventana delantera y vio que el coche de Cole no estaba en su sitio acostumbrado; entonces, pensó en pasar por el salón para preguntarle a Rayleen por una buena pastelería.

Pero, si Cole estaba allí... Al pensarlo, se le encogió el estómago. No quería verlo. La mera idea de verlo le causaba frío y miedo.

Aquello fue lo que hizo que se decidiera. No iba a pasarse todo el fin de semana escondida en el apartamento, temerosa de Cole, de que quisiera darle explicaciones, de que revelara más y lo empeorara todo. No quería saber nada. Solo quería escapar.

Sin embargo, si iba a estar allí una semana más, en algún momento tendría que verlo.

Muy valientes, aquellas palabras, teniendo en cuenta que su coche no estaba allí aparcado.

Grace tomó el maletín de maquillaje y salió de casa.

—¿Te vas de gira? —le preguntó Rayleen, a gritos, al verla entrar.

Grace movió la cabeza con resignación y se acercó a la mesa de su tía abuela.

—¿Nunca sales de aquí?

—No, a menos que sea estrictamente necesario.

La silla que estaba delante de ella se movió un par de centímetros, como si Rayleen la hubiera empujado con el pie.

—¿Se me permite tomar asiento? —preguntó Grace. Rayleen se encogió de hombros, como si no le importara, pero la silla se movió un poco más, así que Grace se sentó.

Rayleen miró el maletín que ella acababa de dejar en el suelo.

—¿Qué hay ahí?

—Es mi kit de maquillaje.

—¿Vas a trabajar esta noche?

—No, voy a casa de Jenny. Quiere que la ayude a hacerse un cambio de imagen.

—Ah —murmuró Rayleen—. Una noche de chicas, ¿eh? Sería mejor una partida de póquer.

—Puede que sí.

—¿Y se te da bien eso del maquillaje?

—Sí, bastante bien.

—¿Sí? Bueno, sé que tu abuela está orgullosa de ti.

Grace se quedó muy sorprendida. En primer lugar, porque su abuela hubiera dicho eso. A ella solo le había dicho que Los Ángeles no era una ciudad segura para una mujer sola. En segundo lugar, le sorprendió que Rayleen lo repitiera.

—Gracias por decírmelo.

—La última vez que vino aquí de visita, trajo dos películas y me obligó a ver todos los créditos porque aparecía tu nombre. Una tontería. A ti te pagan por tu trabajo. No sé por qué te tienen que dar las gracias por escrito, además.

—¿Ella hizo eso?

—Claro. Absurdo.

Su abuela no era tan dura como la tía Rayleen, pero tampoco era la clase de abuela que hacía galletas y sonreía con indulgencia. Daba más apoyo que amor, y sentía más preocupaciones que afecto, pero, tal vez, aquella fuese su manera de demostrar el cariño.

¿Cómo demostraba el amor Rayleen? ¿Con insultos? ¿Murmurando quejas? ¿Sería aquello posible?

Parecía que Rayleen había terminado de charlar, así que ella terminó su bebida y se levantó.

—Bueno, me marcho a casa de Jenny. ¿Podrías recomendarme alguna pastelería buena que no sea demasiado cara? Dentro de dos días es el cumpleaños de Jenny. Y también el de Eve.

—La que hay al lado del mercado pequeño está bien. Junto al parque.

—Perfecto. Gracias.

Rayleen se encogió de hombros otra vez.

—Que tengas buena noche, ¿de acuerdo?

Rayleen soltó un gruñido, y Grace salió del bar y se dirigió hacia la pastelería, que no estaba demasiado lejos.

Con el último dinero que le quedaba, compró un pastel bastante femenino con un *Feliz cumpleaños* escrito con glasa morada. No era su estilo, pero pegaba con su pelo.

Fue caminando lentamente hacia casa de Jenny, con la esperanza de que el paseo le calmara los nervios. Y lo hizo. Además, le hacía feliz ver la bolsa de la pastelería en su mano. Y lo que le había contado Rayleen sobre su abuela... eso también ayudaba. No estaba tan sola como se sentía algunas veces. Y, aquella noche, no iba a estar sola en absoluto. Cuando llegó a casa de Jenny y llamó a la puerta, ya no se sentía nerviosa en absoluto.

−¡Hola, guapa! −le gritó Jenny, y la abrazó con un solo brazo. En la otra mano tenía una copa de vino tinto−. Ya estoy medio borracha. Eve ha venido conduciendo, así que se ha empeñado en que yo me tome una de las botellas sola. La otra es para ti.

−¡Yo no me he empeñado! −dijo Eve−. He dicho que era una opción.

Jenny soltó un resoplido.

−Opción, opción −dijo, arrastrando un poco las palabras−. Bueno, ¡ha llegado el momento de ponerse guapas!

Grace se echó a reír y dejó que la arrastrara hacia dentro. Les mostró la bolsa de la pastelería.

−Feliz cumpleaños, señoras. He traído tarta.

−¡Oh, Dios mío! −gritó Jenny−. ¡Tarta! ¡Te quiero!

Grace se puso muy colorada y, rápidamente, cambió de tema.

−Bueno, si hay que teñirte el pelo, tenemos que hacerlo en primer lugar, antes que el maquillaje.

−Pero no antes que la lasaña −dijo Jenny−. Ni la tarta. ¡Ni el vino!

Eve gruñó mientras se sentaba a la mesa de la pequeña cocina de Jenny.

−Tenía que haber venido en autobús.

—Puedes quedarte a dormir. Solo tengo una cama doble, pero, después de haberte bebido una botella de vino, supongo que no te importaría que nos acurrucáramos.

—No, me conformo con mi límite de dos copas.

—Eh, que era una broma. Puedes dormir en el sofá.

Eve se echó a reír y se ruborizó tanto como Grace hacía unos instantes.

—No me sienta muy bien el alcohol. La última vez que me emborraché, vomité en las escaleras de mi casa. Si hay algo peor que tener resaca, es tener resaca y tener que limpiar un vómito.

Grace aceptó con gratitud la copa llena que le ofreció Jenny.

—No puedo imaginarte borracha —le dijo a Eve—. Tú tienes una imagen tan digna que...

—Solo soy callada y aburrida. Lo de la dignidad es un truco que tenemos los aburridos.

Grace la miró un instante.

—¿Te vas a teñir tú también el pelo?

—Oh, Dios, no. Todo el mundo me miraría. La gente comenta ese tipo de cosas. Lo odio.

—Te lo preguntaré de nuevo después de que te hayas tomado el vino. Me encantaría.

—No —insistió Eve—. Me niego.

—Pues a mí puedes hacerme lo que quieras —dijo Jenny, y tomó una bolsa grande de plástico, de la que empezó a sacar cajas de tintes diferentes.

—Oh, Dios mío —dijo Grace y se echó a reír—. ¿Cuántos tienes?

—Nueve. No, diez. ¡No te rías! De vez en cuando me siento valiente y mi digo a mí misma que voy a hacerme algo distinto, pero cuando llego a casa, me hago una coleta y me voy a trabajar, y se acabó. Me acobardo. Además, hoy he comprado otros dos. ¿Tú qué opinas?

—Bueno...

Jenny puso la lasaña en la mesa y fue pasando los platos mientras Grace examinaba las cajas de tinte.

—Yo creo que los castaños, no. Tú tienes un tono de piel maravilloso para tu rubio natural. Pero, este... —dijo, y empujó hacia delante un tinte permanente de color rubio cálido, precioso—. Te iría muy bien este con algunos reflejos de este cobrizo —añadió y empujó otra de las cajas hacia Jenny—. Esto podría quedarte increíblemente bien.

—¿De verdad? —preguntó su amiga, dando saltitos de emoción—. ¿Tú crees?

—Sí. ¿Tienes unas buenas tijeras?

Jenny se tocó la larga melena con la mano.

—¿Por qué?

—Solo para cortarte las puntas. Después, podemos teñírtelo y alisarlo. Estarás guapísima.

Una hora después, la mitad de la lasaña había desaparecido, la tarta había sido devorada y Eve se había rendido y había empezado su tercera copa de vino. Además, Jenny tenía la cabeza metida en el fregadero de la cocina, donde Grace le estaba lavando el tinte.

—Esto es muy emocionante —dijo Eve. Tomó una caja de un tinte color castaño rojizo y lo miró con melancolía—. Estoy impaciente por verlo.

Grace envolvió el pelo de Jenny en una toalla.

—Ese no es permanente, ¿sabes? Se te va con los lavados en unas seis semanas. Le añadirías brillo e intensidad a tu color natural. No es para tanto.

—No sé...

—¡Vamos, hazlo! —gritó Jenny—. ¡Hazlo, hazlo, hazlo!

Eve se rellenó la copa de vino, aunque solo se había bebido la mitad.

—Está bien. De acuerdo. Hagámoslo.

Jenny pegó un grito tan fuerte, que a Grace le preocupó que los vecinos se quejaran. Después, pensó que a lo mejor ya estaban acostumbrados.

—Vamos —le dijo a Eve—. La cabeza, al fregadero.

Grace le estaba poniendo la última parte del tinte a Eve cuando alguien llamó con fuerza a la puerta. Tal vez los vecinos se hubieran quejado, al final, porque parecía que los que llamaban eran la policía.

Parecía que Jenny era muy buena persona y nunca había oído aquel sonido, porque corrió hacia la puerta con el pelo mojado y una gran sonrisa. Abrió de par en par, y la vista que apareció en el umbral resultó ser mucho más preocupante que la policía.

Allí, con cara de malas pulgas, estaba Rayleen.

—Dios Santo —gruñó su tía abuela al ver a Jenny—. Creía que se trataba de mejorar vuestra imagen. Parecéis un par de ratas mojadas.

—Tan dulce como siempre —anunció Jenny.

—Soy dulce. Te he traído las gafas de sol que te dejaste ayer en el bar.

—Ah, muchas gracias —dijo Jenny y tomó las gafas. Sin embargo, Rayleen no se movió del sitio.

—¿Por qué tenéis el pelo mojado?

—Grace nos lo ha teñido.

—Umm... Espero que de un color normal.

Grace se había quedado tan anonadada con la aparición de su tía abuela, que no sabía qué pensar, pero, cuando Rayleen asomó la cabeza al interior del piso, Grace se dio cuenta de lo que ocurría. A Jenny debió de ocurrirle lo mismo, porque le lanzó a Grace una mirada de resignación.

¿Quería ella librarse de su tía abuela, o le pedía permiso a Jenny para que pudiera unirse a la fiesta? Sabiendo que Rayleen se había buscado una excusa y había ido andando hasta allí con la esperanza de que la invitaran... Por muy dura que fuera, Grace no podía ser cruel, y menos con aquella mujer solitaria.

—¿Te apetece una copa de vino, Rayleen?

—Puede ser —ladró su tía—, pero a mí no me vas a tocar un pelo.

—De acuerdo. No te tocaré un pelo, te lo prometo.

—Lo siento —le dijo a Jenny, en voz muy baja, cuando Rayleen estaba sentada a la mesa.

—Demonios, si estoy borracha —dijo Jenny—. Cuantos más seamos, más divertido. Voy a secarme el pelo para hacer la gran revelación del día.

Grace estaba terminando de secarle el pelo a Eve con la toalla cuando Jenny empezó a gritar. A Grace se le encogió el estómago, y pareció que Eve iba a echarse a llorar. Sin embargo, cuando Jenny salió saltando del dormitorio, quedó claro que sus gritos eran de entusiasmo.

—¡Oh, Dios mío! ¡Es precioso! ¡Te quiero, Grace Barrett! ¡Mirad mi pelo!

Grace se echó a reír. A Jenny le había quedado un pelo precioso, brillante, con textura y un color muy cálido. Sin embargo, era un cambio muy sutil para una reacción tan fuerte. De todos modos, cuando Jenny se arrojó a los brazos de Grace, Grace correspondió a su abrazo. Con fuerza.

—Yo quiero secarme el pelo —dijo Eve, con calma, pero abandonó su expresión solemne cuando Jenny la tomó de la mano y se la llevó al baño. Las dos iban riéndose como niñas.

Aquello parecía el instituto, pero la mejor parte del instituto. Era como las fiestas de chicas que se veían en las películas. Grace siempre las había visto con desdén e incredulidad, porque sus fiestas de adolescente no eran para pasar un buen rato, sino para olvidar. Y siempre estaban en el límite del peligro y la desesperación.

—Dios Santo —murmuró Rayleen—. Esa chica grita más que un mono en celo.

—Sí —dijo Grace, pero no en tono de crítica. Ojalá ella

pudiera sentir aquella misma alegría. Tal vez Rayleen sintiera lo mismo, porque se quedó callada.

Grace se sentó con su tía en la mesa y observó el resto de las cajas de tinte. Había un castaño cobrizo que le llamó la atención. Era casi su color natural, pero más oscuro y rico. ¿Cuándo se había teñido el pelo de un color natural por última vez? ¿Hacía un año? No, hacía dos años. Antes de conocer a Scott.

Entonces, ella era... ¿feliz? ¿Era eso posible? Tenía su propia casa y su coche. Merry ya se había ido a Texas, pero Grace tenía amigas nuevas. Gente con la que podía salir y reírse en el trabajo.

Después había estado con Scott una temporada, y había estado bien. Sin embargo, había empezado a sentirse atrapada, como si cada vez se hundiera más. Se había teñido el pelo de un color más oscuro y se había hecho algunos reflejos decolorados. Después, más negro. Después, rosa, rojo y, al final, morado. Se había vuelto salvaje otra vez, como unos años antes. Una pequeña rebelión contra el hecho de crecer. De rendirse.

—¡Tachán! —exclamó Jenny al aparecer por la puerta del baño.

Eve fue más sutil, pero tenía una enorme sonrisa en la cara. Jenny le había secado el pelo y se lo había alisado, y le brillaba la melena bajo la luz.

—Me encanta —dijo Eve, sencillamente—. Muchísimas gracias.

—Bueno, pues ahora vamos a maquillarnos —dijo Jenny dando palmaditas—. Ya me siento una mujer nueva.

—De acuerdo —dijo Grace y miró la caja que tenía en la mano—. Pero ¿os importaría esperar un ratito? Creo que yo también me voy a cambiar el pelo.

—Pero... ¡tu morado! —exclamó Jenny.

—Ya está muy desvaído. Estos colores tan fuertes no duran siempre.

Rayleen soltó un resoplido.

—¡Menos mal!

—Bueno —dijo Jenny con un suspiro—. Supongo que será divertido verte sin el morado. Pero, a lo mejor, en otra ocasión, podrías teñírmelo a mí de algún color alocado.

—¿A ti? —preguntó Grace, riéndose.

—¡Sí! Tú te arriesgas, y yo me lo paso bien fingiendo que estoy implicada en la elección.

—De acuerdo, trato hecho. Voy a teñirme el pelo y, después, os maquillo. De todos modos, este castaño va a tardar un buen rato en fijarse.

Cuando empezó a maquillar a Eve, Grace ya se había olvidado de que alguna vez había estado nerviosa. Y hacer un maquillaje la relajó aún más. Toda su infelicidad desapareció, se convirtió en un débil zumbido al fondo de su mente. Y ni siquiera podía achacárselo al vino, porque había estado tan ocupada que solo le había dado unos sorbitos a su copa, al contrario que las demás. Incluso a la tía Rayleen se le habían escapado un par de sonrisas tontorronas.

Como sabía que a Eve no le iba a gustar nada que fuera llamativo, ni siquiera glamuroso, la maquilló con ligereza. Le puso una hidratante con algo de color y un suave toque de colorete rosa en las mejillas. Le pintó los labios del mismo tono, y los ojos, en tonos marrones y arena. Después, le puso máscara de pestañas y le oscureció las cejas con un lápiz de ojos.

Después, con una sonrisa, hizo que Eve se girara para mirarse en el espejo de cuerpo entero que Jenny había sacado de su habitación.

—Oh —dijo Eve, suavemente, abriendo mucho los ojos—. Oh, Dios mío, ¿cómo lo haces?

Grace se echó a reír.

—Solo he usado colores neutros. Tienes un cutis increíble, así que solo tenía que animarlo un poco, no taparlo.

—¡Me toca a mí! —exclamó Jenny—. A mí, píntame como si fuera a una fiesta. ¡Quiero parecer una tía bestialmente sexy! O, bueno, lo más cerca que pueda estar de eso.

—Tú eres muy sexy —dijo Grace, riéndose. Rayleen dio un resoplido, y ella la fulminó con la mirada.

Un cuarto de hora más tarde, hizo que Jenny se girara para mirarse y le dedicó una reverencia.

—¡Tachán! Bestialmente sexy, tal y como querías.

Aunque estaba preparada para el chillido de Jenny, no sabía que iba a ser tan agudo. El espejo no se hizo añicos de milagro, aunque a Grace casi le estallan los tímpanos.

—¡Mira qué ojos! —gritó Jenny—. Oh, Dios mío, ¿me vas a enseñar cómo lo has hecho?

Grace les hizo una rápida demostración. Les enseñó a extender con una brocha un color medio hasta las cejas para disimular le hecho de que sus párpados no tenían demasiado pliegue.

—Después, pones un color más claro aquí, justo debajo de la ceja.

—¡Estoy tan atractiva que no me lo puedo creer! Tenemos que salir, señoras. Es obligatorio. Nunca voy a volver a estar así.

—Sí, claro que sí. Tú puedes hacerte este mismo maquillaje perfectamente. Yo no soy maga. Solo he usado cosméticos.

—Bla, bla, bla —dijo Jenny—. Termina de arreglarte el pelo. ¡Vamos al bar! Quiero presumir delante de la gente que siempre me ve llena de manchas de cerveza después de un turno de ocho horas.

Rápidamente, Grace se aclaró el pelo y se lo secó. Le había quedado exactamente como pensaba: las capas negras seguían allí, pero las castañas eran más intensas, y el morado se había convertido en un color castaño rojizo bastante oscuro.

Se maquilló cuidadosamente con colores marrones, que le dieron suavidad a su mirada, y se puso un brillo de labios rosa.

Cuando terminó, recogió el kit de maquillaje y limpió la encimera. Sin embargo, no abrió la puerta; respiró profundamente y se miró. Casi estaba guapa. Parecía más joven y más dulce. Era más parecida a su yo natural, y menos a alguien que lanzaba advertencias con ira. Parecía una chica que podía intentar encajar si encontraba el sitio adecuado.

Le daba miedo. Era como si se hubiera quitado la armadura. Estaba expuesta. ¿Y si veía a Cole?

Sintió una terrible emoción y se lanzó a sí misma una mirada fulminante en el espejo. Quería que él la viera así, para que nunca dejara de preguntarse si había sabido de verdad qué tipo de chica era ella.

Respiró profundamente, abrió la puerta y salió.

Las chicas no gritaron al verla. Se quedaron mirándola con la boca abierta.

Rayleen fue la primera en recuperarse.

—Vaya, vaya. A lo mejor dejas de asustarme a los clientes del bar.

Jenny se tapó la boca para contener un grito, pero no lo consiguió.

—¡Qué guapa estás!

—Gracias. ¿Nos vamos ya?

—¡Mírate! —continuó Jenny—. Oh, Dios mío. Cole se va a tragar la lengua cuando te vea.

—¡Cole! —ladró Rayleen—. Ese vaquero se ha ido hace mucho tiempo.

—¿Qué? —preguntó Grace con desconcierto.

Rayleen puso los ojos en blanco.

—Espero que lo vuestro no fuera en serio.

—No, claro que no —respondió Grace, rápidamente.

—Pues mejor, porque se ha ido.

—¿Adónde? —preguntó Jenny después de unos segundos de silencio.

—No estoy segura. Pagó el alquiler con antelación y me dijo que se iba un par de semanas. Pero, por la temporada en la que estamos, creo que se ha ido a California para pasar una temporadita más en el paraíso.

—¿Cómo? —susurró Grace—. ¿Una temporadita más?

—Vivió en Los Ángeles dos meses cuando era joven —dijo Jenny—. Fue hace mucho tiempo.

A Grace le daba vueltas la cabeza. ¿Que Cole había vivido en Los Ángeles? No, no podía ser cierto. ¿Por qué no se lo había contado?

Rayleen soltó un resoplido.

—Sí, hay una historia jugosa en todo eso. Se dice que vivió en la mansión que la señorita Madeline Beckingham tiene en Hollywood.

A Jenny se le escapó un jadeo.

—¿Sí? Yo no lo había oído nunca.

Miró nerviosamente a Grace, con preocupación.

—Oh, la gente dejó de hablar cuando volvió, de repente. Ni siquiera sé si era cierto. Él dijo que no.

—Entonces, seguramente, no lo fue —dijo Jenny.

Rayleen se encogió de hombros.

—Puede que no. Pero la última vez se marchó con ella, y se ha ido otra vez. Solo digo que es sospechoso. Nada más.

Sospechoso. No, esa no era la palabra más adecuada, porque ella sabía que se estaba acostando con Madeline. Y ahora sabía, también, por qué nunca le había mencionado su estancia en Los Ángeles. Había dejado que ella le contara historias sobre su vida en aquella ciudad como si no supiera nada de Los Ángeles. Había dejado que hablara como una tonta. No, no era sospechoso. Era horrible.

—Bueno, ¿a quién le importa Cole? —preguntó Jenny, alegremente—. Razón de más para que salgamos a divertirnos todas juntas. Podemos ligar con más hombres de los que vamos a necesitar en la vida. ¡Preparadas, listas, ya! ¡Vamos!

—No —dijo Grace, suavemente.

Todas se quedaron paralizadas. Incluso la tía Rayleen dejó de fruncir el ceño, al darse cuenta de que su chismorreo no había sido bien recibido.

—Eh —murmuró—. Seguro que no es cierto. Lo más seguro es que esté de acampada.

—No —repitió Grace.

Pestañeó e intentó aclararse la cabeza. Al mirar a Rayleen, la vio con nuevos ojos. Rayleen estaba preocupada y tenía una expresión de culpabilidad. Y, a decir verdad, parecía un poco frágil sin su cara de malas pulgas y su vaso de whiskey, y su cigarrillo sin encender. Estaba sola. Estaba sola porque había hecho un trabajo magnífico para protegerse del amor y del dolor.

Ella podía ser como su tía abuela, algún día. Sin embargo, aunque no lo fuera, entendía a Rayleen. Admiraba a una mujer que había tenido una vida dura y que había tenido que endurecerse. Sin embargo, Rayleen se merecía algo más. Se merecía ser feliz algún día, y no sufrir. Como ella misma.

—Grace... —dijo Eve, pero Grace movió la cabeza de lado a lado.

—No me refería a eso. Me refería a que antes de salir tenemos que hacer el maquillaje de la tía Rayleen. Eso es todo. Ella es una de nuestras chicas, ¿no?

—Ah, no te preocupes —dijo Rayleen—. Nadie iba a fijarse en mi maquillaje, aunque consiguieras que pareciera una fulana.

—¿Y Easy? —le preguntó Grace.

Rayleen abrió unos ojos como platos.

Grace sonrió sin poder evitarlo, a pesar del dolor que la golpeaba por dentro.

—¿Easy tampoco iba a fijarse si parecieras un poco ligera de cascos?

Rayleen se ruborizó.

—¿Qué?

Jenny se echó a reír.

—Vamos, vamos. Todos nos hemos dado cuenta de que flirteáis mucho.

—Yo no flirtearía con ese viejo vaquero aunque fuera el último hombre de la tierra —declaró Rayleen y carraspeó—. ¿Por qué? ¿Os parece que él está intentando ligar conmigo?

—Yo creo que sí —dijo Grace—. Pero, aunque no fuera verdad, me encantaría maquillarte.

—Maquillaje —dijo Rayleen, resoplando. Después, se encogió de hombros como si no le importara—. Claro. Pero no me pongas como si fuera una vieja tonta.

—Entendido.

Grace utilizó una base cremosa para ocultar las arrugas sin que se marcaran, y un poco de corrector para dar brillo debajo de los ojos de su tía. Mientras le extendía el colorete por las mejillas, sin querer, volvió a pensar en Cole. Si antes ya se sentía traicionada, aquello era mucho peor. Era como si nunca hubiera sabido nada de él. No era quien decía ser. Tal vez ella no fuese una persona maravillosa, pero, por lo menos, se lo había dejado claro desde el principio.

Mientras se tragaba su dolor, le pintó los párpados a Rayleen con un color neutro para cubrir el color rosa que su piel fina dejaba traslucir, y le aplicó una sombra gris oscuro a lo largo de la línea de las pestañas. Terminó aplicándole la máscara.

—Ya está. Pan comido.

Rayleen frunció el ceño, como de costumbre, pero al mirarse en el espejo, se le relajó el gesto. No sonrió, pero se le iluminaron los ojos. Solo un poco.

—De acuerdo —reconoció, finalmente—. Está bien.

Eve y Jenny se miraron. Estaba mucho mejor que bien. Rayleen parecía diez años más joven, y su pelo plateado parecía aún más bonito en contraste con la paleta de colores coral y gris de su maquillaje.

La anciana no sonrió, pero se miró durante largo tiempo al espejo, hasta que, al final, se dio unas palmadas en las rodillas y se puso de pie.

—Vamos.

—¡Un momento! —exclamó Jenny—. Tengo que hacer una foto. ¡Noche de amigas!

Grace se obligó a sí misma a sonreír para la foto, pero, cuando salieron del piso, tenía el corazón encogido. No podía hacerlo. No podía salir como si nada.

Sentirse tan traicionada era una estupidez. Cole solo era el hombre con el que se había acostado un par de veces. No podía traicionarla, porque no le había prometido nada. Así pues, tal vez el problema no estuviera en él. Tal vez solo estuviera en sí misma. Entre ellos había surgido una conexión, algo que diferenciaba las cosas de todo lo demás. Sin embargo, no, no había sido diferente. Había sido igual que siempre, aunque peor.

Lo único que quería era escaparse a su apartamento y lamerse las heridas, pero ¿y si no lo hacía? ¿Y si se tragaba toda aquella tristeza e iba al bar?

A pesar de que conocía desde hacía muy poco tiempo a Jenny y a Eve, ellas le habían dado una oportunidad. Parecía que les caía bien, o, al menos, que querían que les cayera bien. Podían llegar a ser verdaderas amigas. Si no querían sexo, dinero ni contactos, entonces, tal vez, quisieran solo su amistad.

Cuando tomaron una esquina de la calle y Grace se dio cuenta de que estaban llegando al Crooked R, dijo:

—Necesito entrar un momento en casa para dejar el maletín.

—Claro —dijo Eve—. Te esperamos.

—No, entrad. Yo voy ahora mismo.

Jenny puso los ojos en blanco, y todas pasaron de largo el salón y caminaron hasta la Granja de Sementales.

—No seas tonta. Te esperamos aquí para que podamos entrar todas juntas y causar impresión. ¿Cuatro mujeres tan guapas entrando a la vez? Se van a quedar atónitos.

Grace había pensado en dar una excusa, decir que no se encontraba bien, y que quería acostarse. Sin embargo, asintió.

—De acuerdo. Ahora mismo vuelvo.

Sin embargo, cuando iba por la acera, hacia la puerta del edificio, aparecieron unas luces en el césped, y miró hacia atrás. Un coche de policía frenó junto al bordillo.

Oh, Dios.

Del vehículo salieron dos ayudantes del sheriff. Ante la mirada de Eve, Jenny y Rayleen, los hombres empezaron a caminar hacia ella.

Oh, no.

—¿Grace Barrett? —preguntó uno de ellos.

—Sí —susurró Grace con el pulso acelerado. Todo su cuerpo se quedó entumecido.

—Tenemos una orden de detención para usted —le dijeron.

—Oh —dijo ella, mientras uno de los policías se acercaba a ella, haciendo un gesto tranquilizador con las manos.

Ella miró hacia sus nuevas amigas, aunque intentó no mirarlas a los ojos. Las tres tenían una expresión de espanto.

—¿Puedo dejar mi maletín? —preguntó Grace, con la voz ronca.

El policía asintió, y ella posó el maletín en el suelo, muy despacio. Estaba familiarizada con lo nerviosos que podían ponerse los policías. Sin embargo, aquellos ayudantes del sheriff eran más tranquilos que los policías de Los Ángeles. Cuando ella alzó los brazos, ellos no le pusieron las muñecas detrás de la espalda. Con calma, le esposaron una de las muñecas y, después, la otra, pero por delante del cuerpo. Ella se preguntó si habría sido tan amable como para hacerlo así si ella hubiera tenido todavía el pelo morado y el maquillaje tan duro.

Al pensar en su pelo, se le llenaron los ojos de lágrimas. Pese a todo, pese a su fallida relación con Cole y el hecho de saber que iba a mudarse pronto, aquello le había parecido un comienzo. Había bajado la guardia y lo había intentado. Pero...

Se atrevió a mirar por última vez a Eve, a Jenny y a la tía Rayleen, pero tenía la mirada borrosa. Estaba protegida de lo que hubiera podido ver en sus caras.

—¿Grace? —dijo Jenny, tímidamente.

Grace bajó la cabeza, y el policía se la llevó hacia el coche. No sabía si había alguien más mirándola. Tal vez la mitad del salón hubiera salido al porche del bar y estuvieran viendo su paseo hasta el coche patrulla.

Notó que el policía le ponía la mano en la cabeza para guiarla al entrar al vehículo. Grace cerró los ojos y permitió que la empujara hacia abajo.

Capítulo 22

Cole quería estar fuera varias semanas, hasta que tuviera que hacerse la tomografía. En realidad, no tenía sentido quedarse a trabajar en el rancho para conseguir algo que tal vez nunca más pudiera tener. Así que había tomado el coche y se había alejado de Jackson, para ir a California dando un rodeo. Así, tendría la oportunidad de pensar si era lo que realmente quería, o necesitaba.

Aquella primera noche se había quedado en un camping de Idaho y había dormido bajo las estrellas en un saco de dormir. Sin embargo, mientras miraba al cielo, no había visto las estrellas. Solo había visto el miedo. El nuevo miedo de pensar qué iba a hacer si no podía volver a montar a caballo.

Y, también, los miedos antiguos. El temor a convertirse en su padre. En parte, eso era lo que le había empujado a marcharse a Los Ángeles la primera vez. Y, también, el terrible miedo a decepcionar a su padre, cosa que había sucedido, finalmente.

El miedo a decepcionar a un hombre muerto. ¿Era eso lo que le había impulsado durante los últimos trece años? No, no parecía posible.

No lo era. A le encantaba su trabajo. Le encantaban la tierra y el cielo. Los días preciosos y, también, las semanas atareadas durante las que uno deseaba morirse. Le encantaba trabajar con los demás hombres, y le encantaba la dignidad del trabajo honrado.

Pero, ahora...

Ahora había un nuevo miedo.

Recordó la primera vez que había permitido que Grace viera ese miedo, el momento en el que le había confesado que tal vez no pudiera volver a montar a caballo. Ella le había tendido una mano. Había conectado con él. Cole no se acordó del sexo. Se acordó de aquel momento en el que ella lo había mirado. Cuando lo había comprendido. Grace sabía lo que era enfrentarse al miedo, y quería alejarlo de él. O, por lo menos, compartir aquella carga.

Cole estaba avergonzado. Por muy dura que fuera, había visto su miedo y había sentido compasión. Sin embargo, cuando había vuelto a ponerse a la defensiva con él, él la había atacado. Le había hecho más daño, y eso era, exactamente, lo que ella se esperaba. Como él la había herido, ya no tenía que sentir más miedo. Había acabado.

El segundo día de viaje, él se dirigió al norte en lugar de al este. Acampó en Montana, aquella noche. Un bosque diferente. Las mismas estrellas. En aquella ocasión estaba junto a un riachuelo, y tuvo la esperanza de que el sonido del agua le ayudara a dormir.

La cadera se le había recuperado mucho más rápidamente de lo que esperaba, y ya solo sentía aquel dolor apagado y familiar con el que había dormido todas las noches desde el accidente. No era tan fuerte como para impedirle dormir, pero él no podía cerrar los ojos.

Al final, su insomnio había sido útil, porque, a la mañana siguiente, había resuelto el dilema. Había tomado una decisión. Si solo era su capacidad para montar a caballo lo que le convertía en un hombre, entonces no valía mucho como hombre. Y, si no conseguía evitar que Grace se marchara, por lo menos podría despedirse con el respeto que ella se merecía. Tenía que enfrentarse a la situación y ser el tipo de persona del que pudiera enorgullecerse. Nada que tuviera que ver con su padre, ni con Easy, ni con el rancho. Tan solo, consigo mismo.

Tomó de nuevo el camino hacia casa, aunque pasó una noche más en el bosque de Gallatin para que todo se asentara en su cabeza. Por una vez le parecía que el rancho estaba muy alejado de él. Sin embargo, California casi había dejado de existir, se había convertido en un recuerdo inofensivo.

Su padre se había equivocado.

Aunque hubiera cometido un gran error a los veintiún años, era su vida, y tenía que aceptarlo. Solo hubiera deseado poder decirlo sin gritar, poder haber hecho las paces con su padre. Sin embargo, mejor tarde que nunca.

Aquella noche, durmió ocho horas seguidas. Y, después, se puso de camino hacia Jackson, a casa. Y, tal vez, incluso hacia Grace.

Capítulo 23

–No, no está.

Cole vio a Shane, que bajaba por las escaleras.

–Hola, tío –dijo, y bajó la mano que había subido para llamar por tercera vez a la puerta de Grace–. Seguramente, todavía sigue en el trabajo –añadió.

–Umm... –murmuró Shane, y miró a Cole de arriba abajo–. ¿Acabas de llegar?

Cole lo miró con los ojos entornados.

–¿Qué ocurre?

Shane hizo un gesto de consternación.

–¿Dónde está Grace? –insistió Cole.

–Deberías preguntárselo a Rayleen.

–¿El qué? –gruñó él.

Por fin, Shane bajó el último peldaño y se quedó allí, parado, incómodo.

–Estoy seguro de que Grace se ha marchado.

–No. Se supone que iba a quedarse una o dos semanas más.

–Sí, pero ocurrió algo.

Entonces, toda la paz que Cole había podido reunir durante aquellos días desapareció. Se le filtró entre los dedos, y él casi pudo oír cómo se hacía añicos contra el suelo.

—Por Dios, Shane, ¿es que te lo tengo que sacar con un sacacorchos? ¿Qué demonios pasa?

Shane respiró profundamente.

—Bueno, mira, a Grace la detuvo la policía el domingo por la noche.

—¿Qué?

—Me imagino que, fuera cual fuera la denuncia, la retiraron, porque la han soltado esta mañana. A los dos minutos, había hecho la maleta y se estaba marchando. Es lo único que sé.

Cole soltó una maldición y se fue hacia la puerta.

—Lo siento, tío —dijo Shane.

Cole apenas oyó las palabras de su amigo, porque los latidos de su corazón eran ensordecedores.

Entró rápidamente al salón. Vio a Jenny y a Rayleen detrás de la barra, de espaldas al local. Jenny estaba clavando un clavo en la pared, pero ambas de giraron cuando él llamó a Rayleen.

—¡Cole! —dijo Jenny, sorprendida. El marco que tenía en las manos estuvo a punto de caérsele al suelo. Lo dejó en la barra y se cruzó de brazos—. ¿Qué haces aquí? Pensaba que te habías largado a California.

—¿Qué? —preguntó él, y agitó la cabeza. Después, miró a Rayleen. Estaba diferente. ¿Más joven? Se apartó aquella idea tan estúpida de la cabeza y movió la mano con impaciencia—. No sé de qué estás hablando. ¿Dónde está Grace? Tengo que hablar con ella.

—Probablemente, a estas alturas, ya estará en Montana.

—¿En Montana? ¿Habéis dejado que se fuera?

—Ella quería irse.

Cole apretó los dientes. No podía ver la conexión entre ambas cosas.

—Pero ¿en qué se ha ido a Montana? No tiene coche.

—Yo la he llevado a Flagg Ranch esta mañana para que tomara el autobús de Yellowstone.

—Ah. Así que la has llevado tú, para que pudiera marcharse.

—Cole —dijo Jenny—. Ocurrió algo con...

—Sí, ya me he enterado. Me importa un bledo. Necesito hablar con ella.

—Parece que retiraron la denuncia, pero ella no quiso hacernos caso. Eve cree que tiene algo que ver con un problema que tuvo en California. Ella no quiso...

—Espera —le dijo Cole, y alzó una mano para indicarle que dejara de hablar—. Espera.

Con el corazón en un puño, sacó el móvil y la llamó. No pudo evitar recordarla aquel día del pinchazo, esperándolo en la carretera, tan angustiada por devolverle el coche a Eve. «No puedo llegar tarde. Después de lo que ha pasado, no. Ella va a pensar que...».

Una detención. Todo el mundo se había enterado. Grace debía de estar hundida.

Contuvo la respiración mientras el teléfono hacía la llamada, pero, finalmente, respondió una voz robótica que le informó de que el usuario no estaba disponible.

—Mierda —gruñó él—. ¿Adónde iba? ¿A Vancouver?

—Sí —dijo Rayleen en voz baja—. Dijo algo de que iba a pasar por Bozeman. Supongo que el autobús va por la I-90.

Posiblemente. Aquel autobús solo salía una vez al día. Bozeman no era exactamente un destino turístico. Tal vez pudiera...

—Si se pone en contacto con vosotras, llamadme —les dijo mientras se dirigía a la puerta.

—Dile que la echo de menos, ¿de acuerdo? —le gritó Jenny.

Tenía que haber vuelto a casa directamente el día anterior. Por lo menos, tenía que haberla llamado.

Si Grace necesitaba huir, él se lo permitiría. Estaba casi seguro. Pero no así. Ella pensaba que él se había estado acostando con Madeline, y pensaba que lo que había habido entre los dos no había tenido ninguna importancia.

Para él, sí era muy importante. Era tan grande, que le había llenado el pecho por completo y casi no le permitía respirar.

Cole subió a su coche y se dirigió al norte con la esperanza de alcanzar a aquella chica que quería desaparecer para siempre.

Capítulo 24

Mientras Grace intentaba mantener los ojos abiertos, la luz de los fluorescentes parpadeaba a su alrededor. Había tomado ya tres autobuses aquel día, y el cuarto no iba a llegar hasta la una. Le quedaban tres horas de espera.

Tres horas. Podía estar despierta hasta entonces.

Al menos, no podía quejarse, porque el empleado de la pequeña estación de autobuses le había dejado la puerta abierta para que no tuviera que esperar sola en la acera. De nuevo, ella se preguntó si eso habría sucedido de llevar el pelo morado.

Decidió que iba a dejárselo negro y castaño durante una temporada. Con la mala suerte que había tenido, no podía permitirse el lujo de provocar la desconfianza de los desconocidos en aquel momento.

Por lo menos, el viaje de autobús de aquel día había sido el más agradable que había hecho en su vida. No sabía que Yellowstone tenía un paisaje como de otro planeta. Había vapores, géiseres y rocas de colores extraños. Y los animales pululaban por todas partes, como si no hubiera turistas detrás de ellos, haciéndoles fotos. Por fin, había conseguido ver alces, más de los que hubiera soñado, y, ahora, comprendía por qué se había reído Cole. Eran muy distintos a los ciervos, y ella no volvería a confundirlos.

Había visto un búfalo paseándose como si fuera lo más normal del mundo. Incluso había visto un alce americano, y un zorro corriendo en paralelo al autobús.

Si hubiera tenido algo de dinero, se habría bajado del autobús y se habría quedado allí días, o semanas. Habría visto cosas que no imaginaba. Los géiseres explotando a lo lejos, los osos que recordaba de los antiguos dibujos animados. Al ver las señales que iban dejando atrás, casi sentía dolor. Aguas termales, lagos, cascadas, ríos, miradores... Aquellas cosas no eran para ella. Ella solo estaba de paso.

Sin embargo, ya estaba en Montana. Aquel era un sitio en el que tampoco había estado nunca. Eso era una buena cosa.

Pero no lo suficientemente buena como para olvidar los últimos días.

Grace tiró de su bolsa de viaje para acercársela por la fila de asientos y poder apoyar la cabeza en un extremo. Miró la esquina rota de un póster publicitario y se concentró para no quedarse dormida. Aún, no.

Pero estaba tan cansada... La cárcel no era exactamente un remanso de paz. Y, desde entonces, no había podido dormir a causa de la furia y la mortificación. Todavía no podía creer que Scott la hubiera denunciado. Había hecho que la detuvieran y la metieran en una celda. Aquel hombre con el que una vez había compartido cama la había hecho pasar por el miedo y la vergüenza de una detención y un registro corporal.

La primera llamada de teléfono había sido fácil: había llamado a Scott y le había dicho, exactamente, lo que pensaba de él.

—¿Cómo has podido? —le gritó—. ¡Te he enviado dinero! ¡Estaba haciendo lo que te he prometido!

—Me ha llegado hoy —respondió él, en un tono más apagado de lo que ella esperaba—. Pensaba que no...

—Te dije que te lo iba a devolver.

—Sí, ya lo sé, pero Willa volvió de Wyoming y vino directamente a verme para decirme que estabas mintiendo.

A Grace no le había sorprendido aquello.

—¿Y qué sabe Willa?

—Me dijo que ibas por Jackson Hole en un precioso Lexus, y que estabas de fiesta con...

—No. ¡No! Ese es el coche de mi jefa. De mi exjefa, porque no creo que vuelva a darme trabajo después de que me detuvieran delante de ella, imbécil.

—Grace, mira...

—Te voy a devolver el dinero —dijo ella, y se le escapó un sollozo—. Esa mujer está cabreada porque la avergoncé delante de Madeline Beckingham. Te mandé una parte del dinero, y te enviaré el resto en cuanto pueda. Por favor, no me hagas esto. Scott...

Se odió a sí misma por tener que rogarle que retirara la denuncia. Había llorado y le había suplicado.

Y había funcionado. Salir de la cárcel era una victoria más dulce que conservar el poco orgullo que le quedaba. Había tomado una ducha, había recogido sus cosas y había salido corriendo rápidamente. Por lo menos, no se había cruzado con Eve, y la tía Rayleen no había hecho ningún comentario. Ella no sabía si había sido por bondad o por disgusto, pero agradecía que no la hubiera insultado.

Le parecía que Jackson Hole estaba muy lejos ya. Que era otro mundo. Estaba sola, en un estado en el que nadie la conocía. Podía salir por la puerta y desaparecer, y nadie sabría que había estado allí. Eso le habría resultado reconfortante hacía unas semanas, pero, en aquel momento, la asustaba. Era como si no tuviera ningún lazo con el mundo, con la tierra. Con un mal paso, podía irse flotando al espacio, y no la encontrarían nunca.

Grace se agarró a la áspera tela de lona de la bolsa. Ojalá ya fuera la una. Ojalá pudiera quedarse dormida y abrir los ojos y estar en cualquier otro sitio.

La puerta de la estación se abrió, y Grace se incorporó de golpe. Sí, se había quedado dormida. El autobús ya había llegado, y el conductor iba a avisarla...

–¿Grace?

Al oír la voz de Cole, apartó la bolsa y se puso de pie.

–¿Grace? –dijo él, y le miró el pelo con una expresión confusa. Rápidamente, cabeceó.

–¿Estás bien?

–¿Qué haces tú aquí?

Pensaba que no iba a verlo nunca más, y se le aceleró el corazón de una manera alarmante al ver su barba de varios días y el cansancio de sus ojos azules. Cuando él dio un paso adelante, ella alzó las manos con pánico.

–¿Te ha llamado Jenny? Estabas en California. ¿Qué haces aquí? Yo...

–No, no estaba en California. ¿Quién te ha dicho eso?

–Todo el mundo sabe que te fuiste a Los Ángeles con Madeline.

Cole se puso muy rojo al oír sus palabras.

–Yo no tengo nada con Madeline.

De repente, Grace se acordó del motivo por el que estaba tan enfadada y lo odiaba tanto. Dejó de retroceder.

–¡Viviste con ella! –le dijo, señalándolo con el dedo índice–. Estuviste viviendo en Los Ángeles con esa mujer.

–Eso fue hace mucho tiempo, pero yo no...

–Me mentiste.

–No, no es verdad. Te juro que no me acuesto con ella. Eso fue hace trece años. Yo era...

—Sí, hace trece años que viviste en Los Ángeles, algo que se te olvidó contarme. ¿Por qué? ¿Acaso te parecía divertido mantenerme en la ignorancia?

—No, claro que no. Yo nunca hablo de ese momento. No me siento orgulloso. Mira, escucha —dijo él, y se acercó para tomarla de los hombros.

Ella le apartó las manos.

—Pero ¿qué estás haciendo aquí?

—Grace —dijo él.

Parecía que estaba aturdido. Ella misma estaba aturdida por la furia, el sentimiento de traición y la humillación. No quería verlo. No quería que lo supiera. Se le escapó un jadeo y apretó los puños; sentía el impulso de golpearlo por el hecho de que estuviera viéndola.

—He venido por ti —dijo él, finalmente, con suavidad—. No quería que te fueras así.

—¿Cómo? ¿Completamente humillada?

—No. Pensando mal de mí. De lo nuestro. No ha sido así, Grace. Dejé que pensaras eso solo porque estaba enfadado. Heriste mi orgullo. Pero yo no estaba acostándome con Madeline. No quería verla, literalmente. Ese es el motivo por el que me puse tan furioso con el rodaje en el rancho. Porque no quería tener nada ver que con ella nunca más.

Grace negó con la cabeza, intentando ganar tiempo para pensar. Cole acababa de aparecer en medio de la nada, de noche, como si fuera un fantasma. Tal vez no fuera real... Tal vez solo fuera un sueño... Aquella idea la calmó un poco.

—No sé qué creer, Cole, y no importa.

—Claro que sí importa. Yo no quiero que te marches, pero, si tienes que irte... Tienes que saber que significas algo para mí. Necesito que lo sepas y te lo lleves contigo.

Grace sintió un poco más de calma en el corazón. No sabía que la habían detenido. Nadie había sido tan mezquino como para contárselo. Esa era la única explicación. Cole no sabía lo que había pasado y pensaba que todo era igual.

—No importa, Cole, porque me marcho. Jackson no es sitio para mí.

—¿Y qué pasa si lo es?

—No. No encajo allí. Es obvio para todo el mundo.

—Grace, ¿y qué pasa si encajas?

Aquellas palabras se le metieron dentro, como si ella no tuviera defensas. Se le enroscaron en el pecho y le hicieron daño.

—No me conoces.

—¿Es eso lo que te da miedo?

—No. A mí no me da miedo nada.

—Mentirosa. Tienes miedo de bajar la guardia y de ser blanda. Tienes miedo de dejar que alguien te conozca. ¿Por qué?

—Eso es absurdo.

—Sí, claro que es absurdo —dijo él, con una sonrisa que le formó hoyuelos en las mejillas, y el dolor que ella sentía en el pecho aumentó.

—Por favor, vete —le susurró, mirando desesperadamente hacia la puerta. Tenía una vía de escape, pero no podía pasar por delante de él—. Tienes que irte, por favor.

—¿Por qué?

—Porque yo también me voy, y lo nuestro no ha significado nada.

—Mentirosa.

—Tienes que irte.

—Ya. Entonces, ¿vas a huir, Grace?

Sí. Sí, iba a huir como alma que lleva el diablo.

Cole asintió, como si la hubiera oído.

—Bueno, pues, si eso es lo que quieres, vete. Pero tienes que saber que me dejas atrás.

Grace apretó los dientes y no dijo nada.

—Ya no tengo miedo de decírtelo. Si te vas, me abandonas, porque yo quiero que te quedes conmigo.

Ella asintió y lo miró a los ojos sin estremecerse.

—Adiós, Cole.

A él se le borró la sonrisa de los labios.

—¿De verdad? ¿Vas a irte?

—Sí.

—De acuerdo.

De acuerdo. Entonces, él se iba a marchar. A pesar del alivio que sintió, el dolor no se aplacó.

—Adiós —dijo ella, de nuevo.

—De acuerdo —repitió Cole—. Hay un motel a una manzana de aquí. Voy a dormir allí. Si cambias de opinión, llámame.

—No te voy a llamar.

Cole alzó la mano como si fuera a acariciarla, pero volvió a bajarla.

—Adiós, Grace. No eres una luz vieja y muerta, ¿sabes? Brillas tanto que me hace daño en los ojos.

Se volvió hacia la puerta y añadió:

—Ah, de parte de Jenny, que te echa de menos.

Entonces, se marchó y dejó que se cerrara la puerta. Ella respiró profundamente.

Ya no sabía distinguir la verdad de las mentiras. No confiaba en su propio juicio. ¿Sabía que la habían detenido? ¿Mentía sobre Madeline Beckingham? Tenía que ser así; los hombres mentían todo el tiempo sobre esas cosas. Pero, si se había estado riendo de ella, tendría que sentir alivio al verla marcharse, ¿no?

No importaba. No podía volver. Era como si la hubieran detenido delante de todo el pueblo. Todo el mundo lo iba a saber. Cole se iba a enterar. Y, aunque hubiera vivido en Los Ángeles un tiempo, seguía siendo un buen vaquero rodeado de gente buena. Nadie quería que una delincuente viviera entre ellos. Nadie quería a una perdedora.

«Jenny me ha pedido que te diga que te echa de menos».

Más bien, que sentía lástima de ella. Tanta lástima como sentía ella de sí misma.

Se sentó y volvió a apoyar la cabeza en la bolsa, para esperar a que llegara la una de la mañana.

Cuando empezó a llover, Cole estaba en la puerta de su habitación del motel, mirando hacia el cielo nocturno y preocupándose por Grace. Miró el teléfono una docena de veces. Solo estaba a una manzana, pero, si lo llamaba, iría a buscarla en coche. No quería que tuviera que caminar bajo aquella lluvia. La temperatura había bajado mucho durante la última hora, y ella no estaba acostumbrada al frío.

Sin embargo, siguió lloviendo, y su teléfono siguió en silencio. A medianoche, Cole cerró la puerta y se sentó exhausto en la cama. Y, a la una, vio pasar el autobús que se la llevaba.

Él observó atentamente la fila de ventanas, pero estaba muy oscuro, y no la vio. Lo único que vio fueron las luces que se reflejaban en los cristales.

–Mierda.

Suspiró y volvió a sentarse. Grace se había marchado. No le sorprendía. No había visto muchas cosas en sus ojos, pero sí había visto el pánico y la ira. Ella quería irse, y él no podía impedírselo. Era así de sencillo.

Por supuesto, le dolía. Sentía dolor por lo que quería tener con ella, no sentía ira ni humillación. Grace llevaba tanto tiempo huyendo que no sabía parar.

Unos días antes, él habría estado tan magullado que solo habría sentido rabia, pero tenía algo que agradecerle a Madeline Beckingham, porque ella tenía razón: realmente, no la había querido. Ese amor era una mentira que había creído durante trece años, y que le había permitido creerse la víctima destrozada por una mujer fría.

Sin embargo, él no había llegado a conocerla. Madeline solo había sido un juguete dorado para él, cuando era tan joven que todavía no sabía distinguir entre la lujuria y el amor. Y había sido fácil achacarle a ella su sentimiento de culpabilidad, la pena de saber que la última vez que había hablado con su padre había sido a gritos, con desprecio y falta de respeto. Su padre también estaba equivocado, claro, pero eso no servía para absolverlo a él de sus faltas. Por muy joven que fuese, a los veintiún años era un adulto, y nunca iba a olvidar esa lección.

Por ese motivo, había decidido olvidarse de su orgullo y decirle a Grace lo que sentía. El hecho de que ella se hubiera subido a aquel autobús no lo cambiaba. Estaba asustada y herida. ¿Cómo iba a odiarla por eso? Grace no sería tan fuerte, valiente y apasionada si no fuera por su pasado.

Pero, mierda, le hacía daño.

Por lo menos, tenía planes para su propio futuro. Podía concentrarse en eso.

Con un suspiro, Cole se quitó las botas y empezó a desabotonarse la camisa. Tenía los dedos en el último botón cuando alguien llamó a la puerta, y a él se le paralizaron los músculos.

No podía ser...

Abrió rápidamente, y vio a Grace en el umbral, bajo la lluvia, con el pelo calado y los hombros hundidos por el peso de la bolsa de viaje.

—Me detuvieron —dijo.

—Sí, ya lo sé.

—Delante de todo el mundo.

—Ven aquí —murmuró Cole y la abrazó. Tenía mucho

frío, y temblaba. O, tal vez, era él quien estaba temblando. Hizo que entrara en la habitación caliente y cerró la puerta. Después, le quitó la bolsa del hombro y la dejó en el suelo.

—Estás helada —le dijo él, frotándole los brazos. Después, le quitó la sudadera, que estaba empapada—. Creía que te habías ido.

A ella le castañeteaban los dientes, y dejó que la desnudara hasta que se quedó en ropa interior, con una camiseta de tirantes. Entonces, Cole la envolvió en la manta de la cama.

—¿Mejor?

Ella asintió, aunque no lo miraba a los ojos.

—¿Lo sabías?

—Claro. Fue lo primero que supe cuando llegué al pueblo —dijo él, y sonrió para quitarle importancia, para hacer una broma. Ella no respondió a su sonrisa.

—No puedo volver, Cole.

—Claro que sí. ¿Qué pasa, crees que no han detenido a nadie nunca en el pueblo? Y, como te marchaste tan rápidamente, la mayoría de la gente pensará que eres una fugitiva de la justicia. Eso lo hace todo mucho más emocionante.

—Retiraron la denuncia —dijo ella con la voz ronca.

—Lo sé —repitió él. Se sentó en la cama y la tomó entre sus brazos—. ¿No quieres contarme lo que ha pasado?

—Yo no quería que sucediera nada por el estilo —dijo.

Entonces, le contó toda la historia del dinero que había tomado y perdido. Cómo había huido de Los Ángeles por miedo a que su exnovio la denunciara. Lo del dinero que le había enviado ya, y el que tendría que estar enviándole durante uno o dos años para saldar la deuda.

—No va a pasar nada —le dijo él—. Fue un error, y mala suerte. No tienes por qué avergonzarte.

—Pero me da vergüenza —dijo ella—. Tú no lo entiendes. Cuando estaba con Scott, permití que él me cambiara. Yo me di cuenta de lo que estaba pasando, pero lo permití porque... Me permití necesitar a Scott.

—Bueno, Grace, todos hemos hecho eso.

—No, no es verdad. ¿Alguna vez has necesitado tú a alguien?

—De hecho, esa es una de las razones por las que nunca le hablo a nadie de Los Ángeles, porque me convertí en alguien que no me gustaba nada. Odiaba a esa persona, y no paré lo suficientemente rápido. Sé lo que es eso.

—No, no lo entiendes. Para mí no es sencillo. Mi madre era... es débil. Y todo lo que yo soy, lo que quiero ser, es para no acabar como ella, siempre recibiendo golpes de los que la utilizan. Haciendo lo que puede para que los hombres no la dejen, porque piensa que no puede mantenerse sola. ¿Sabes lo que era verla hacer eso? Cambiaba su apariencia, su personalidad y sus intereses cada vez que tenía un novio nuevo. Era una persona nueva cada año. ¿Cuál de ellas era mi madre? ¿Cuál era real? Yo odiaba eso. La odiaba. Y, de repente, era yo la que lo estaba haciendo, porque necesitaba a Scott. Dejé que me tratara como a una mierda.

—Pero no te quedaste con él. Recuperaste el sentido común.

—No —susurró Grace—. Él me echó. Eso es lo peor de todo, Cole, que me echó de una patada.

—Ah, mierda, Grace —dijo él. Le besó la coronilla y la estrechó entre sus brazos—. Tú no eres así. Ibas a solucionarlo por ti misma. Alégrate de que terminara así, porque, si te hubieras quedado más tiempo, habrías explotado de una forma que le habría causado daños permanentes a ese hombre en los órganos reproductores. Y, entonces, sí que habrías ido a la cárcel. Y, si estuvieras en libertad condicional, no habrías podido venir a Wyoming.

Cole se sintió aliviado al oír una pequeña carcajada, medio llorosa, de Grace. Sin embargo, todavía la notaba muy encogida entre los brazos.

—Mira, Madeline también me trató muy mal a mí. Fui yo el que me marché, pero luego volví arrastrándome como un idiota, y me enteré de que ella ya no me quería ver más. Así que, sí, todos hemos hecho eso. Por lo menos, todos los que estamos en esta habitación.

Ella cabeceó.

—Yo nunca pensé que tendría agallas para volver a suplicar a una mujer, pero... Aquí estoy, de rodillas por ti, rogándote que te quedes.

—No estás de rodillas.

—No, pero me pondría de rodillas si supiera que iba a servir de algo. Aquí tienes un trabajo y amigos. Inténtalo, Grace. Mira a ver cómo te sientes.

Grace negó con la cabeza, pero, por lo menos, no dijo que no en voz alta. Y, con ella, eso era todo un progreso.

—Cuando yo fui a Los Ángeles, hace trece años, no me despidieron como a un héroe, precisamente. Había vivido aquí toda mi vida. Tenía amigos, un trabajo, unas obligaciones... Tenía novia, y la dejé. Y mi padre... Nos peleamos. Nos empujamos. Nos dijimos cosas horribles.

Notó que Grace alzaba la cabeza para mirarlo, pero él no bajó los ojos.

—Quemé todos mis puentes y dejé plantado a todo el mundo para irme con unos desconocidos muy glamurosos. Dos meses después mi padre murió de un infarto. Y yo volví a casa en esa situación. Sin familia, habiendo tratado mal a mis amigos y habiendo descuidado mis responsabilidades. Pero volví porque esta es mi casa. La gente me perdonó más rápidamente de lo que me perdoné yo mismo. Y a ti nadie necesita perdonarte nada, porque no le has hecho daño a nadie. No tienes nada de lo que avergonzarte.

—Pero no es mi casa, Cole.

—¿Estás segura?

Grace se quedó callada. Él le acarició el pelo, preguntándose por qué se lo había cambiado de color. A él le encantaban las mechas moradas, pero estaba feliz de tenerla otra vez en los brazos. Se acostumbraría a cualquier color. La dejó descansar durante un largo instante, con la esperanza de que cambiara de opinión, pero ella no dijo nada.

—Yo también estoy asustado, ¿sabes? Cabe la posibilidad de que no pueda volver a montar a caballo. Lo sabré dentro de dos semanas.

—¿El qué?

—Me van a hacer una tomografía, y me dirán que no puedo montar más a caballo. Y yo tengo que averiguar lo que voy a hacer.

Ella extendió los dedos por su pecho.

—Ya verás como te vas a poner bien.

—No, no creo. La última vez que nos vimos, en el rancho, yo acababa de darme cuenta. Había montado a caballo y, después, casi no podía mantenerme en pie. Esa parte de mi vida ha terminado, Grace.

—Pero ¿qué vas a hacer, si no puedes montar?

A él se le formó un nudo en la garganta, pero respondió.

—Siempre se me han dado bien las cuentas. Tengo el dinero que ahorré para comprar el rancho. Puedo volver a estudiar y aprender a dirigir algún departamento de alguna empresa grande, por ejemplo. O a llevar la contabilidad de un gran rancho de los que hay por la zona. No es el sueño de mi vida, pero puede que haga eso.

—A lo mejor sí se te cura la pierna —susurró ella.

—Puede ser —dijo él, aunque solo para consolarla—. Pero no creo. Me da mucho miedo, pero tengo que asumirlo.

—¿Estás asustado de verdad?

—Sí. Sería tonto si no lo estuviera. Así que... tal vez el miedo signifique que estamos vivos. Que todavía no nos hemos rendido.

—Cole —dijo ella. Solo pronunció su nombre y, después, se mantuvo en silencio durante largos momentos. Tanto, que Cole se preguntó si se habría quedado dormida. Pero, de repente, Grace se apartó de él, se quitó la manta de los hombros y lo miró con enfado.

—¿Yo te gusto?

Él pestañeó.

—¿Qué? ¡Pues claro!

—No, no me digas «Pues claro». Sé que me deseas, pero no es lo mismo. Algunas de las cosas que has dicho o cómo me has tocado...

—Grace —susurró él—. Lo siento. Si no hubieras...

—No digo que no has debido hacerlo. Digo que esa no es la forma en que se desea a una mujer a la que quieres, ¿no? Ni a una mujer que te gusta y a la que respetas. No deberías desearla de ese modo.

Él volvió a susurrar su nombre. Estaba horrorizado de que ella pudiera pensar eso. Y le dolió en el alma haber hecho que Grace se sintiera así.

—Tú mismo me dijiste que no eres así con otras mujeres.

Cole negó con la cabeza.

—No, no lo soy. Tú haces que pierda el control. Me siento salvaje contigo. Pensaba que a ti te pasaba lo mismo.

—Sí —dijo ella, después de un momento, y la mortificación que sentía Cole disminuyó un poco—. Te deseo, Cole, muchísimo. Pero me pregunto si tú solo me deseas a mí de ese modo por lo que soy.

—No —respondió él.

—Por quién soy.

—Sí, es por ser quien eres, pero no como tú lo entiendes. Eres bella, salvaje, valiente y fuerte. Te deseo tanto que me siento como si tuviera que morder un cinturón cuando estás cerca de mí. Algunas veces no puedo hundirme en ti lo suficiente, ni estar lo suficientemente pegado a ti. Pero, otras veces... otras veces quiero acariciarte con dulzura y tú no me lo permites, Grace.

Ella se sonrojó y apartó la mirada. Su maquillaje había desaparecido con la lluvia y el paso del día. Parecía que todas sus defensas se habían desmoronado, y que era demasiado joven.

Cole le acarició la mejilla y se inclinó hacia ella. Grace no se apartó, y él la besó.

—Deja que te acaricie, por favor —le rogó, mientras bajaba los dedos por su cuello.

Ella negó con la cabeza, pero, mientras él bajaba los dedos hasta su pecho, Grace suspiró en su boca y metió los dedos entre su pelo.

Aquella respuesta disparó su excitación hasta aquel salvajismo que ya le resultaba familiar. Cole sabía que, si él la empujaba, ella respondería del mismo modo. Había notado su necesidad violenta, que la hacía temblar. Sin embargo, no era eso lo que Grace necesitaba aquella noche. Así pues, la acarició lentamente, con suavidad, y ella se lo permitió, por fin. Le permitió que le quitara toda la ropa y que la besara por donde él quisiera, hasta que empezó a gemir de necesidad. Y, entonces, le permitió que se deslizara en su cuerpo, con delicadeza, con cuidado.

Ella dijo su nombre y le clavó las uñas en la espalda, pero él no se dejó provocar. Aquella noche, no. Le hizo el amor. La acarició y dejó que sintiera cómo quería cuidarla. No porque ella lo necesitara a él, sino porque no lo necesitaba.

Y, por la mañana, se la llevó a casa.

Capítulo 25

–No tenías por qué venir –gruñó Cole y se bajó el ala del sombrero mientras se dejaba caer en una de las sillas.

Miró a su alrededor por la consulta y la encontró sospechosamente vacía. ¿Qué hacía aquel tipo allí? ¿Tan solo formar un triángulo con los dedos mientras hablaba y dar malas noticias desde detrás de su escritorio de caoba?

–Ya lo sé –respondió Grace–. Pero quiero estar aquí.

Él miró la puerta cerrada. Estaba impaciente por terminar con aquello.

Grace lo tomó de la mano.

–Es normal que estés asustado. ¿No me dijiste tú eso a mí?

–Sí, ya lo sé. No pasa nada. Ya sé lo que me va a decir: que no voy a poder montar más a caballo. No es para tanto. Empiezo las clases dentro de tres semanas.

–No es para tanto –repitió Grace–. Claro. Por eso no has pegado ojo en toda la noche.

Él la miró con exasperación.

–Pero si tú no te quedaste a dormir anoche.

–Te oí pasearte de un lado a otro después de que me marchara.

—A lo mejor, si te hubieras quedado, no habría tenido tanto pánico.

Ella puso los ojos en blanco con resignación, pero le apretó los dedos. Últimamente, se quedaba con él algunas noches. Los fines de semana, cuando no tenía que levantarse temprano para ir a trabajar. Se quedaba dormida hasta que él la despertaba con las manos y la boca. Por fin, Cole había visto el milagro de que Grace se despertara sonriendo.

—Si me da malas noticias, ¿te vas a teñir el pelo de morado otra vez para hacer que me sienta mejor?

—Vamos, vamos, no seas tonto —dijo ella, besándole los nudillos para suavizar sus palabras—. Además, has dicho que te estabas acostumbrando a mi pelo nuevo.

—Es muy bonito —dijo él. Y lo era. En realidad, era precioso, pero él hubiera querido tener un poco más de tiempo para disfrutar del morado—. Bueno, supongo que tengo que aceptar que te has suavizado.

Hacía dos semanas, ella se habría irritado al oír eso, pero, en aquel momento, se le escapó una sonrisa, aunque intentara disimular. Él estaba intentando demostrarle lo delicioso que podía ser volverse suave, pero ella no iba a admitirlo.

Se abrió la puerta tras ellos, y los pensamientos de Cole desaparecieron como barridos por el viento.

Había llegado el momento, y estaba preparado.

—Muy bien, señor Rawlins —dijo el médico. Abrió el ordenador portátil y apretó unas cuantas teclas—. He estado estudiando las imágenes de la tomografía y el informe.

Ella le apretó la mano con mucha más fuerza de la que él hubiera esperado, y Cole estuvo a punto de sonreír. Casi se olvidó de que iba a escuchar la peor noticia de su vida.

El médico frunció el ceño mirando a la pantalla y, después, alzó la vista.

Cole se preparó.

—Bueno, todo está muy bien.

Pasó un segundo. Y otro. A Cole se le aceleró salvajemente el pulso.

—¿Qué?

—Tiene muy buena pinta. La fractura de la pelvis ha empezado a soldarse. Las placas del fémur se quedan, por supuesto, a menos que...

—Pero... no lo entiendo —dijo Cole—. Hace dos semanas monté a caballo, y me sentí como si me hubiera roto la cadera otra vez. Pensaba que iba a partirme en dos.

—Bueno, pero ¿qué hizo? ¿Subió y bajó una montaña?

—Eh...

Cole miró a Grace y, después, de nuevo, al médico.

—Mire, ahora las cosas están muy tiernas. El hueso se está curando todavía, y los ligamentos y los músculos están tensos. Tiene que recuperar los viejos hábitos lentamente. Los primeros días, cinco minutos a caballo por un terreno llano. Después, diez minutos. No puede recuperar sus capacidades donde las dejó. Tome ibuprofeno para el dolor. Póngase hielo para bajar la hinchazón. Tal vez tarde un año entero, pero volverá a montar. No se preocupe.

«No se preocupe». Así de sencillo. «No se preocupe». Dios... ¿podía volver a montar?

—¿Sigue haciendo la rehabilitación física?

—Sí —respondió Cole.

—Muy bien. Siga tres meses y, después, creo que habremos terminado con usted, señor Rawlins. Ha sido un placer.

Cole se puso de pie y le estrechó la mano al médico. Después, el médico cerró el portátil y se marchó, pero Cole se quedó allí, anonadado.

—¿Cole? —dijo Grace. Le tocó la espalda con la mano, y la deslizó hasta su nuca. Él sintió todas las yemas de sus dedos mientras le acariciaba la piel.

—Puedo comprar el rancho —susurró.
—Sí.
—Se me va a curar la pierna. La cadera...
—Sí.

Por fin, la miró. Grace le estaba sonriendo. Y sus ojos, por fin, eran claros y estaban llenos de esperanza.

—O sea, que al final solo eres un gallina, ¿eh?

—Sí, creo que sí —dijo él con la voz ronca.

—Tenía que haberlo sabido. Te quejabas mucho de la pierna, pero no tuviste ningún problema en hacérmelo contra la pared de la ducha.

—¡Grace! —susurró él mientras miraba a su alrededor para cerciorarse de que el médico se había ido.

—¿Qué pasa? Es la verdad. En lo que respecta al sexo, tienes toda la fuerza del mundo —respondió Grace.

Y tenía razón. Era un Superman a la hora de hacer el amor con ella.

Por fin, Cole se relajó y sonrió. Y la abrazó.

—Grace, ¿lo has oído? Puedo montar otra vez. Dios mío —susurró contra su precioso pelo—. ¿Ha dicho eso de verdad?

—Sí. ¿Nos vamos a casa a celebrarlo?

—¡Sí! Es lo que tenemos que hacer. Vamos.

Ella se echó a reír y se lo llevó a la calle.

—Seguramente, antes deberías llamar a Easy y decirle que haga las maletas para ir a México. Mi pobre tía se va a quedar muy decepcionada.

—Creo que Easy puede esperar un poco —dijo él, pensando en lo que iba a hacer cuando llegaran a casa.

Y en lo que tenía planeado para el resto del futuro.

Grace estaba en una nube. Sentía verdadera alegría. Estaba feliz por Cole. Era una sensación extraña a la que no estaba acostumbrada, pero se empapó de ella, con la esperanza de poder guardar un poco para siempre.

Cole se iba a poner bien.

Él condujo hasta casa a toda velocidad, con una sonrisa. Ella no estaba segura de si su felicidad se debía solo al pronóstico o a lo que iba a ocurrir cuando llegaran a casa, pero, de cualquier modo, no importaba, porque iba a ponerle las manos encima. Su cuerpo hacía que se sintiera segura, y eso era algo que ninguna otra cosa podía conseguir.

Sin embargo, en aquel momento, tenía muchos motivos para sentirse segura. Había vuelto a Jackson y, para su sorpresa, sus amigos se quedaron aliviados. Incluso Rayleen le había dado un abrazo, aunque, después, había empezado a protestar porque su edificio de apartamentos iba a contaminarse con estrógenos. Al principio, ella había intentado evitar a Jenny y a Eve, pero le resultó muy difícil, porque Eve la contrató inmediatamente para que volviera al estudio.

Las cosas iban bien. Y, ahora, mejor aún.

Extendió los dedos por el muslo de Cole y se deleitó al sentir cómo se le flexionaban los músculos al frenar y acelerar. Cuando él le apartó la mano, ella se echó a reír.

—¡Eh!

—Ya estoy demasiado excitado —gruñó él.

A los pocos segundos, estaba entrando en la calle de la Granja de Sementales, con Grace sonriendo con impaciencia. Sin embargo, cuando bajaron del coche, él la tomó de la mano y se la llevó hacia el bar.

—¡Eh! Creía que lo íbamos a celebrar.

—Claro que lo vamos a celebrar. Pero creo que he visto el coche de Easy en el aparcamiento.

—Ah, bueno. Entonces, seré paciente.

Él sonrió como un niño.

—Ah, o sea que necesitas tener paciencia, ¿eh? ¿Te resulta tan difícil esperar?

—Cállate —gruñó ella. Le avergonzaba reconocer lo mucho que necesitaba a Cole. Todo el tiempo. Todos los días. Aunque no le asustaba aquella necesidad, porque no era una debilidad. No lo entendía, pero estaba intentando no preocuparse.

Cuando llegaron al porche del salón, Cole se detuvo. Se giró hacia ella y Grace se sintió alarmada al verlo tan serio.

—Cole...

Pero él sonrió.

—Feliz cumpleaños, Grace.

—¿Qué? —susurró ella.

—Feliz cumpleaños. Pensé que necesitábamos esto para alegrarnos y, ahora, va a ser mejor todavía.

—¿Qué? —preguntó ella, al ver que alargaba el brazo para abrir la puerta—. ¿Cómo has sabido que es mi cumpleaños?

Ella no se lo había dicho, y nadie sabía la fecha, salvo...

—Me lo dijo Merry —respondió él.

Y, cuando abrió la puerta, allí estaba ella. Merry.

Y Eve, y Jenny, y todos los demás. Todos gritaron «¡Feliz cumpleaños!», y ella se quedó asombrada.

—¿Merry? —dijo, sin poder dar crédito a lo que veía.

—Feliz cumpleaños —le dijo Cole al oído.

Merry corrió hacia ella y la abrazó. Rayleen, Easy, Shane, Cole, Merry, Eve, Jenny... todos estaban a su alrededor.

Se le llenaron los ojos de lágrimas y no pudo hacer nada por contenerlas.

—¿Qué estás haciendo aquí? —le susurró a su amiga.

Merry la estrechó con más fuerza.

—Cole me dijo que viniera para darte una sorpresa. Feliz cumpleaños, Grace.

—¡Feliz cumpleaños! —gritó todo el bar de nuevo.

Aquella gente, que solo la conocía desde hacía un mes. Gente que no tenía ningún motivo para que ella le importara.

—Te quiero —le dijo Merry al oído.

Grace agitó la cabeza, como hacía siempre. Sin embargo, había algo diferente. Algo que no le resultaba tan aterrador y que, de algún modo, le dio el valor necesario para responder a su amiga.

—Yo también te quiero —le dijo, en voz baja, y sintió una enorme alegría, así que volvió a decirle aquellas palabras a Merry, al oído. Pero, en aquella ocasión, estaba mirando a Cole a los ojos.

Él bajó la mirada. Se ruborizó. Y sonrió.

Y Grace supo que era la verdad. Quería a Cole. Y, por fin, estaba en casa.

ÚLTIMOS TÍTULOS PUBLICADOS EN HQN

Demasiado bueno para ser verdad de Susan Mallery

Contigo lo quiero todo de Olga Salar

Atardecer en central Park de Sarah Morgan

Lo mejor de mi amor de Susan Mallery

Nada más verte de Isabel Keats

La máscara del traidor de Amber Lake

Mapa del corazón de Susan Wiggs

Nada más que tú de Brenda Novak

Corazones de plata de Josephine Lys

Acércate más de Megan Hart

El camino del amor de Sherryl Woods

Antes beso a un hobbit de Carla Crespo

El ático de la Quinta Avenida de Sarah Morgan

La princesa del millón de dólares de Claudia Velasco

Hora de soñar de Kristan Higgins

www.ingramcontent.com/pod-product-compliance
Lightning Source LLC
LaVergne TN
LVHW091620070526
838199LV00044B/874